s.mo verlag

Veröffentlicht mit der freundlichen Unterstützung
des Luxemburger Fonds Culturel

Gestaltung Buchumschlag: Stephan Moll
Lektorat: Kerstin Maass
ISBN 978-3-940760-44-9

Bibliographische Information der Deutschen Bibliothek:

Die Deutsche Bibliothek verzeichnet diese Publikation in der Deutschen Nationalbibliographie; detaillierte bibliographische Daten sind im Internet über http://dnb.ddb.de abrufbar.

HÜBEN &
DRÜBEN

DËS SÄIT &
DÉI SÄIT

Die Personen und Handlungen sind frei erfunden.
Ähnlichkeiten sind rein zufällig.

Straßennamen, öffentliche Gebäude und Denkmäler hingegen sind fester Bestandteil unserer Stadt und bilden die grandiose Kulisse, vor welcher die Kriminalgeschichten spielen.

Rita Wennmacher

Tatort Trier: Das Keltendenkmal

I

Hochzufrieden lehnte sich Triers Oberbürgermeisterin Eva Eiden zurück. Ein befreites Lächeln huschte über ihre immer noch angespannt wirkenden Züge. Sie kramte in ihrer Handtasche und zog ein blütenweißes Taschentuch hervor, mit dem sie sich die Schweißperlen, die sich während der Abstimmung auf ihrer Stirn gebildet hatten, abtupfte. Ein tiefes Aufatmen konnte sie ebenfalls nicht verhehlen, jedoch alle Ratsmitglieder zeigten Verständnis für ihre Lage. Sie schielten zu ihr hinüber und erhoben sich langsam, um ihr zu gratulieren. Mit vierundsechzig Prozent der Stimmen hatte Eva Eiden zwar die absolute Mehrheit verpasst, diese vierundsechzig Prozent waren aber mehr als ausreichend, um das Projekt nun endlich durchziehen zu können. Vier Stimmen, so vermutete sie, mussten sogar von der Opposition gekommen sein. Und jene vier Stimmen lagen ihr besonders am Herzen, da diese ihr mehr als alle anderen bestätigten, wie recht sie hatte: Die Stadt hatte bisher ihren Vorfahren und Namensgebern, den Treverern, noch kein Denkmal errichtet, dabei strotzte Trier nur so vor römischen und mittelalterlichen Hinterlassenschaften. Die Kelten aber fanden bis jetzt nur Erwähnung in Form eines kleinen Wegs in Trier-Nord, und den Treverern

hatte man eine Straße in Heiligkreuz gewidmet. Eigentlich eine Schande.
Zwei komplexe Probleme galt es nun, in Angriff zu nehmen: Das Baudezernat hatte die genaue Platzierung des Denkmals und die Gestaltung seiner unmittelbaren Umgebung zu definieren. Das Kulturdezernat musste dessen Ausmaße festsetzen und die öffentliche Ausschreibung an die Künstler, Designer, Architekten und andere Interessenten ausarbeiten.
Was nun die Platzierung betraf, so hatte Oberbürgermeisterin Eiden durchaus ihre Vorliebe bereits beim Baudezernenten Arno Schultz bekundet. Dieser hatte sich ihren Vorschlag im Vorfeld der Abstimmung angehört, sogar mit großem Interesse angehört und den Standort im Kreisel neben den Kaiserthermen durchaus für erwägenswert betrachtet. Somit würde das Monument in unmittelbarer Nähe des Altbachtals stehen, das bekanntermaßen und nachweislich ein Siedlungsort der Treverer gewesen war. Zahlreiche Funde, die vor allem während des Baus der Eisenbahnstrecke im 19. Jahrhundert geborgen worden waren, belegten dies.

Man hatte Fibeln gefunden, Münzen und viele antike Scherben. Aber aus Scherben verstanden die Archäologen bekanntlich so gut zu lesen wie zehnjährige Kinder aus einem Bilderbuch: In Verbindung mit anderen Fundsachen vermochten die Altertumsforscher ein Bild von den Treverern, den Kelten aus der Latène-, also der jüngeren Keltenzeit, zu vermitteln, das der Wahrheit sehr nahe kommen dürfte.

Zwei Tage nach der Stadtratssitzung gab sich der Trierische Volksfreund die Ehre, seine Leser mit einer Sonderbeilage über das geplante Denkmal zu informieren. Spekulationen und Vermutungen über Standort, Beschaffenheit und Größe des zukünftigen Denkmals wurden in ausführlichen Texten angeführt; alles mehr Dichtung als Wahrheit, dennoch verfehlte diese Information ihr Ziel nicht: Ein reges Interesse an den keltischen Vorfahren war geweckt worden. Die Buchhandlungen verzeichneten einen Ansturm auf die Literatur über die Kelten, die wenigen vorhandenen Bücher über die Treverer waren schnell ausverkauft. Auch das Landesmuseum freute sich über einen sprunghaft angestiegenen Besucherverkehr in der Keltenabteilung. Viele Trierer spazierten gleich am ersten Wochenende durch die Schrebergärten an der Spitzmühle bis fast zum Tiergarten, um, wie einige von ihnen den eilig herbeigeeilten Reportern verrieten, ihren Vorfahren räumlich etwas näher zu kommen.
Auch in den zahlreichen Leserbriefen, welche die Redaktion erreichten, schlug sich die plötzliche Be-

geisterung für die Treverer nieder. Die meisten Verfasser begrüßten die Initiative der Oberbürgermeisterin, einige schlugen sogar Lehrgänge über die keltische Kultur an der Volkshochschule vor, andere wünschten sich wiederum geführte Wanderungen durch das Trevererergebiet. Auch die Platzierung des Denkmals wurde öffentlich besprochen, doch eine bessere Stelle als die in der Nähe der Trevierersiedlung war keinem Leser eingefallen.

Mit so viel Interesse und Zustimmung hatte Eva Eiden nun wirklich nicht gerechnet. Sie versuchte, das bürokratische Verfahren nach besten Möglichkeiten zu beschleunigen, und letztlich wurde die Ausschreibung bereits innerhalb einer Monatsfrist veröffentlicht. Der gesamte Stadtrat war gespannt auf die Anzahl der Anmeldungen seitens der Künstler. Drei Preise waren ausgelobt worden; ein erster, dotiert mit zehntausend Euro, ein zweiter mit immerhin noch viertausend sowie ein dritter in Höhe von zweitausend Euro. Für alle anderen Bewerber war eine Kostenentschädigung von fünfhundert Euro vorgesehen. Mehr konnte sich die Stadt in Anbetracht der hohen Straßensanierungskosten nach den beiden letzten strengen Wintern 2009/2010 und 2010/2011 beim besten Willen nicht leisten.

II

Einer der an diesem Projekt sehr interessierten und motivierten Künstler war der Bildhauer Boy Ferber, der ein etwas abgelegenes Haus in der Baltzstraße oberhalb der Domäne Avelsbach bewohnte. An der vom Nachbarhaus abgewandten Seite betrieb er seine Werkstatt, um keinen Anlass zu einer Klage wegen Lärmbelästigung zu geben. Aber ohnehin verstand er sich gut mit Siggi Becker und Bettina Trierweiler, einem jüngeren Paar, das seit geraumer Zeit das Nachbarhaus bewohnte.

Der ehrgeizige Boy Ferber, der im Begriff war, eine wohldotierte Auftragsarbeit für einen betuchten Kunden zu beenden, hatte es sich in den Kopf gesetzt, diesen Wettbewerb zu gewinnen, koste es, was es wolle. Vor allem kostete es ihn viel Zeit, all jene Bücher, die er über die Kelten, und besonders über die Treverer, bei *Amazon* beziehen konnte, zu bestellen. Diese würde er in Rekordzeit durchgearbeitet haben. Im Rheinischen Landesmuseum allerdings erlebte er eine riesige Enttäuschung. Nicht ein einziges Fundstück aus Trier, das aus der Latène-Zeit stammte, jenen Jahrhunderten vor der Machtübernahme der Römer, nicht einmal das Kapuzenmännchen war ausgestellt. Mürrisch und verärgert über

diese unnütze Zeitverschwendung hatte er daraufhin das Gebäude wieder verlassen.
Um den Kopf frei zu bekommen, war Ferber bereits des Öfteren für einen kleinen Spaziergang zur Schrebergartenanlage an der Spitzmühle gefahren, hatte seinen Subaru Forester dort geparkt und die Topografie des Geländes untersucht. Ein von vielen Quellen gespeister Bach durchzog das Tälchen mit dem anscheinend seit jeher fruchtbaren Boden; die schützenden Anhöhen rechts und links waren in der Tat als Beobachtungsposten bestens geeignet, und die Mosel als Wasserweg war weit genug entfernt, damit ihre Hochwasser die Siedlung nicht bedrohen konnten. Das alles hatte er in keinem Buch gefunden; es war vielmehr sein ganz persönlicher Eindruck, der ihm sagte, dass die Treverer bestens beraten gewesen waren, gerade dieses, darüber hinaus klimatisch noch sehr begünstigte Fleckchen Erde als idealen Siedlungsort auszuwählen.

Die Treverer waren ihm, der im Internet alles gelesen hatte, was er ausfindig machen konnte, mittlerweile gute Bekannte geworden: Ihre Lebensweise hatte er förmlich vor Augen; so die Bauweise ihrer rechteckigen Wohnhäuser mit den geflochtenen Wänden und den mit Lehmmörtel abgedichteten Mauern. Tiere und Tenne waren auf der einen Seite des Gebäudes, Wohn- und Schlafraum auf der anderen Seite untergebracht. Neben den Häusern befand sich üblicherweise eine Art Silo, in welchem die haltbaren Lebensmittel, vor Nagern gesichert, aufbewahrt wurden. Die Anbauflächen für Getreide wie Emmer und Grünkorn einerseits, für Obst, Beeren, Trauben und Steinobst wie Schlehen und die für Wurzelgemüse andererseits, befanden sich in unmittelbarer Nähe der Wohnhäuser. Eine große Kochstelle und ein Backofen befanden sich unter einem Dunstabzug in der Mitte des Wohnhauses. Sogar über einen Mühltrog und Mühlsteine verfügte eine Keltenküche sowie über große, verschließbare Tongefäße zur kurzzeitigen Nahrungsaufbewahrung. Entweder rieben die keltischen Frauen das Fleisch mit Tierfett ein, um es über dem offenen Feuer zu rösten, oder es wurde mit Wasser, Körnern und Gemüse in gusseisernen Töpfen geschmort oder in Tontöpfen als Eintopf oder Suppe gekocht.

Die relativ gut ernährten Kelten, so hatte Ferber erfahren, waren erfolgreiche Händler und gute Hausbauer, dabei aber auch richtige Raufbolde und wegen ihrer Stärke geradezu berüchtigt, ja sogar gefürchtet. Für ihre hervorragenden Eisenschwerter waren sie es nicht weniger. Und diese Eisenschwerter schmiedeten sie lange Zeit dort, wo sie ein größeres Eisenerzgebiet gefunden und eine Eisenhütte errichtetet hatten; auf dem im Südwesten des Luxemburger Landes gelegenen Titelberg.

Heute aber wollte Ferber einmal Abstand gewinnen von der ganzen Treverer-Thematik und bei einem kleinen Waldlauf abschalten. Seinen Gedanken wollte er freien Lauf lassen und nur noch seinem Inneren lauschen, um die Intuition zu sich sprechen zu lassen. Leere im Hirn erzeugen, anstatt es mit Konzentration zu überlasten, Freiraum schaffen für Kreativität, anstatt für die Wissenschaften. Womöglich ergab sich aus seinem Inneren heraus die zündende Idee zu diesem Denkmal.

Er wählte für das Jogging seine Lieblingsstrecke und parkte seinen blauen Forester in Kernscheid in der Nähe des Bolzplatzes, als ihm beim Aussteigen Julia Görgen, die er bereits seit Jahren kannte, begegnete. Sie grüßten einander kurz und verabredeten sich bei ihr in einer knappen Stunde, so gegen halb elf, im Kernscheider Morgenweg.

III

Lily Wirtz, langjährige Bewohnerin des Morgenwegs, stieg etwas mühsam die Treppe von ihrem Schlafzimmer, das in der ersten Etage ihres Wohnhauses lag, ins Erdgeschoss hinab. Mühsam, da beim Aufstehen ihre Gelenke schmerzten, aber auch, weil sie bereits den Herbst ihres Lebens erreicht hatte und dies als zwar lästig, aber nicht als anormal betrachtete. Sie startete die Kaffeemaschine und zündete sich die erste Zigarette für diesen Morgen an. Dann öffnete sie die Terrassentür sperrangelweit und sog die frische Morgenluft genüsslich ein. Aber die frische Morgenluft löste bei ihr, der starken Raucherin, nur einen heftigen Hustenanfall aus. Also verzichtete sie auf weitere Belüftung ihrer geteerten Lungen, sondern holte sich den Volksfreund aus dem Briefkasten, setzte sich gemütlich mit Kaffee, Zigarette und Zeitung an den Küchentisch und vertiefte sich in die Stadtnachrichten. „Sieh mal einer an, ein Keltendenkmal", murmelte sie vor sich hin und verschlang den Bericht. Als sie sich eine zweite Tasse Kaffee eingießen wollte, klingelte es an der Haustür. Sie erhob sich, ihr Blick fiel auf die Küchenuhr. Neun Uhr vierzig. Sie hob die Schultern, nur zu gut wusste sie, dass ihre Uhr ein Eigenleben führte, mal ging sie vor, mal nach, was für eine Uhr eigentlich etwas merkwürdig war. Sie glaubte, herausgefunden zu haben, dass das alte Ding nach dem Aufziehen schneller, später aber langsamer als die tatsächliche Zeit lief. Sie sollte sich vielleicht doch einmal eine neue Küchenuhr zulegen.

Ein Blick in den Spiegel verriet ihr, dass sie weder gewaschen noch gekämmt war und in ihrem abgetragenen wollenen Morgenmantel einen überaus schäbigen Eindruck vermittelte. Aber der Drang nach der ersten Zigarette war stärker gewesen, sie konnte, da sie allein lebte, sich ja auch später in Schale werfen. Aber für wen? Besuch hatte sie schon lange nicht mehr bekommen. Nur zögernd öffnete sie deshalb die Haustür einen Spalt breit, aber sie sah niemand. Sie trat einen Schritt weiter auf den Treppenansatz, doch auch hier war niemand zu sehen. Kopfschüttelnd kehrte sie in die Küche zurück. *Es werden*, so dachte sie, *wohl wieder Nachbarskinder gewesen sein, die mich ärgern wollten.* Stutzig machte sie allerdings, als sie sah, dass die Terrassentür wieder geschlossen war. Dafür stand die Tür zum Wohnzimmer offen, die doch eben noch zu gewesen war. Mit Durchzug ließ sich diese Sache nicht erklären. Urplötzlich stieg Angst in ihr hoch. Wie sollte sie sich verhalten? Zurück ins Schlafzimmer laufen, sich einsperren und laut um Hilfe rufen? Da würde niemand ihr zur Hilfe kommen, das wusste sie, dafür war die Stimmung in der Straße zu vergiftet. Niemand hätte auch einen Eindringling sehen können, ihr Haus war rundherum nicht einsehbar. Plötzlich bedauerte sie, dass sie die hohe Hecke um ihr Grundstück herum hatte pflegen, anstatt schneiden lassen. Der Eindringling, wenn es denn einer gewesen sein sollte, hätte sich also völlig unbemerkt in ihr Haus schleichen können. Jetzt wäre sie ihm vollkommen ausgeliefert, das wusste sie. Ihr Herzschlag raste, hastig zog sie an der Zigarette, verfiel aber sofort wieder in einen bellenden Husten. Sie kippte einen Schluck Kaffee hinunter, konnte aber keine Ruhe finden. Kalter Schweiß brach ihr aus allen Poren, das Herz schlug bis in die Schläfen, wie in Trance entschloss sie sich schließlich, ins Wohnzimmer zu gehen.

Sie setzte sich in den abgewetzten Sessel, griff zur nächsten Zigarette und ... blickte in zwei eiskalte Augen.

„Du hier?“, stammelte sie erschrocken.

Keine Antwort. Nur die Augen fixierten sie unentwegt. „Was willst du hier?“

Ein schwarzer Handschuh reichte ihr einen gefalteten Brief. Sie entfaltete langsam das weiße Papier und murmelte:

„Ich, Lily Wirtz, erkläre hiermit ..."
Sie schaute hoch.
„Was soll ich damit?"
Die schwarze Hand reichte ihr einen Kugelschreiber.
„Unterschreiben!"
„Niemals!"
„Oh, doch, du alte Hexe!" Die Hand griff in einen schwarzen Rucksack und zog ganz langsam und gemächlich eine Pistole hervor. „Machen wir es kurz, unterschreibe!"
„Und wenn ich mich wehre?", fragte die Alte.
Die andere schwarze Hand wurde deutlicher: Sie zog einen Schalldämpfer aus dem Sack.
„Das kann ich nicht unterschreiben!", wehrte Lily sich. „Das musst du doch verstehen!"
Die zweite schwarze Hand begann, den Schalldämpfer auf die Pistole zu schrauben.
„Ich bitte dich, so sieh das doch ein, ich ..."
Die Pistole zeigte genau auf Lily Wirtz.

Eigentlich, so dachte Lily Wirtz, *war unsere Beziehung damals doch nicht so schlecht. Gut, wir kamen nicht unbedingt sehr gut miteinander aus, und jeder hat seinen eigenen Weg gesucht und sein Leben nach seiner eigenen Lebensphilosophie gestaltet. Zuerst ging man sich aus dem Weg, schließlich hat man sich eben aus den Augen verloren. Wie lange ist das nun her?* Nein, sie wusste es nicht mehr. Oder wollte es nicht mehr wissen. Sie selbst, Lily, hatte ja auch nicht gerade zum guten Verständnis beigetragen. Diese Person nun aber wirklich auch nicht, mit ihrer Überheblichkeit, ihrer Besserwisserei, die sie aus ihrem Medizinstudium ableitete. *Ihr Medizinstudium, dass ich nicht lache! Nach zwei Semestern bereits völlig überfordert, musste sie es aufgegeben. Und vor dieser Person soll ich nun kapitulieren? Aber, was bleibt mir anders übrig?*

„Wo soll ich unterschreiben?" Lily gab sich geschlagen, nahm den Brief, las ihn nochmals durch, nur um Zeit zu gewinnen. Ihr Gegenüber wurde ungeduldig:
„Ich hab nicht ewig Zeit! Ich lasse dir noch drei Sekunden Zeit zum Unterschreiben! Eins ..."
Lily fühlte sich in die Enge getrieben. Machtlos. Warum nur diese Forderung? Wer dahinterstecken könnte, wusste sie, aber weshalb so plötzlich? *So unvermittelt*, dachte sie, *man hätte ja mal drüber reden können. Aber so …*
„Zwei."
Mit guten Worten und vernünftigen Argumenten, überlegte Lily, *könnten wir doch eine Einigung finden, die uns alle befriedigen würde. So, wie es früher einmal zwischen uns war. Oder auch nur fast war.*
„Können wir denn nicht alle zusammen einmal da-

rüber reden?", versuchte sie, Zeit zu gewinnen.

Die Person stand plötzlich auf. Sie machte ein paar Schritte und stellte sich hinter den Sessel. Jetzt konnte Lily nicht mehr sehen, ob die Pistole immer noch auf sie gerichtet war. Sie zögerte. Legte den Stift auf das Rauchertischchen, das neben ihrem Sessel stand, atmete tief und sagte beschwichtigend:
„Bitte nicht, ich will mir das in Ruhe überlegen ..."
„Drei!"

Zweimal bellte die Pistole. Die Projektile drangen durch den Sessel in den Rücken der Alten; sie sank in sich zusammen. Die schwarze Hand griff erneut in den Rucksack, wühlte darin und kam hervor mit einem kleinen Feuerzeug, zündete das Feuerzeug, hielt das Flämmchen an den Brief und legte den brennenden Brief schließlich auf dem Marmortischchen ab, das neben dem Sessel stand. In der Hektik stieß die Hand dabei den kleinen Aschenteller mit der brennenden Zigarette auf den Boden, was aber nicht bemerkt wurde. So unerkannt, wie die Person gekommen war, so unerkannt verschwand sie wieder durch die Terrassentür.

Ferber zog sich seine Joggingkleidung über, schnürte die Sportschuhe und lief also los. Er hatte sich, wie so oft, seine Lieblingsstrecke ausgesucht. Diese führte ihn normalerweise von Kernscheid hinunter in das Kandelbachtälchen bis zur Brücke, dann weiter bis zur Schranke. Auf halbem Weg blieb er einen Moment stehen, um seine Atmung wieder unter Kontrolle zu bringen und lief dann keuchend zur Steigung, die zum Brubacher Hof führte. Mit letzten Kräften bewältigte er auch diesen Hügel und steuerte, wie er es gewohnt war, den Gasthof an.

„Wegen Trauerfall geschlossen" prangte ein Schild an der Eingangstür.

„Mist!", entfuhr es Ferber, den der Durst plagte. Er war seine Lieblingsstrecke, seine physiologische Strecke, wie er sie nannte, gelaufen, und die führte ihn nun mal für ein Mineralwasser oder eine Apfelschorle am Gasthaus Brubacher Hof vorbei. Er umrundete den Hof und stieß auf einen Anwohner, den er nicht kannte und sprach ihn an:

„Wer ist denn gestorben hier im Haus?"

„Die Oma Betty", antwortete der Mann, „sie lag bereits seit Wochen im Krankenhaus, Gott hab sie selig!"

„Das tut mir leid. Aber ich bin es gewohnt, nach dem Sport hier ein Wasser zu trinken, ich wusste nichts von einer Krankheit." Ferber klang mitfühlend.

„Ein Glas Wasser kann ich Ihnen auch geben", mein-

te der Unbekannte, „wenn's nur das ist, ich lasse doch einen Sportler nicht verdursten! Kommen Sie!“
Ferber folgte dem Mann und bekam ein großes Glas, vollgefüllt mit frischem Mineralwasser. Ein Gedicht.
„Herzlichen Dank“, meinte Ferber, nachdem er gierig das Glas leer getrunken hatte, „Sie haben mich vor Durstqualen bewahrt, danke nochmal. Übrigens, wie spät haben wir, ich trage zum Sport nie meine Uhr.“
Der Mann schaute auf seine Armbanduhr. „Es ist 10 Uhr 18.“
„Dann wird es aber höchste Zeit für mich, wenn es schon fast zwanzig nach zehn ist, Tschüss und vielen Dank nochmals!“

Ferber lief los und erreichte seinen Wagen außer Atem. *War doch anstrengender als sonst,* dachte er sich, zog seine Straßenschuhe wieder an und einen trockenen Pullover, um dann nur ein paar Häuser weiter zu Julia Görgen zu fahren, die gerade dabei war, ihren Vorgarten zu jäten.
„Fleißiges Bienchen!“, sprach Ferber sie an.
„Nur, solange ich meinen Stachel nicht benutze!“, scherzte Julia.
„Ujujuj, das sind aber andere Töne als die, die ich von dir kenne“, erinnerte sich Ferber.
„Tja, ich bin eben lernfähig.“

„Das hat aber lange gedauert. Was hat dich denn so verändert?“, wollte Ferber wissen.
„Na ja, mir geht es nur so lala“, antwortete Julia ohne rechte Begeisterung, „du weißt ja, wie es ist mit dieser Schreckschraube hier in der direkten Nachbarschaft. Aber inzwischen habe ich mich zu wehren gelernt.“
„Immer noch so schlimm?“
„Immer schlimmer, würde ich sagen!“, erwiderte Julia. „Wie lange kennen wir uns, du und ich? Zwanzig Jahre, oder auch nur fünfzehn, und wir kamen immer gut miteinander klar … aber sie, du weißt ja, wie sie ist!“
Ferber hob machtlos die Schultern und meinte:
„Ich muss fahren, tut mir leid. Wie spät ist es?“
Julia schaute auf ihre Armbanduhr:
„10 Uhr 39.“
„Dann muss ich mich sputen, ich habe noch eine Telefonkonferenz.“ Ihm wurde das Treffen so langsam unangenehm. Er hatte sich etwas anderes von diesem Wiedersehen versprochen. Zu allem Übel sah Ferber dann noch Miriam Engling auf Krücken herbeikommen, und die sprach ihn auch noch an:
„Hallo, Boy, schön, dass ich dich sehe, grüß dich! Wie geht es dir denn, habe dich schon lange nicht mehr gesehen!“
„Hallo Miriam, wie geht es dir?“, antwortete Ferber

leicht ungeduldig, „Du gehst an Krücken?"
„Sieht schlimmer aus, als es wirklich ist; Fuß verknackst, zwei Wochen Ruhe, dann geht's wieder."
„Kann ich etwas für dich tun?" Ferber bereute seine Hilfsbereitschaft, noch ehe er sie fertig ausgesprochen hatte.
„Du bist ein Schatz! Kannst Du mir bitte meine Bestellung im Lebensmittelladen auf der Hill abholen? Dort ordere ich immer mittwochs, was ich so benötige. Dich kostet das vielleicht fünf oder zehn Minuten, dafür brauche ich dann aber nicht den ganzen Tag auf die Lieferung zu warten und kann das Essen schon jetzt vorbereiten."
„Mache ich doch gerne!", beteuerte Ferber ohne große Überzeugung, sprang trotzdem in den Wagen und düste auf die Hill. Die Lieferung setzte er nur kurze Zeit später auftragsgemäß bei Miriam ab. Er schaute auf ihre Küchenuhr und erschrak:
„Was, schon 11 Uhr vorbei, muss mich beeilen, tschüss!" Er wünschte ihr noch eine gute Besserung, verabschiedete sich und brauste, ein Eis am Stiel schleckend, nach Hause.

Dass aus dem Haus genau gegenüber von Julia und genau neben Miriam, bei Lily Wirtz, Ferbers Stiefschwester, schwarzer Rauch emporstieg, konnte er im Rückspiegel nicht mehr sehen. Denn er beeilte sich, um noch rechtzeitig zu seiner Telefonkonferenz an die Leitung zu gelangen. Die Kelten hatte er mittlerweile ganz vergessen.

Feuerwehr, Polizei, Notarztwagen Spurensicherung, kurz, das volle Programm erschien keine Viertelstunde später. Mit ohrenbetäubenden Martinshörnern bahnten sie sich den Weg frei durch den Stadtteil, der seit Julias Notruf ungeduldig auf Rettung wartete. Die Anwohner hatten bereits soweit wie möglich ihre Fahrzeuge aus dem Weg geräumt, um den Einsatzwagen der Feuerwehr die Zufahrt zu erleichtern. Aber wertvolle Minuten waren verstrichen, die Flammen loderten bereits zum Dach heraus. Die Fensterscheiben waren geplatzt, und Funken sprühten bis in die nachbarlichen Gärten. Eine unvorstellbare Hitze breitete sich aus. Die ganze Nachbarschaft stand auf den Gehwegen und beobachtete die Szenerie. Jeder stellte sich die bange Frage: War sie noch im Haus?

Sie, das war Lily Wirtz, Boy Ferbers Stiefschwester. Eine vertrackte Familiensituation: Ferbers Mutter hatte als Fünfzehnjährige ein Kind zur Welt gebracht und war von ihren Eltern prompt verstoßen worden. Daraufhin fristete sie mit ihrer Tochter, die sie auf den Namen Lily hatte taufen lassen, ein karges Leben in einem Heim unter der Aufsicht des Jugendamtes. Fast fünfzehn Jahre später heiratete sie dann doch noch diesen Ferber und gebar einen Sohn, Boy. Kurze Zeit später war ihr Mann bei einem Arbeitsunfall ums Leben gekommen. Das hatte ihr eine kleine Rente eingebracht, mit der sie mehr schlecht als recht versuchte, ihren Sohn zu ernähren. Lily war bereits über zwanzig, aus dem Haus und verdiente ihr eigenes Geld. Jenes Haus in Kernscheid hatte dem Ferber gehört, und das erbte nun seine Witwe, die es mit ihrem und Ferbers Sohn bewohnte. Als Boy schließlich auszog, um sein Atelier in eine weniger stark besiedelte Straße zu verlegen, zog Lily wieder zu ihrer Mutter. Als die Mutter vor drei Jahren über achtzigjährig verstarb, wollte Lily ihrem Bruder das Haus nicht mehr gönnen und strengte einen Prozess an. Aber das Urteil war bis jetzt noch nicht gesprochen worden.

Die Feuerwehrleute hatten die Schläuche entrollt und an die Hydranten angeschlossen. Sie sprühten aus allen Rohren Unmengen von Wasser in das Haus. Immer wieder trotzten die Flammen und hielten stand. Nach langem Kampf konnten endlich die ersten Männer in vollem Schutzanzug das halb abgebrannte Haus betreten. Ihnen bot sich ein Bild des Grauens.

Nach einer guten Stunde fuhr ein diskreter Leichenwagen einen Zinksarg vom Morgenweg zur Gerichtsmedizin. Die Spurensicherung hatte ihre Arbeit aufgenommen und die Anwohner kehrten tonlos und geschockt in ihre Häuser zurück.

IV

Zwei Tage später schaute Hauptkommissar Ralf Petry skeptisch zu seinem Faxgerät, das dabei war, einige Seiten auszudrucken. Kommissarin Tina Rubkow, seine rechte Hand, war bereits aufgesprungen, um die Nachricht entgegenzunehmen. Sie las die drei Seiten in Ruhe durch und schaute Pif vielsagend an.

„Der Bericht aus der Gerichtsmedizin. Vom Brand in Kernscheid."

„Ach ja. Und?"

„Oha, als Brandursache wird eine glimmende Zigarette mit 80-prozentiger Sicherheit angenommen. Die Frau war starke Raucherin."

„Und weiter?", wollte Pif wissen.

„Die Kleider sind in Brand geraten, der Sessel, der Teppich ..."

„Ja, aber konnte die Frau denn nicht hinauslaufen oder unter die Dusche?"

„Nein, eben nicht, mit zwei Projektilen im Rücken

läuft es sich bekanntlich nicht mehr so gut."
„Mit was?", fragte Pif fast ungläubig.
„Neun Millimeter, hier, schau mal die Fotos von den Projektilen." Tina reichte ihm die Bilder.
„Also kein Unfall, sondern Mord!"
„Ohne jeden Zweifel."
Pif schaute auf die Uhr:
„An die Arbeit, Tina, Zeit für die Konferenz, die andern werden auch schon unterwegs sein. Erstelle Kopien von den Fotos, die nehmen wir mit."

Dreizehn Personen saßen um den Konferenztisch herum: Pif und Tina, der Leiter der Spurensicherung mit seinen vier Mitarbeitern, zwei Männer und zwei Frauen, die nach dem Brand das Haus untersucht hatten, auch der Einsatzleiter der Feuerwehr und der Gruppenführer waren da. Zu ihnen stieß etwas später auch der Staatsanwalt. Nach der Begrüßung legte Pif wortlos die Fotos der Geschosse auf den Tisch und wartete ab. Die Bilder machten die Runde.
„Neun Millimeter, könnte von einer Beretta stammen", wagte sich eine der Frauen der Spurensicherung vor.
„Anna, da kannst du recht haben", urteilte ihr Chef, „wir müssen die Geschosse bekommen, um sie näher untersuchen zu können."
„Die liegen noch bei den Rechtsmedizinern, jeden

Moment muss auch deren Schlussbericht hier ankommen. Aber ich bin der Meinung, auch ohne diesen Schlussbericht können wir weitermachen. Sind die Geschosshülsen gefunden worden?"

„Sie können sich nicht vorstellen, Herr Petry, in welchem Zustand sich dieses Haus nach den Löscharbeiten befand. Tonnenweise musste verbranntes Material herausgeschleppt werden", berichtete der Einsatzleiter der Feuerwehr.

„Und wir sind dabei, jedes einzelne Teil zu prüfen", erklärte der Leiter der Spusi, „aber bis jetzt ist noch nichts gefunden worden. Kann aber noch vieles auftauchen."

„Ich lasse jedenfalls die Geschosse in die KTU senden", meinte Pif, „die sollen den dazugehörigen Waffentyp feststellen. Wurde die Waffe vielleicht gefunden?"

„Bis jetzt nicht", antwortete der Leiter der Spurensicherung, „das scheint mir auch ziemlich unwahrscheinlich zu sein. Die wenigsten Mörder lassen ihre Waffe neben der Leiche liegen, so vertrottelt ist keiner."

Pif schaute den Einsatzleiter der Feuerwehr an und fuhr mit seinen Fragen fort:

„Um welche Uhrzeit ist bei Ihnen die Brandmeldung eingegangen?"

„Das war genau ...", er kramte in seinen Unterlagen,

„Moment ... 11 Uhr und 12 Minuten. Da hat eine Frau Engling, die Nachbarin, angerufen."
Pif notierte sich die Uhrzeit und meinte:
„Gut. Nun sagen Sie mir, wie viel Zeit vergeht zwischen einem kleinen Schwelbrand, der von einer Zigarette ausgelöst wird und der Feuersbrunst, wie wir sie hier erlebt haben?"
„Das hängt ganz von den Materialien ab", dozierte der Einsatzleiter, „die sich in unmittelbarer Nähe der schwelenden Zigarette befinden. Das Wohnzimmer war mit Steinplatten ausgelegt und nicht mit Holz. Auch der Teppich ist zu beachten. Wollteppiche brennen zwar, aber wesentlich langsamer als Teppiche mit einem hohen Kunststoffanteil. Mit der Kleidung verhält es sich genauso. Ein Schwelbrand kann sogar ein oder zwei Stunden glimmen, bevor es zur Feuersbrunst kommt. Meist vergehen aber nur wenige Minuten. All das hängt immer vom Sauerstoffgehalt der Raumluft ab. Der größte Schaden allerdings entsteht erst nach Ausbruch des Feuers. Da zählt dann jede Sekunde."
„Ich möchte unbedingt noch wissen, welche Türen offen standen und welche geschlossen waren. Im Erdgeschoss, meine ich."
„Also", antwortete der Gruppenführer der Feuerwehr, „die Haustür war verschlossen, der Schlüssel steckte von innen. Offen standen die Terrassentür

der Küche, die Küchentür zum Flur und die Wohnzimmertür."
„Der Täter muss also durch den Garten, über die Terrasse hereingekommen sein. Das Opfer saß im Sessel des Wohnzimmers und ist nicht aufgestanden. Das lässt mich darauf schließen, dass das Opfer den Täter gekannt haben muss und ihn einfach hereingebeten hat."
„Ihn oder sie!", ergänzte Tina.
„Ja, eine Täterin kann das natürlich auch gewesen sein", musste Pif wohl oder übel eingestehen. *Daran hätte ich auch denken können,* überlegte er neidvoll.
Die Konferenz zog sich noch eine halbe Stunde hin, aber etwas Wesentliches hatte sich nicht mehr ergeben. Auch der Staatsanwalt hatte keine Fragen, er war nur gekommen, um sich ein Bild von dem Fall zu machen. Im Augenblick war sein Eingreifen nicht vonnöten. So beschlossen die Teilnehmer, sich erst wieder zu treffen, wenn die Spurensicherung ihre Arbeit im Haus als beendet ansehen würde und weitere Erkenntnisse vorlägen.

Als die Kommissare zurück in ihr Büro kamen, lag der Bericht der Gerichtsmedizin auf Pifs Schreibtisch. Der Kommissar überflog die vier Seiten, er suchte nach dem Todeszeitpunkt des Opfers.
„Hier Tina, Das Opfer war bereits tot, als der Brand

ausbrach. Außer Teer befanden sich keine Brandgase in den Lungen. Zwischen 10 und 11 Uhr muss sie erschossen worden sein, aber das behalten wir jetzt einmal ganz schön für uns.“

V

Das halb verbrannte Haus war am nächsten Tag mit einem Bauzaun umgeben und polizeilich abgeriegelt worden, um weitere eventuelle Ermittlungen nicht zu beeinträchtigen. Fünf weiß gekleidete Gestalten suchten weiterhin akribisch nach Anhaltspunkten, die der Aufklärung des Verbrechens dienlich sein würden.

Aber die Kriminalkommissare waren weit weniger an dem Haus interessiert als an dessen unmittelbarer Umgebung. Sie klingelten am ersten Nachbarhaus. Engling stand neben dem Klingelknopf zu lesen. Eine hübsche Vierzigjährige, die sich auf zwei Krücken abstützte, öffnete:
„Ja bitte?“
Die Kommissare stellten sich der Hausherrin vor, und die Haustür wurde weit geöffnet.
„Schrecklich, was vorgestern hier passiert ist“, berichtete Miriam Engling, als sie die beiden hereinführte, „Sie können sich ja gar nicht vorstellen, wie

man sich fühlt, wenn das Nachbarhaus in Flammen steht und man selbst muss machtlos zuschauen. Ich habe sofort die Feuerwehr alarmiert, als ich den Rauch sah."

„Haben Sie Frau Lily Wirtz gut gekannt, so als direkte Nachbarin ...?" Pif merkte zu spät, dass seine Eingangsfrage an Banalität nicht zu übertreffen war.

„Herr Hauptkommissar, ja, die haben wir gut gekannt." Es schien, als wolle Miriam Engling nur wenig Auskunft geben.

„Dann können Sie mir auch sagen", fuhr Pif fort, „mit welchem Menschen wir es hier zu tun haben. Beziehungsweise hatten."

Miriam Engling blieb eine Weile stumm. Schließlich sagte sie, mit der Krücke auf den Fuß zeigend:

„Das hier ist nicht so schlimm, ich habe mir nur den Fuß verknackst, kommt bald wieder in Ordnung."

Pif musterte sie tadelnd.

„Na? Ich meine, Sie sollten jetzt von meiner Frage nach der Nachbarin nicht ablenken."

„Herr Hauptkommissar, über Tote soll man nur Gutes reden."

„Und viel Gutes scheinen Sie ja nicht gerade zu berichten haben." Tina hatte sich in das Gespräch eingeschaltet.

„Nein, wirklich nicht. Dafür schweige ich dann lieber." Sie senkte den Blick. Aber so leicht konnte man

Pif nicht mit den üblichen christlichen Konventionen kommen.

„Frau Engling“, begann er milde, „wir haben die Pflicht, die Sache hier aufzuklären, und Sie haben die Pflicht, uns dabei zu helfen.“

„Aber das ist doch alles geklärt! Die Frau ist in ihrem Haus verbrannt, weil sie Opfer ihrer Nikotinsucht geworden ist, mehr als eine Zigarette hatte ihr bereits Löcher in den Fußboden der Küche gebrannt. Was gibt es da noch groß aufzuklären?“

„Sie ist aber im Wohnzimmer verbrannt und nicht in der Küche.“ Diese Information war Pif bereit, zu geben, über die Projektile wollte er heute noch kein Wort verlieren. So, wie es aussah, würde er noch häufiger hierhinkommen müssen.

„Dann ist die Zigarette eben auf den Teppich gefallen oder in den Sessel. Oder auf ihre Kunststoffkleider, die brennen ja wie Zunder. Die Frau ist tot, und jetzt haben wir unsere Ruhe.“

„Das“, griff der Kommissar schnell ein, „war aber auch nicht gerade christliche Nächstenliebe, Frau Engling. Das müssen Sie mir trotz Ihrer Vorbehalte näher erläutern.“

„Kommen Sie, Herr Kommissar, auch Sie, Frau Kommissarin, und schauen Sie sich das an!“ Miriam Engling zog die Wohnzimmergardine beiseite und erklärte:

„Sehen Sie mein Magnolienbäumchen dort? Oder besser, was davon noch übrig ist? Jahrelang habe ich es gehegt und gepflegt, und jetzt, das erste Jahr, wo es voll in den Knospen stand, finde ich morgens alle Äste abgeschnitten im Garten liegen."
„Ich sehe, dass Sie mit den Tränen kämpfen, Frau Engling", sagte Tina mitfühlend, „das kann ich gut verstehen, aber wieso sind Sie sicher, dass Ihre Nachbarin diesen Frevel behangen haben soll?"
„Weil ich in jener Nacht das typische Quietschen ihrer Terassentür gehört hatte. Und mehrfach ein knackendes Geräusch, das ich in der Nacht erst nicht recht deuten konnte. Erst am anderen Morgen habe ich gesehen, was Sache ist."

Zwei Kinder kamen hereingestürmt. Ein Junge von zwölf, vielleicht etwas älter, und ein Mädchen, gut ein Jahr jünger. Bildhübsche Kinder, aber vom Spielen draußen doch etwas schmutzig.
„Nun wascht euch erst einmal, und dann kommt Ihr unsere Gäste mit sauberen Händen begrüßen!", schärfte ihnen ihre Mutter ein.
„Aber wann kriegen wir endlich wieder einen neuen Ball?"
„Na, wird's bald ...!", scheuchte die Mutter die beiden.
Tina aber hatte sofort geschaltet und fragte, als die

Kinder den Raum verlassen hatten, ganz harmlos:
„Was war denn mit dem Ball?"
Die Mutter zögerte erst, fasste sich dann aber ein Herz und berichtete:
„Vergangene Woche war wieder einmal der Ball, und das war bereits ein neuer, rüber zu Wirtz in den Garten geflogen. Den Garten aber durften Max und Marie nie betreten, um sich den Ball wiederzuholen. Am anderen Tag lag er dann in unserem Garten, mit einem scharfen Messer zur Hälfte aufgeschlitzt. Das gab natürlich wieder ein Geheul ..."
„Das allerdings kann ich gut verstehen!", meinte Tina ehrlich, „so etwas ist doch unverschämt!"
„Aber in dem Fall, liebe Frau Engling," fügte Pif süffisant an, „müssen Sie ja erleichtert sein, weil Sie jetzt endgültig Ihre Ruhe haben vor Ihrer Nachbarin."
„Was wollen Sie denn damit andeuten, Herr Hauptkommissar?"
„Nun", meinte Pif, Sie haben uns ja jede Menge über Ihr zerrüttetes Verhältnis zu Frau Wirtz erzählt. Wann können wir Ihren Mann sprechen?"
Miriam Engling wurde blass im Gesicht, rang nach Atem. Verdächtig, sie? Nein, das konnte doch nicht sein! Ganz trocken antwortete sie:
„Entweder heute Abend nach sieben hier, oder jetzt in seinem Büro. Ich gebe Ihnen die Adresse."

Die Kommissare verabschiedeten sich, ohne die Kinder in sauberem Zustand gesehen zu haben.

Bei Uwe Neis, dem nächsten Nachbarn, bekamen sie eine völlig andere, aber im Kern doch ähnliche Antwort. Neis war eine verbitterte Figur und ließ die Kommissare nur zögerlich herein. Er hatte sich von seiner Frau scheiden lassen, weil sie angeblich ein Verhältnis mit dem Mann von Gisela Linden unterhielt. Das hatte ihm die Getötete als angebliche Augenzeugin in den schillerndsten Farben ausgeschmückt.
„Sehen Sie“, beichtete er den Kommissaren, „ich habe meine Frau geliebt. Sehr geliebt sogar und war ihr immer treu. Aber dieses Gift, das die Wirtz in unsere Ehe gestreut hatte, war auf die Dauer doch wirksam. Ich wurde argwöhnisch, begann, meine Frau zu überwachen, ihren Zeitplan auf Unstimmigkeiten zu prüfen. Um es kurz zu machen, ich misstraute meiner Ehefrau.“
„Und Misstrauen ist bekanntlich Gift für die Ehe!“
„Da haben Sie wohl recht, Frau Kommissarin. Aber den Lindens erging es ähnlich.“
„Wieso ähnlich?“, horchte Pif auf.
„Nun ja, der Gisela Linden hatte die Wirtz ebenfalls weisgemacht, meine Frau hätte ein Verhältnis mit ihrem Mann. Dasselbe Märchen. Und, da beide Häu-

ser vom Wirtz-Haus einsehbar sind, war die Geschichte zumindest glaubwürdig."

„Furchtbar, Herr Neis! Dann haben Sie ja wirklich allen Grund, der Frau Wirtz ..."

„Aber Herr Kommissar, ich habe das Feuer doch nicht gelegt! Ich habe ihr Haus nie mehr betreten. Das können Sie mir glauben."

„Das Gegenteil können wir Ihnen nicht beweisen", antwortete Pif trocken.

„Und was ist mit der Gisela Linden?", erkundigte sich Uwe Neis weiter.

„Mit der werden wir auch noch sprechen, deren Geschichte interessiert uns genauso wie Ihre."

„Die hat ihren Mann kurzerhand vor die Tür gesetzt. Das heißt, als er abends heimkam, war ein anderes Schloss in die Haustür montiert und seine Sachen lagen im Vorgarten. Seine Frau war für ihn nicht mehr zu sprechen", berichtete Neis freimütig.

„Hat die Frau Linden sich denn nie mit ihrem Mann ausgesprochen?", bohrte Tina weiter.

„Doch, später, soviel ich weiß. Aber da war der Riss bereits endgültig. Ihre Reue kam zu spät, da hatte sich ihr Mann bereits nach Australien oder Neuseeland abgesetzt. Dort hat er Freunde. Zwei Ehen hat die Ermordete zerstört, vier Menschen ins Unglück gestürzt", berichtete Neis zum Schluss. „Und Gisela Linden ist wenig zuhause. Die musste sich in psy-

chologische Behandlung begeben."
„Wir werden natürlich mit ihr sprechen, entweder hier in ihrem Haus oder auf dem Kommissariat", beruhigte ihn Pif. „Aber noch eine andere Frage, Herr Neis. In welchem Beruf arbeiten Sie?"
„Ich arbeite seit Jahren bei einer Security-Firma. Installiere Sicherheitsanlagen, kümmere mich um die Wartung. Im Augenblick überwache ich nachts die Monitore von privaten Tiefgaragen. Und ich halte mich für einen Einsatz parat, sollte ein Einbruch bei einem Kunden stattfinden. Nächste Woche habe ich wieder Tagesdienst. Dann würden Sie mich nicht am Nachmittag hier antreffen."
„Besitzen Sie eine Waffe, Herr Neis?", fragte Tina spontan.
„Darauf antworte ich Ihnen mit einem ganz klaren Jein!"
„Wie darf ich das verstehen?" Pif fühlte sich veräppelt.
„Herr Hauptkommissar, hier in meinem Haus besitze ich keine Waffe. Keine private Waffe. Im Beruf bekomme ich eine Waffe von meinem Vorgesetzten nur für einen gefährlichen Einsatz ausgehändigt. Nach dem Einsatz wird die Waffe von demselben Mann wieder angenommen, registriert und untersucht." „Wann hatten Sie Ihren letzten bewaffneten Einsatz, Herr Neis?"

„Das ist bereits mehr als ein Monat her. Da können Sie in der Firma nachfragen. Die Waffe habe ich vorschriftsmäßig und unbenutzt wieder abgegeben. Das können Sie gerne nachprüfen. Aber die Wirtz ist doch verbrannt, nicht erschossen worden?", fragte Neis alarmiert.

„Schon gut, Herr Neis, machen Sie sich keine Sorgen."

Die Kommissare hatten sich bereits verabschiedet, als Pif sich noch einmal umdrehte und Uwe Neis fragte:

„Wie heißt eigentlich Ihr Vorgesetzter?"

„Moment!" Neis eilte ins Wohnzimmer und brachte den Kommissaren eine Visitenkarte. „Hier sind alle Namen und Daten drauf, die Sie benötigen. Auf Wiedersehen, Frau Kommissarin, Herr Kommissar."

„Was hältst du von dem Neis?", fragte Tina Pif, als sie außer Hörweite waren.

„Da hätten wir schon eher ein klassisches Motiv! Der Neis und die Linden zusammen als Täter oder auch einzeln, das wäre denkbar. Nur frage ich mich, warum gerade jetzt, nach so langer Zeit?"

„Darauf habe ich auch keine Antwort."

Nebenan klingelten sie vergeblich, die Besitzer waren offensichtlich in Urlaub, was die Kommissare am stark vernachlässigten Zustand des Gartens ablesen konnten. Aber auf der anderen Straßenseite sahen sie eine junge Frau, die damit beschäftigt war, ihrem Kleinkind die ersten Schritte in seinem Leben unfallfrei zu gestalten. Die Kommissare sprachen die Frau an.

„Entschuldigen Sie, hätten Sie einen Moment Zeit für uns, Frau ...?“

„Görgen“, erwiderte diese. „Ich habe Sie aus dem Haus Engling herauskommen sehen, Sie scheinen von der Kripo zu sein, ich bin Julia Görgen. Furchtbar, was passiert ist! Kommen Sie doch mit ins Haus.“

Die junge Mutter nahm ihr Kind auf den Arm und ging den beiden Kommissaren voraus, bis sie letztlich im Wohnzimmer angelangt waren.

„Setzen Sie sich bitte! Kaffee?“

Sie stellte ihr kleines Mädchen in einen Laufstall, wo es augenblicklich anfing, zu schreien. Also nahm sie es wieder auf den Arm.

„Nein danke, lieb von Ihnen“, meinte Tina daraufhin. Die Kommissare wollten die Frau nicht unnötig beanspruchen, stellten sich ihr aber höflich vor.

„Was wollen Sie wissen?“, begann Julia Görgen die Unterredung, was natürlich den Kommissaren partout nicht passen wollte. Aber das zeigten sie nicht.

„Ihre Nachbarin, was war das für ein Mensch?“,

fragte Pif sie unumwunden.
„Wenn Sie bereits bei Miriam waren, müssten Sie es ja schon wissen."
„Wir wollen das aber gerne von *Ihnen* hören!" Eine junge und schnippische Frau war nicht gerade Pifs Lieblingsgesprächspartnerin. Er stutzte.
„Na gut. Das Bäumchen hat sie Ihnen bestimmt gezeigt. Und den Ball auch." Die Frau stand auf und kramte wortlos in einer Schublade, ehe sie mehrere Schreiben herausnahm und den Kommissaren förmlich aufdrängte.
„Schauen Sie, so ging die mit uns um! Die Polizei hat sie alarmiert, wenn unsere kleine Michelle nachts geschrien hatte. Ich muss zugeben, dass sie ein Schreikind war und zum Teil auch noch ist, aber für ihr Verhalten haben mehrere Kinderärzte unabhängig voneinander nicht die geringste Ursache gefunden. Sie ist ein vollkommen gesundes Baby, auch ohne jede Spur von Gewaltanwendung, und sie gedeiht prächtig. Aber nur auf dem Arm ist sie ruhig, Sie haben es ja gerade selbst erlebt. Und dann kam das Jugendamt, aber diese Leute haben wenigstens klargesehen und uns dann in Ruhe gelassen." Sie setzte Michelle auf ihren Schoß. Und in der Tat, das Kind strahlte die Welt wieder an wie ein Honigkuchenpferd.
Die Kommissare wechselten untereinander einen

schnellen Blick. *Das kann ja noch heiter werden,* dachten sie.

Plötzlich fiel Pif ein, noch niemanden nach Verwandten der Verstorbenen befragt zu haben. Dass sie allein gelebt hatte, war den Behörden bekannt, aber nähere oder auch entfernte Verwandtschaft konnte sie dennoch gehabt haben. Dieses sträfliche Versäumnis galt es, so schnell wie möglich zu beheben.

„Einmal eine ganz andere Frage", führte er wie beiläufig an, „hat die Verstorbene denn eigentlich noch Verwandte?"

„Aber Herr Hauptkommissar, haben Sie den Halbbruder denn schon einmal befragt? Der war doch vorgestern auch hier in der Straße. Aber die beiden können sich nicht ausstehen. Konnten sich nicht ausstehen ...", verbesserte sie sich, „aber der Boy ist ein feiner Kerl."

Pif war hellhörig geworden.

„Ein Halbbruder? Von dem wissen wir nichts! Wie heißt der, und wo wohnt er?"

Julia Görgen stand wieder auf, nahm ihr Kind auf den Arm, kramte mit einer Hand ein Stück Papier hervor und notierte die gewünschten Informationen. Die Kommissare verabschiedeten sich höflich und fuhren angewidert und entsetzt zurück ins Kommissariat. Beeindruckt vom dem, was ihnen zu Ohren gekommen war, war jeder in seine eigenen Gedanken versunken, daher verlief die Fahrt ausgesprochen still. Jeder der beiden hatte genug damit zu tun, sich die Situation in der Straße auszumalen.

Erst auf der Dienststelle entwickelte sich das erste Gespräch. Pif zog Bilanz: „Diese Lily Wirtz scheint ja eine ausgekochte Intrigantin gewesen zu sein!"
„Viel schlimmer noch!", bestärkte Tina ihn. „Sie war eine regelrechte Verbrecherin, nämlich eine Rufmörderin. Und das mit vollem Wissen und Willen. Sie hat absolut bewusst perfide gehandelt, keineswegs fahrlässig! Dass es solche Leute überhaupt gibt! Ekelhaft!"
„Tina", versuchte Pif sie zu beruhigen, „vielleicht war sie eine einsame und verlassene Frau, die ..."
„Jetzt reicht's aber mit deinen Beschönigungen, mein lieber Pif; die Frau war kriminell bis ins Mark ihrer Knochen, die hat sich doch nie mit ihren Nachbarn vertragen wollen!"
Das aber sah der Hauptkommissar völlig anders: „Irgendetwas muss sie doch erst zu einem solchen Verhalten veranlasst haben. So bösartig wird doch kein Mensch geboren!"
Daraufhin schüttelte Tina nur den Kopf und meinte: „Hätte ich in der Straße gelebt, wäre ich auch ..."

„Tina, nun halt aber mal die Luft an!"

„Ist doch wahr! Schau mal, zwei Ehen hat sie bewusst kaputtgemacht, die der Neis' und die der Lindens, den Görgens schickt sie die Polizei ins Haus, und die Englings hat sie schikaniert bis zum Gehtnichtmehr. Am liebsten würde ich die Ermittlungen einstellen."

„Ich aber nicht, ich will hinter die Sache kommen. Wie heißt denn der Halbbruder?"

Tina blätterte in den Unterlagen: „Boy Ferber, wohnt in der Baltzstraße."

„Wo?"

„Oberhalb von der Domäne Avelsbach. Da war ich noch nie."

„Ich auch noch nicht, aber Tina, ich glaube, wir machen Schluss für heute, morgen werden wir uns diesen Halbbruder Ferber einmal ansehen."

„Gute Idee Pif, ich schätze, dort könnten wir fündig werden."

VI

Boy Ferber war Steinbildhauer. Seine Lieblingsarbeitszeit begann am Nachmittag und zog sich ohne Unterbrechung bis zum Einbruch der Nacht hin. Am liebsten bearbeitete er sein Rohmaterial, festen Sandstein, in der Nachmittags- und Abendsonne, wenn das Licht sanft hinweg über die Konturen der Steine zog. Den Vormittag nutzte er für andere Tätigkeiten, machte etwas Ausgleichssport, erledigte Behördengänge oder Einkäufe. Hauptsächlich aber brütete Ferber, wenn er richtig ausgeschlafen war, über den Zeichnungen und Plänen von seinen Kunstwerken. Niemand störte ihn, für niemanden musste er sorgen. Tagsüber brachte er es auch schon einmal fertig, nur von drei belegten Broten oder einer Dosensuppe zu leben. Kuchen liebte er ebenfalls, und auf seine tägliche Dosis Theobromin in Form von Schokolade hätte er nie verzichtet; und niemand hinderte ihn dran. Seine Kunst war ihm wichtiger als eine ausgewogene Ernährung. Wenn ihm hin und wieder der Atem stockte, führte er es auf Vitaminmangel zurück. Dann genehmigte er sich einen Apfel oder eine Banane. Ein Blick in den Spiegel hätte ihm wohl geraten, in seinem Leben etwas zu verändern, aber er vermied es, sich viel anzuschauen. Staubbedeckt war er wirklich nicht gerade eine Augenweide. Frisch aus der Dusche heraus und noch ungestylt sah er ebenfalls nicht unbedingt zum Verlieben aus. Ganz passabel allerdings erschien er zu Preisverleihungen oder auch Terminen, die mit Repräsentation zu tun hatten. Wie er das schaffte, verriet er niemandem. Aber seine Bildhauerkunst mit dem vielen Steinmehl sorgte stets dafür, dass dieses gute Aussehen nie von großer Dauer war.

Sein Atelier hatte er in der ehemaligen Scheune seines Hauses eingerichtet, die direkt an das kleine Wohnhaus angebaut war. Der hohe Giebel erlaubte es Ferber, mit einer Winde größere Gesteinsbrocken bis in die Mitte des Raumes zu heben. Auf mehreren stabilen Tischen waren seine fertigen Arbeiten abgestellt, dicht an dicht. Viele noch nicht verkaufte Plastiken hatten bereits eine beachtliche Staubschicht abbekommen. Eine ganze Wand war über und über bedeckt mit Zeichnungen und Skizzen. Die zwei anderen Wände waren mit Halterungen versehen, die seine Arbeitsgeräte aufbewahrten; die Handeisen, Kehleisen, die Bossier-, Zahn- und Sprengeisen. Daneben die Holzknüpfel, die Setzhämmer verschiedener Gewichtsklassen und die Fäustel. Rechts und links neben dem Eingangstor, wo er Strom hatte verlegen lassen, standen seine Kompressoren und Druckluftwerkzeuge. Das ganze Atelier war trotz einer gewissen Systematik in der Anordnung auf den ersten Blick eher ein Chaos. Fertig modellierte Köpfe standen auf und unter den Tischen zwischen halb fertigen Studien von Wildtieren, Brunnenfiguren fanden sich neben einem zerbrochenen Grabstein, abstrakte Plastiken neben höchst ansprechenden weiblichen Rundungen. Und überall dazwischen lagen unbearbeitete Gesteine, Blöcke und Stelen. Schmale Gänge ließen den Künstler oder seine Besucher zu den Werken gelangen. Nur in der Mitte des Raumes war genügend Platz gelassen, um ein größeres Werk bearbeiten zu können. Dort befanden sich auch der einzige Stuhl des ganzen Ateliers sowie eine ordentliche Beleuchtung. Im Augenblick standen hier einige Gipsmodelle zum Thema Treverer, nichts Ausgewogenes, nichts Überdachtes. Eine Museumsleiterin hätte ihre helle Freude daran gehabt, aus diesem Durcheinander eine höchst kunstvolle Präsentation zu gestalten.

So schlug sich der fünfundvierzigjährige Künstler durchs Leben und hatte, allem Anschein nach, nicht das geringste Interesse, an seinem Stil irgendetwas zu ändern. Seine Gedanken kreisten ohnehin nur noch um das Thema Treverer; da blieb keine Zeit für Banalitäten wie Ernährung, Kleidung oder Haushalt. Mit seinem neu erworbenem Wissen über diese

Frühbewohner seiner Stadt begann er, weitere Entwürfe für das Keltendenkmal zu skizzieren, prüfte sie am anderen Tag, wog ab, verwarf Ideen, entwickelte andere, die er ebenfalls wieder verwarf. Tagsüber ließ ihn das Denkmal nicht los, des Nachts quälte es ihn.

Bis endlich die einzelnen Bedingungen für das Denkmal von der Stadt veröffentlicht wurden: Die Ausmaße des Kunstwerks sollten einen Kubus von vier Metern Seitenlänge nicht überschreiten. Ausnahmen mit Begründung würden unter Umständen nach Rücksprache genehmigt werden können. Die Auswahl der Materialien stünde zur freien Verfügung. Aber das Thema müsste, ohne große intellektuelle Ansprüche an die Betrachter zu erheben, leicht erkennbar und interpretierbar sein.

Aha. Sehr klar und eindeutig. Nur, es fragte sich, wie sich diese akademische Interpretation in einem Kunstwerk ausdrücken ließe. Nach einigen schlaflosen Nächten und vielen weiteren Informationsstudien begann in Ferber, eine Idee zu reifen.

Inspiriert von den Eisenkesseln der Treverer kam er zu deren Schwertern, und ausgehend davon, dass die keltische Zeit Eisenzeit genannt wurde, war Eisen nun für ihn zum wichtigsten Material für ein keltisches Denkmal geworden. Nur, das Problem war, dass Ferber Steinbildhauer war, da würde es für ihn noch viele Schwierigkeiten zu meistern geben.

Sein Telefon klingelte. Er klopfte seine staubigen Hände an der Hose ab und meldete sich:
„Boy Ferber."
„Hier Kriminalhauptkommissar Ralf Petry, Herr Ferber, wir möchten Sie sprechen, bleiben Sie bitte daheim, in einer Viertelstunde sind wir da."
Noch ehe Ferber etwas erwidern konnte, wurde aufgelegt. *Die Polizei! Na ja, war schließlich auch zu erwarten nach dem gewaltsamen Tod meiner Halbschwester,* dachte er und begab sich zurück in seine Werkstatt.

Als Pif und Tina schließlich bei Ferber eintrafen, war dieser nicht mehr zuhause. Nirgendwo konnten die Kommissare ihn finden, nicht in seinem Wohnhaus, nicht in seiner Werkstatt. Also beschlossen sie, die Nachbarn zu befragen. Im Nachbarhaus öffnete ihnen eine junge Frau. Furchtbar erschrocken allerdings war sie, als sie erfuhr, wer vor ihr stand.
„Aber nicht doch, beruhigen Sie sich, Frau …?"
„Trierweiler … Bettina Trierweiler."
„Ich bin Kommissarin Rubkov, und hier ist mein Kollege Hauptkommissar Ralf Petry", erklärte Tina

ihr, „wir wollten nur Herrn Ferber kurz sprechen."

„Boy Ferber? Der war eben noch hier in seiner Werkstatt am Herumhauen, plötzlich hat er geschrien wie am Spieß und ist mit seinem Auto in aller Eile weggebraust," erklärte ihnen die junge Nachbarin, die sich von ihrem ersten Schrecken etwas erholt hatte.

„Wissen Sie denn, wohin er gefahren ist?", wollte Tina wissen.

„Nein, keine Ahnung, aber wenn Sie meinen Mann sprechen wollen ..."

„Nei...", war Tina bereits vorgeprescht.

„Aber gerne, wo befindet sich denn Ihr Mann?", fiel Pif ihr sogleich ins Wort.

„Hinter dem Haus im Schuppen. Er feiert heute seinen freien Tag und wollte mal gründlich entrümpeln."

Die Kommissare umrundeten das Haus, durchquerten einen neuen, akkurat angelegten Gemüsegarten und gelangten schließlich zum Schuppen. Auch der junge Mann zeigte sich überrascht vom Besuch der Kommissare und stellte sich vor.

„Siggi Becker, was kann ich für Sie tun?"

Tina glaubte, aufgrund der Wortwahl, dieser Becker könnte in einem Callcenter beschäftigt sein und konterte:

„Eine Menge können Sie für uns tun, Herr Becker.

Wir haben uns bei Ihrem Nachbarn angemeldet. Plötzlich aber ist er verschwunden."
„Ich habe ihn schreien hören", erwiderte Becker, „elendig schreien hören, das klang wirklich nach einem ernsten Problem. Aber als ich ihm zur Hilfe eilen wollte, ist er bereits fortgefahren. Keine Ahnung, warum."
„Klingt nach Unfall oder?", mutmaßte Tina.
„Na, abwarten, kann ja auch eine vorgetäuschte Verletzung sein. Welches Krankenhaus hat denn Notdienst?", konterte Pif.
Becker lief ins Haus und kam wenig später mit dem Trierischen Volksfreund zurück:
„Hier! Notdienst haben die Brüder!"
Ein Anruf im Brüderkrankenhaus allerdings brachte die Kommissare auch nicht weiter:
„Hier ist die Hölle los, tut uns leid, aber solche Anfragen können wir im Augenblick nicht beantworten. Warten Sie noch vierundzwanzig Stunden, dann haben wir den Überblick und können Ihnen vielleicht Auskunft geben."

Da die Kommissare nun schon einmal beim Atelier des Bildhauers waren, versuchten sie, mehr über ihn zu erfahren. So fragte Tina vorsichtig:
„Wie lange sind Sie denn bereits Nachbarn?"

„Noch nicht lange“, berichtete Siggi Becker, „wir sind erst kurz vor Weihnachten hier eingezogen und haben mit Herrn Ferber nur oberflächlichen Kontakt.“

Was meint der wohl genau mit oberflächlichem Kontakt, fragte Tina sich, aber Pif nahm ihr die Fragerei ab:

„Lebt er eigentlich allein?“

„Ja, wie es aussieht. Bis jetzt jedenfalls haben wir hier noch keine Frau gesehen. Er hat auch noch nie eine erwähnt. Kommt anscheinend aber gut klar.“

„Welchen Wagen fährt er eigentlich?“ Tina war wie immer pragmatisch. Dass sie aber Pif in seiner Strategie unterbrochen hatte, war ihr nicht aufgefallen.

„Einen Subaru Forester, silberfarben.“

„Dann haben wir keine weiteren Fragen mehr an Sie, Herr Becker, danke für die Auskunft.“

Pif war es recht, dieses Gespräch abzukürzen, ohnehin wäre nicht viel mehr dabei herausgekommen, da lag Tina richtig. Die Kommissare fuhren ab. Unterwegs aber bat Pif Tina:

„Bitte fahre nochmals in den Morgenweg, da sollten wir uns noch einmal umschauen.

Wie lange, fragte sich Pif unterwegs, *bin ich eigentlich Ermittler?* Vor dreißig Jahren, als junger Hitzkopf, hatte er in einem Ermittlerteam erst den Handlanger, einige Jahre später den Jungkommissar gespielt. Wie viele Fälle er bereits untersucht hatte, zuerst mithilfe erfahrener Kommissare und später als Chef, das konnte er nicht beantworten. Er klappte die Sonnenblende herunter und betrachtete sich im Spiegel. Immer mehr Salz im Pfeffer seiner Haarfarbe, die vielen Falten im Gesicht, der fahle Teint, ein Bild, so typisch wie sein letztes Passbild. Das hieß im Klartext: In Urlaub fahren. Ja, das wusste er seit Langem, aber immer, wenn es ruhiger an der Verbrecherfront war, und er die ersten Urlaubspläne schmiedete, geschah wieder ein Tötungsdelikt, und er glaubte, nicht mehr abkömmlich zu sein. War das der Beginn eines Workaholic-Syndroms? Oder war es die Tatsache, dass er Tina noch nicht genügend zutraute, um verzwickte Zusammenhänge im Alleingang aufklären zu können? Er schielte zu der fahrenden Tina hinüber. *Kann eine so hübsche junge Frau je ein Morddezernat leiten?*, fragte er sich. *Kann sie nicht,* meinte sein Ego. Konnte sie sehr wohl, wie die Erfahrung gezeigt hatte, die er bis jetzt mit ihr gemacht hatte. *Den richtigen Riecher hat sie, kaltblütig ist sie für zwei, das hat sie erst vor Kurzem bewiesen. Also? Was spricht gegen Urlaub?* Diesen Gedanken jedoch schob Pif schneller von sich, als er aufgetaucht war. *Nicht während dieses Falles! Den muss ich erst lösen. Aber, wer weiß denn schon, was danach wieder passiert? Nein, trotzdem, jetzt auf keinen Fall. Egal wann, nur jetzt*

nicht. Aber ein Workaholic bin ich wirklich nicht! Irgendwann merkte er, dass dies nur ein verzweifelter Versuch war, der Realität nicht ins Auge sehen zu müssen.
„Denkst du auch über diesen Ferber nach?“, riss Tina ihren Chef aus seinen Überlegungen.
„Nein … doch, ja, natürlich!“ Pif wollte sich nicht in die Karten schauen lassen. „Was meinst du? War es Unfall oder Absicht?“
„Hatten wir schon.“
„Mehrmals sogar.“
„Stimmt. Deine Meinung?“
Pif hob die Schultern. „Abwarten!“

Ganz friedlich sah er aus, der Morgenweg, beinahe alle Vorgärten boten einen liebevoll gepflegten Anblick. Nur zwei Häuser und ihre Gärten wirkten eher ungepflegt. Im Unglückshaus arbeitete immer noch die Spurensicherung mit Experten vom Brandschutz an der Brandursache; ein PKW der Städtischen Feuerwehr stand vor dem Haus.

Tina parkte den Wagen neben dem Unglückshaus und Pif marschierte gleich zu den Männern.
„Guten Tag, schon was Definitives?“
„Nicht so ganz“, meinte der leitende Feuerwehrmann, „bis jetzt haben wir noch keine Spur von ei-

nem Brandbeschleuniger gefunden. Es sieht immer mehr danach aus, als wäre eine brennende Zigarette als Ursache für diesen Brand anzusehen. Die Frau muss eingenickt sein."

„Nein, unter uns, sie war bereits tot. Nach zwei Schüssen in die Wirbelsäule kann die Zigarette heruntergefallen sein." Pif hatte ganz leise gesprochen, damit nicht zufällig diese Worte in falsche Ohren geraten konnten.

„Bereits tot? Dann kann man sich immer noch fragen, ob dieser Brand nicht auch mit einer frisch angezündeten Zigarette absichtlich gelegt wurde. Möglich wäre auch das." Der Mann war formell. „Das können wir in dem Fall nicht wissen."

Pif überlegte. *Die Frau war tot oder zumindest schwerstverletzt, sonst hätte sie noch aufspringen und sich retten können. Das ist eindeutig ein Mord, der Brand geht wahrscheinlich auf eine brennende Zigarette zurück, auf ihre oder auf die des Mörders, aber wenn sie bereits tot war, interessiert es mich nicht weiter, denn es ist nicht verboten, Leichen zu verbrennen. Der Punkt muss noch geklärt werden …*

Tina schaltete sich ein: „Moment mal, Pif das sehe ich eindeutig anders! Brandstiftung zerstört nicht nur Sachwerte, nein, sie gefährdet immerhin auch

Menschen! Einen Besucher, die Mitbewohner oder Nachbarn, was weiß ich?!"

Pif hätte sich am liebsten geohrfeigt für seine wenig professionelle Bemerkung. Aber plötzlich fiel ihm ein passendes Argument ein.
„Wir suchen den Mörder, und wenn wir den haben, so haben wir auch den mutmaßlichen Brandstifter.
Tina gab sich geschlagen, Pif jubelte innerlich.
Mit dieser Argumentation konnten auch die Feuerwehrmänner gut leben, und sie entschieden sich für die Zigarette als Brandursache. Der Rest war Sache des Morddezernats. Also verabschiedete man sich erleichtert.

Pif und Tina klingelten an den beiden Häusern, die verlassen aussahen, wie erwartet antwortete niemand auf die Klingelzeichen. Tina notierte die Namen: von Eyß, Cornel und Kutscher. Ohne Vornamen. Sie erkundigte sich beim Bürgeramt und bekam die neue Anschrift sofort. Cornel von Eyß und Catharina wohnten in Ehrang. Die Kutschers, Johannes und Eva, ein älteres Ehepaar, verbrachten den Ruhestand auf Mallorca.

„Jetzt oder später?", fragte Tina.
„Später, vielleicht auch erst morgen, mal sehen, wie das heute hier so läuft."

Sie klingelten bei Frau Linden.

Eine bildhübsche rothaarige Dreißigjährige mit veilchenblauen Augen öffnete ihnen. „Ja, bitte?"

Die Kommissare stellten sich vor und wurden ins Wohnzimmer gebeten. Ihr Besuch von gestern hatte sich in der Straße bereits herumgesprochen, Gisela Linden erwartete also das Auftauchen der Kommissare. Demgemäß sah das Haus auch aus; alles war picobello sauber und aufgeräumt, mit einem kleinen Blumenstrauß und einer Schale Konfekt auf dem Wohnzimmertisch. Tina musste sich auf die Zunge beißen, um nicht zu fragen, ob sie Besuch erwartete.

Alles in allem verlief das Gespräch wie vermutet. Gisela Linden bedauerte sehr, ihrem Mann Unrecht getan zu haben und auch die Tatsache, dass dieser nun nicht mehr zu ihr zurückkommen würde. Natürlich beschuldigte sie Lily Wirtz der Verleumdung, gab aber sich selbst die Hauptschuld am Zerbrechen ihrer Ehe.
„Sehen Sie, wenn Zweifel gesät werden, wenn Sie so hin und her schwanken, nicht wissen, was wahr ist und was unwahr, dann ist es sehr schwierig, das volle Vertrauen in den Partner aufrechtzuerhalten. Dann kann es sehr schnell gehen. Eine junge Ehe ist vielleicht viel gefährdeter als eine, die bereits sturmerprobt ist."

„Was hatte Lily Wirtz denn über Ihren Mann behauptet?“, erkundigte sich schließlich Pif.
„Sie muss hinter der Gardine drauf gelauert haben, wann mein Mann nach Haus kam. Dann hat sie mir am nächsten Tag, natürlich unter dem Siegel der Verschwiegenheit, berichtet, dass sie ihn zuvor aus dem Hinterausgang des Hauses Neis hätte herauskommen sehen, dabei Frau Neis noch heftig abknutschen und über den Feldweg zu seinem Auto laufen. Dasselbe erzählte sie dann dem Uwe Neis. Den hatte sie natürlich auch ausspioniert, und sie wusste ganz genau, dass der zu dem Zeitpunkt auch nicht zuhause war.“ Und bitter fügte sie hinzu: „Keiner konnte sie also der Lüge überführen.“
„Und eine solche Behauptung haben Sie dann geglaubt?“, schlussfolgerte Tina.
„Leider war es nicht nur eine, sie muss uns ständig beobachtet haben, denn diese oder ähnliche Verleumdungen wurden mehrfach ausgesprochen. Bis schließlich das Gift wirkte.“
Pif räusperte sich: „Und als Sie das Vertrauen in Ihren Mann ganz verloren hatten, da haben Sie die Scheidung eingereicht.“
„Ja, leider. Aber niemand konnte ihre Aussagen widerlegen, das war ja gerade das Perfide an der Sache.“
„Sie wissen ja, dass dies ein sehr gutes Motiv wäre,

um ...“ Tina suchte nach einer möglichst moderaten Formulierung.
„Ich weiß das, Frau Kommissarin, ich habe Ihnen die Fakten auf den Tisch gelegt, so wie sie waren. Ja, ich habe ein verdammt starkes Motiv, dieser Frau an den Kragen zu gehen. Aber ich habe ihr Haus nicht angezündet. Ich habe sie nicht umgebracht.“
„Wo befindet sich Ihr Mann denn jetzt? Und wie heißt er mit Vornamen?“
„Herr Kommissar, mein Ex-Mann ist nach Neuseeland ausgewandert. Der hatte die Schnauze voll, wie man so schön sagt. Dort ist er mittlerweile sesshaft geworden und will nie mehr zurückkommen. Hat er mir durch seinen Anwalt mitteilen lassen.“
„Wie heißt denn sein Anwalt?“

Gisela Linden erhob sich, öffnete eine Schublade und reichte den Kommissaren eine Visitenkarte. Tina steckte sie ein. „Danke, Frau Linden. Wir haben im Augenblick keine weiteren Fragen.“

Schweigend stiegen Pif und Tina ins Auto und fuhren zurück ins Kommissariat. Jeder hing seinen Gedanken nach. Ein jeder von ihnen versetzte sich in die Lage von Gisela Linden. Pif überlegte, ob er in einem solchen Fall das Vertrauen in Annette aufrechterhielte oder solch massiven Anschuldigungen

Glauben schenken würde. Ein gutes Jahr lebte er nun schon mit Annette glücklich und zufrieden in ihrem Haus in Biewer, aber eine solche Prüfung war ihnen noch nicht auferlegt worden. Würde er standhalten? Er hoffte es.

Tina bedauerte Gisela Linden, sie konnte ihre Entscheidung, sich von ihrem Mann zu trennen, aber gut verstehen. Gisela Linden war eine sehr junge Frau, die womöglich noch nicht mit allen Unwägbarkeiten des Lebens konfrontiert worden war. Die gleichaltrige Tina hingegen hatte in ihrem Beruf bereits tief in die Abgründe menschlicher Schwächen und Unzulänglichkeiten geblickt, um nicht allzu sehr über solche Infamien zu erschrecken. Aber, wie würde sie reagieren, wenn sie persönlich betroffen wäre? Wenn plötzlich Fakten im Raum stünden, die nicht widerlegbar schienen. Und dann ...? Tina zog es vor, sich dieser Konfrontation nicht zu stellen, sondern sich auf den Straßenverkehr zu konzentrieren.

VII

Boy Ferber war aus dem Krankenhaus entlassen worden, zwei Finger der linken Hand genäht, geschient und verbunden. Mit Schmerzmitteln vollgepumpt ließ er sich mit einem Taxi nach Hause fahren, wo er seinen Nachbarn darum bat, mit dem Taxi zum Parkhaus zurückzukehren, um den Subaru abzuholen. Er selbst legte sich ins Bett und schlief sofort ein.

In seinen Träumen wurde er von Kelten gejagt. Sie bewarfen ihn anfangs mit Steinen, später mit Kochtöpfen, schließlich mit Schwertern. Er rettete sich aus dem Altbachtal bis in den Kreisel an den Kaiserthermen, wo er in einen Bus stieg und sich wieder in seinem Jahrhundert angekommen fühlte. Aufgewacht war er erst, als es bereits dämmerte. Die Schmerzen in seiner Hand riefen nach weiteren Tabletten, die er sich dann auch genehmigte. Als er in der Küche stand, sah er den Zettel, daneben seine Autoschlüssel. Er las hastig: „Lieber Boy, dein Wagen steht in deiner Garage. Wir haben uns erlaubt, dir einen kleinen Imbiss in deinen Kühlschrank zu stellen. Die Polizei war hier. Du sollst anrufen. Die Nummer habe ich notiert. Melde dich, wenn du was brauchst. Gute Besserung, Siggi."

Die Polizei! Jetzt fiel es ihm wieder ein. Er wählte die Nummer, aber niemand hob ab. Wie spät war es eigentlich? Die Küchenuhr zeigte halb acht. *Na dann, schönen Feierabend, Herr Kommissar!*

Neugierig öffnete er den Kühlschrank. Durch eine Glasschüssel hindurch erblickte er Kartoffelsalat mit Kräutern und Gürkchen, zwei Wiener Würste darauf, und daneben, in einem mit Folie abgedeckten Schälchen, stand frischer Obstsalat. Für Senf und Bier hatten die Nachbarn ebenfalls gesorgt. *Das hat man davon, wenn man die Tür nicht abschließt*, dachte er und lächelte dabei. Er griff zum Handy und bedankte sich herzlich bei den Nachbarn. Man wollte sich aber besser erst am nächsten Tag sehen.

Als das Medikament endlich wirkte, zog er sich mit einem Buch über die Kelten auf sein Sofa zurück, blätterte darin und vertiefte sich immer mehr in eine Zeit und in eine Kultur, von der er noch reichlich wenig wusste.

Am anderen Morgen stand Ferber bereits kurz nach acht Uhr vor Pifs Dienstzimmer und klopfte dezent, aber dennoch vernehmbar.

Er wurde hereingebeten, und da stand er nun vor

beiden Ermittlern mit zerknirschtem Gesichtsausdruck, einem Schüler gleich, der etwas ausgefressen hatte. Er räusperte sich.
„Guten Morgen, ich bin Boy Ferber, es tut mir leid wegen gestern."

Tina schaute mitfühlend auf seine dick verbundene linke Hand und fragte Ferber:
„Schlimm? Sieht echt böse aus."

Ferber war erst einmal erleichtert.
„Nicht so schlimm, zwei Fingerknochen angerissen, ein Gelenk kaputt und zwei Wunden genäht. Schmerzt noch böse. Aber hätte schlimmer kommen können."
„Wie haben Sie denn so etwas fertig gebracht, schließlich sind Sie es doch gewohnt, mit Hammer und Meißel zu arbeiten?" Pif wollte gleich klären, ob es Absicht hätte sein können.
„Je komplizierter die Arbeit, desto besser passe ich auf, auf den Stein und auf die Finger. Das hier ist mir bei der groben Bearbeitung unterlaufen, da haut man fester zu, und man arbeitet mitunter weniger konzentriert."

Das klang erst einmal logisch. „Aber", fügte Ferber hinzu, „es passierte in einem denkbar schlechten Moment für mich. Einen Monat lang werde ich jetzt nicht richtig arbeiten können, aber ich will doch für den Wettbewerb über das Keltendenkmal eine Arbeit einreichen und kann nichts anfassen im Augenblick. Da wird mir die Zeit arg knapp."

Dieses zweite schlagkräftigere Argument, das eigentlich gegen einen absichtlich herbeigeführten Unfall sprechen sollte, verdarb Pif die Glaubwürdigkeit des ersten. „Und, was gedenken Sie, jetzt zu tun?"
„Ich muss versuchen, es doch noch irgendwie hinzukriegen. Wenn's nicht anders geht, dann halt mit fremder Hilfe. Aber im Augenblick bin ich eh erst in der Planung und bei der Beschaffung des Materials für das Modell. Dann muss ich weitersehen." Ferber wunderte sich, dass die Kommissare immer noch bei diesem Geplänkel blieben.
„Wer könnte Ihnen denn behilflich sein?", erkundigte sich Tina.
„Nun, das hängt ganz von den Arbeiten ab. Aber jemand, der auf dem Bau arbeitet, wäre schon nicht schlecht."

Endlich ging Pif zu den eigentlichen Fragen über.
„Herr Ferber, ich nehme an, Sie wissen, warum wir mit Ihnen sprechen müssen."

Ferber nickte, Pif fuhr fort: „Vor drei Tagen ist Ihre Halbschwester einem Brandanschlag zum Opfer gefallen. Und Sie waren zum gleichen Zeitpunkt im Morgenweg. Können Sie uns das erklären?"

„Aber gerne. Ich war dort zum Joggen. Meine Lieblingsstrecke. Das Haus, in dem meine Schwester wohnt, habe ich seit drei Jahren nicht mehr betreten."

„Und von dem Brand wollen Sie nichts bemerkt haben?", hakte Pif nach.

„Nein, habe ich nicht. Als ich mich von Frau Engling verabschiedete und heimgefahren bin, hat es definitiv nicht gebrannt."

„Zu der Zeit muss es aber bereits gewaltig geglimmt haben."

„Mir war nichts aufgefallen."

Immer noch hielt Pif die Information über die Projektile in der Hinterhand.

„Sie haben doch bestimmt einen Blick auf das Haus geworfen, da hätten Sie doch schon Rauch erkennen können!", bohrte Pif weiter.

„Dem Haus drehe ich prinzipiell den Rücken."

„Das kann ich sogar verstehen, ich habe die Besitzverhältnisse aus der Klageschrift erfahren, die Sie gegen Ihre Halbschwester erhoben haben. Aber, Herr Ferber, daraus ergibt sich auch ein prima Motiv!"

„Natürlich hätte ich ein Motiv, ein erstklassiges sogar, nur habe ich es nicht getan! Ich *war nicht* im Haus!"

„Herr Ferber, Sie waren mehr als eine Stunde lang in Kernscheid, was haben Sie denn die ganze Zeit da gemacht, wenn nicht Ihre Halbschwester besuchen?“

Ferber hatte längst das Misstrauen gespürt, das der Hauptkommissar ihm gegenüber hegte. Er versuchte, sich zu erinnern.

„Also, ich war zum Joggen. Durch das Tälchen zu laufen ist meine Lieblingsstrecke. Kurz vor zehn bin ich los. Bis zum Brubacher Hof. Dort war jemand so freundlich und hat mir ein Glas Wasser angeboten, weil die Gaststätte geschlossen hatte. 10 Uhr 18, daran erinnere ich mich genau, bin ich da wieder fort. Als ich zurückkam, traf ich Julia, ich war kurz bei der und verabschiedete mich ... Moment, das war ... das muss so gegen zwanzig vor elf gewesen sein. Dann bat mich Miriam auch noch, ihre Lieferung im Lebensmittelladen auf der Hill abzuholen. Ich bin dahingefahren und habe den Karton in Miriams Küche gestellt. Dort habe ich mich kurz nach elf verabschiedet, denn ich hatte um 11 Uhr 15 eine Telefonkonferenz.“

Ruhe trat ein. Tina hatte alles mitgeschrieben und meinte:

„Ziemlich dicht, diese Zeit. Können Sie uns das beweisen?“

Ferber kramte in seinen Taschen. Nach längerem Su-

chen zog er einen kleinen Zettel hervor und erklärte: „Hier, schauen Sie selbst, in dem Laden hatte ich mir ein Eis gekauft, der Kassenbon ist um 10 Uhr 58 abgestempelt."
„Das müssen wir überprüfen", meinte Tina.
„Bitte sehr, können Sie."
„Wer hat Ihnen das Wasser angeboten am Brubacher Hof?"
„Den kenne ich nicht", erwiderte Ferber, „das war beim Nachbarhaus. Ein Mann von etwa sechzig Jahren, mit dichtem weißem Haar. Ungefähr meine Größe."
Pif wusste bereits, dass der Brand nicht vor 10 Uhr gelegt worden sein konnte. Somit fragte er auch nicht weiter nach, was Ferber vor zehn gemacht hatte. Endlich packte er dann aus.
„Herr Ferber, besitzen Sie eine Feuerwaffe? Neun Millimeter."
Ferber war erschrocken.
„Eine Feuerwaffe?" Entgeistert schaute er Pif an. „Nein, habe ich noch nie besessen."
„Dann werden wir das mal überprüfen. Tina, besorge uns einen Durchsuchungsbeschluss. Der Herr Ferber bleibt solange hier, bis wir zusammen zu seiner Wohnung fahren. Das wird wohl nicht allzu viel Zeit in Anspruch nehmen."
Tina verließ den Raum, Ferber saß sprachlos auf

dem harten Stuhl. Pif erklärte sich.

„Herr Ferber, Sie haben nicht nur ein Motiv, Sie haben auch einen faustdicken Vorteil, wenn Ihre Halbschwester nicht mehr am Leben ist. Das mit dem richterlichen Urteil scheint ja noch endlos zu dauern."

„Herr Hauptkommissar", entgegnete Ferber mit Nachdruck, „ich habe meine Schwester nicht umgebracht. Nicht mit einer Feuerwaffe und nicht mit einer Brandstiftung. Ich schwöre, dass ich nicht im Haus war!"

„Ja, ja, das sehen wir noch. Sind Sie Rechts- oder Linkshänder?"

„Rechtshänder, das sehen Sie ja!", antwortete Ferber mürrisch, „ich habe mir mit der rechten Hand auf die linke gehauen."

„Kommen Sie, wir machen den Schmauchspurentest!" Aber nach drei vergangenen Tagen machte sich Pif da keine große Hoffnungen.

Als Tina zurück war mit dem Beschluss setzten sich mehrere Fahrzeuge zur Baltzstraße in Bewegung. Der Test auf Schmauchspuren war, wie erwartet, ohne Ergebnis geblieben. Und Ferber war zuversichtlich. Eine Waffe würde bei ihm nicht gefunden werden.

Und so war es auch. Nach einem halben Tag intensiver Suche war tatsächlich keine Pistole gefunden worden.

„Wohin haben Sie die Waffe entsorgt?“, herrschte Pif den Künstler an.
Ganz süffisant antwortete Ferber:
„Herr Hauptkommissar, ich glaubte, ich hätte Ihnen bereits gesagt, dass ich keine Waffe besitze.“
„Herr Ferber“, verabschiedete Pif sich, „Sie halten sich mir zur Verfügung! Zu jeder Zeit.“

Als Tina losfuhr, bellte sie ihrerseits Pif an. „Sag mal, was ist da in dich gefahren, hast du noch alle Tassen im Schrank?!“
Pif wehrte ab. „Tina, der war das, irgendetwas sagt mir das, ich bin überzeugt davon!“
„Und ich bin vom Gegenteil überzeugt. Aber darum geht es nicht. Du hast überreagiert und ohne den geringsten Anhaltspunkt diese Aktion durchgezogen. Pif, das war ein schwerer Fehler. Da gibt es sechs Familien im Morgenweg, die alle ein Motiv hätten. Wir haben noch nicht mal alle angehört und, dann flippst du so aus! Du bist echt unmöglich! Ich hätte mich bei dem Kerl am liebsten für dich entschuldigt.“
„Tina, nun dramatisiere das nicht! Und überhaupt,

wie sprichst du eigentlich mit deinem Chef?"
„Ja, Chef, es tut mir ja auch leid, du darfst mir auch getrost Beleidigung eines Vorgesetzten vorwerfen, aber ich habe nur meine Meinung gesagt. Ich mache jetzt Feierabend. Ich bin fertig mit den Nerven."

VIII

Eine Stunde später saß Tina bequem in ihrem Corrado und düste zu ihrem René nach Luxemburg. Dort parkte sie den Wagen in einem zentral gelegenen Parkhaus, besorgte in einem Feinkostladen noch einige Köstlichkeiten und begab sich zu Renés Wohnung. Da ihr Schatz noch nicht daheim war, stellte sie sich in die Küche und bereitete das Abendessen vor, deckte den Tisch fein, schob eine CD von Chopin in den Player und zündete das Grubenlämpchen an, das sie ihm vor einigen Monaten zum Einzug in die neue Wohnung geschenkt hatte. René war von ihrem Besuch äußerst angenehm überrascht. Als er sie nach dem Grund ihres unerwarteten Besuchs fragen wollte, legte sie ihm nur den Zeigefinger sanft auf die Lippen. Er war taktvoll genug, um nicht weiter zu fragen. Erst spät in der Nacht, als beide keinen Schlaf fanden, vertraute sie sich ihm an. René versuchte, zu verstehen: seine Tina, aber auch seinen Freund Pif, was ihm zugegebenermaßen ebenfalls schwerfiel. Als Tina nicht weiter darüber reden wollte, nahm er sie in den Arm, und beide verbrachten eng umschlungen den Rest der Nacht.

Kein Problem war gelöst, keine Frage beantwortet, doch Tinas Nerven waren wieder beruhigt. Zufrieden fuhr sie zurück nach Trier. Erst, als sie die Türklinke ihres Büros in der Hand spürte, tauchten die alten Fragen wieder auf. Pif war schon da. Sie begrüßten sich betont sachlich. Tina steuerte ihren Arbeitsplatz an.
„Tina, das von gestern ging mir die ganze Nacht nicht aus dem Kopf. Ich habe mich von meiner Intuition leiten lassen, von einem nicht beschreibbaren Gefühl, den Täter vor mir zu haben, und ich musste mir Gewissheit verschaffen. Deshalb musste ich ihn so hart anfassen. Aber er reagierte nicht wie ein Täter. Irgendwie anders, und das kann ich auch nicht beschreiben."
„Pif, bist du dir heute denn nicht mehr so sicher?"
„Nein, bei Weitem nicht. Aber irgendetwas stimmt trotzdem nicht bei der Sache, ich komme aber partout nicht drauf, was es sein könnte."
„Dann lass es mal, mit der Zeit ergibt sich vielleicht etwas, das dich weiterbringt."

Nach der liebevollen Zweisamkeit mit René fühlte

sich auch Tina viel ausgeglichener und sanfter gestimmt. Pif dankte es ihr in seinem tiefsten Inneren, ließ sich aber nichts anmerken, überzeugt davon, lediglich seine späte Einsicht hätte zum Waffenstillstand beigetragen.

„Was machen wir denn jetzt mit dem Ferber?" Tina wusste sehr wohl, dass diese Frage im Raum stand, aber sie befürchtete plötzlich, sie zu früh gestellt zu haben.

„Den lassen wir jetzt an der langen Leine. Reiseverbot, aber sonst vorerst nichts."

„Damit kann ich leben."

„Der Ferber auch. Und du, Tina, fährst jetzt nach Kernscheid und überprüfst genau die Zeitangaben, die der Ferber uns gemacht hat."

„Pif", kam Tina die Idee, „ich laufe die Strecke einmal ab, dann können wir das Zeitpaket noch enger schnüren."

„Tina, gute Idee! Und finde den Wasserspender vom Brubacher Hof! Ach, übrigens, die Leiche seiner Halbschwester wurde freigegeben, er kann die Beerdigung in die Wege leiten."

Als Tina das Büro verlassen hatte, griff Pif zum Hörer und setzte Ferber davon in Kenntnis.

Ferber seinerseits beauftragte ein Beerdigungsunternehmen, das erstbeste, das er im Telefonbuch fand,

mit der Abwicklung der Beisetzung. Er ließ eine kleine Anzeige im Trierischen Volksfreund erscheinen, um den Nachbarn und Bekannten den Zeitpunkt der Beisetzung und den der Messe mitzuteilen.
Drei Tage später, fünf Tage nach ihrer Ermordung, an einem tristen Montag, wurde Lily Wirtz auf dem Kernscheider Friedhof beigesetzt. Boy Ferber war anwesend, die meisten Anwohner des Morgenwegs ebenfalls. Sogar die von Eyß' waren von Ehrang nach Kernscheid gekommen. Ganz diskret nahmen auch Pif und Tina an der Beisetzung teil. Ihnen fiel auf, dass zwar die christlichen Regeln der Beisetzung eingehalten wurden, jedoch bei dieser Beerdigung nicht ein einziges Taschentuch zum Einsatz gelangte. Nach der Messe trennte man sich mit einem stillen Kopfnicken.

IX

Mit kritischem Blick studierte Ferber später seinen Taschenkalender. Die Stadt Trier hatte längst die Namen der Künstler veröffentlicht, die sich an der Ausschreibung beteiligen würden. Sein Name stand zwischen sieben anderen. Der Termin zur Abgabe der Bewerbungsunterlagen sollte bereits in zwei Tagen stattfinden. Zu den Unterlagen zählten Zeichnungen des Kunstwerks, Skizzen zur Gestaltung des Areals, Materialproben und natürlich ein Modell, das in einen Kubus von vierzig Zentimetern Kantenlänge passen musste. Dann war ein Curriculum vitae erfordert sowie eine Auflistung der Ehrungen und Preise, welche die jeweiligen Künstler auf nationaler und sogar internationaler Bühne bereits erhalten hatten.

Er legte eine neue Tintenpatrone in seinen Drucker ein und kopierte umständlich mit seiner gesunden Hand alles, was ihm an Papieren wichtig erschien: Seine Akkreditierung beim Handwerkerverband, seinen Meisterbrief in künstlerischer Steinbearbeitung, die Skizzen und Zeichnungen seines Treverermonuments. Auch hier zeigte er sein ganzes Können. Hatte er doch, mit der tatkräftigen Hilfe seines Nachbarn, eigens für diese Bewerbung, das erforderte Modell aus Gips angefertigt und in den Farben angemalt, die seine fertige Arbeit einmal tragen würde.

Hierbei handelte es sich um einen vier Meter großen Ring aus Eisen, der auf seiner unteren Seite aufgeschnitten und quer auseinandergezogen war. Zwischen den Schenkeln des Rings ruhte ein Steinbrocken, der später durch ein echtes Felsstück vom Titelberg, dort, wo einst eine große keltische Siedlung mit Hüttenwerk ihren Sitz gehabt hatte, ersetzt werden sollte. Die Innenseite des Rings war mit keltischen Runen und Symbolen graviert. Senkrecht im Felsbrocken steckte ein keltisches Eisenschwert. Der Ring war anthrazitfarben gestrichen, der Fels hatte die typische rötliche Minettefarbe verpasst bekommen, das Schwert, provisorisch aus Holz angefertigt, glänzte silbrig-schwarz. Den Boden des Kunstwerks hatte Ferber grün gestrichen, um eine Rasenfläche anzudeuten, und eine niedrige Hecke aus dem Eisenbahn-Modellbau hatte er im Halbkreis hinter das Denkmal gepflanzt.

Er schaute sich das fertige Modell von allen Seiten an und war hochzufrieden mit seiner Idee, ja, er sah sein Modell bereits als die perfekte Inszenierung der keltischen, und in diesem Fall, der Trevererkultur an. Eigentlich konnte nichts mehr schiefgehen. Doch welche Ideen waren den anderen Künstlern eingefallen? Wie interpretierten diese die Keltenzeit? In diesem Moment hätte Ferber zu gerne in die sieben anderen Köpfe hineingeschaut. Ob sie versucht hatten, mit der keltischen Mythologie zu spielen? Sie modern zu interpretieren? War vielleicht einer von ihnen auf die Idee gekommen, die keltische Göttin der Fruchtbarkeit Epona neu zu interpretieren? Oder den Herrenbrünnchentempel zu rekonstruieren? Oder der keltischen Kriegerin Boudicca ein Denkmal zu setzen?

Er packte seine Pläne, Fotos, Zeichnungen, kurz, das ganze Papierprogramm, in seine Aktentasche. Das Geknatter eines vorbeifahrenden Motorrads versuchte er zu überhören. Nur sehr wenige Fahrzeuge befuhren seine Straße, sie wäre sogar ein beschwerlicher Umweg. Die Kohlenstraße war da eine bessere Lösung. Was aber machte ein Motorrad hier? *Vermutlich prüft es ein junger Fahrer in diesem kurvigen Gelände auf seine Tauglichkeit,* dachte Ferber. Sein Gipsmodell, das er stolz und für jedermann einsehbar in seiner Werkstatt stehen hatte, bis es letztlich vor dem Stadtrat seinen großen Auftritt haben sollte, umwickelte er vorsichtig mit Noppenfolie.

Nachdem er seine ganzen Unterlagen zusammengestellt hatte, betrachtete er zufrieden seine fertige Arbeit. Um auf Nummer sicher zu gehen, kopierte er alle seine Unterlagen auf einen USB-Stick, zusätzlich löschte er noch seine Dateien auf dem Laptop. Den Stick verstaute Ferber in der Innentasche seines Anoraks. Natürlich, es war vielleicht nicht gerade das Fort Knox, aber wer wollte einem Bildhauer schon groß am Zeug flicken, bloß weil dieser an einem Ausschreiben teilzunehmen gedachte? Die Mappe legte er unter sein Bett. Mehr konnte er im Augenblick mit seiner lädierten linken Hand nicht unternehmen. Also bat er seinen Nachbarn noch einmal, ihm beim Vernageln der Kiste und ihrer Verladung in den Kofferraum seines Wagens zu helfen. Lautes Motorradgeknatter störte erneut die Ruhe der Umgebung. Als Ferber sich umdrehte, sah er eine schwarz gekleidete, schlanke Gestalt auf einem schwarzen Leichtmotorrad an seinem Haus vorbeiziehen. Der Fahrer bremste vor Ferbers Haus kurz ab und fuhr dann gemächlich am Haus vorbei in Richtung Werkstatt. Ferber sah, dass der Kopf des Fahrers vollkommen von einem undurchsichtigen schwarzen Helm geschützt, wenn nicht sogar getarnt, war. Dann beobachtete Ferber, wie sich der Helm zum Kofferraum seines Wagens neigte und sich anschließend zum Eingang der Werkstatt wandte. Dann gab die Figur Gas und entfernte sich, was der Motor hergab. Im letzten Moment versuchte Ferber noch, das Kennzeichen zu entziffern, aber es war stark verschmutzt. *Das kann vorkommen*, dachte sich Ferber, doch hatte es eine gute Zeit lang nicht mehr geregnet, also konnte das Kennzeichen nur absichtlich mit Schlamm verschmiert worden sein. Fragend schauten die beiden Männer sich an. Wenn der Fahrer ihn bis dahin nicht sonderlich beunruhigt hatte, so kam Ferber das unleserliche Kennzeichen nun eher bedrohlich vor. Er nahm einen Stift und notierte sich Datum und Uhrzeit dieses Zwischenfalls. Da er sich mit zweirädrigen Untersätzen nicht auskannte, beschrieb er auf dem Zettel nur kurz dieses schwarze Motorrad. Den Zettel legte er später achtlos auf seinen Schreibtisch.

Eigentlich hasste er die Segnungen des Internets, jetzt aber kam er nicht darum herum, dessen Dienste in Anspruch zu nehmen. Also schob er sich etwas später eine Stulle hinein und setzte sich bequem vor den Bildschirm. Bald war der Zwischenfall mit dem Motorrad bereits in Vergessenheit geraten. Mit wenigen Tastengriffen hatte Ferber gefunden, was er suchte: Der Titelberg war eine Erhebung im Südwesten des Großherzogtums und befand sich in der

Gemeinde von Petingen. Diese Gemeinde verfügte über ein eigenes Bauflächenkonzept und besaß sogar die Hoheit über die kulturellen Einrichtungen, die hier angesiedelt waren. Chef dieser Einrichtung war ein gewisser Jacques Bouvier. Ferber notierte sich die Telefonnummer und rief unverzüglich an. Als abgehoben wurde und eine freundliche Damenstimme sich mit einem für ihn unverständlichen Satz auf Französisch meldete, stellte er sich, in der Hoffnung, man möge so nahe an der französischen Grenze auch Deutsch verstehen, freundlich vor.

„Guten Tag, Madame, hier spricht Boy Ferber aus Trier. Ich bin Bildhauer von Beruf und nehme an einem wichtigen Wettbewerb teil. Aus diesem Grund möchte ich dringend Herrn Jacques Bouvier sprechen."

„Monsieur Ferbär", antwortete die freundliche Dame, „Monsieur Bouvier, mein Chef, ist in einer wichtigen Besprechung. Kann ich Ihnen weiterhelfen?"

Ferber glaubte, ein Band würde telefonisch abgespielt, dermaßen langweilig erschienen ihm immer die Standartausreden der Vorzimmerdamen, wenn der Chef keine Lust verspürte, ein Gespräch anzunehmen. Und jetzt sollte sich dieser auch noch mit einem abgeben, der nur Deutsch sprach! Ferber wusste, er besaß schlechte Karten. Also versuchte er es auf die charmante Art.

„Liebe Madame ... wie heißen Sie? Ich habe eben Ihren Namen nicht mitbekommen."
„Da Silva. Rosalie da Silva."
„Da tragen Sie aber einen hübschen Vornamen …"
„Bouvier hier, was wollen Sie?", knurrte eine Männerstimme dazwischen.
Geistesgegenwärtig antwortete Ferber:
„Guten Tag, Herr Bouvier, schön, dass ich mit Ihnen persönlich sprechen kann. Mein Name ist Ferber, Boy Ferber. Es handelt sich bei meinem Anruf um eine kulturelle Angelegenheit höchsten Anspruchs für die Stadt Trier."
„Na, dann schießen Sie mal los!"

Ferber atmete auf. Schlussendlich hatte der Leiter der Kulturstelle nicht gleich aufgelegt, sondern zeigte aufkeimendes Interesse an dem Gespräch. Für Ferber war es an der Zeit, seine Arbeit als wichtigstes Kulturgut der vergangenen Jahrzehnte zu präsentieren.
„Vielen Dank, Herr Bouvier, dass Sie sich einige Augenblicke Zeit nehmen für mein Anliegen. Die Stadt Trier plant, ein Denkmal für die Kelten zu errichten. Und ich ..."
„Ein Denkmal für die Kelten? Und was habe ich damit zu tun?"
Ferber überlegte nicht mehr lange, sondern griff oh-

ne Umschweife gleich an.
„Nun, wir benötigen einen Felsbrocken vom Titelberg für dieses Denkmal. Schließlich haben die Treverer ihre größte Siedlung der ganzen Umgebung auf dem Titelberg unterhalten, und solch ein Felsbrocken würde die Verbindung zwischen dem Großherzogtum und der Trierer Region nur noch unterstreichen. Selbstverständlich kämen auch die Namen Titelberg und Gemeinde Pétange zum Tragen."
Ferber war sich darüber im Klaren, vermutlich missverstanden worden zu sein, hatte aber ganz absichtlich unklar formuliert. Bouvier sollte den Eindruck gewinnen, der Anruf käme von offizieller Seite. Dieser schwieg dann auch einige Sekunden, räusperte sich und schlug schließlich vor:
„Wann können Sie mit den Plänen des Denkmals hierherkommen, Herr Ferber?"
„Morgen geht es nicht, aber übermorgen, Freitag, wäre Ihnen das recht?"
„Ja, gut, kommen Sie um 15 Uhr, dann können wir in meinem Büro in Ruhe alles besprechen. Bis dann, au revoir, Monsieur Ferbär. Ich freue mich, Sie kennenzulernen."

„Gut", zählte Tina auf, „hier sind die Uhrzeiten, nach denen ich die Nachbarn befragt habe." Sie reichte Pif einen Zettel. „Die Strecke bin ich abgelaufen, den freundlichen Mann, der Ferber das Wasser angeboten hat, habe ich gefunden. Alle Zeiten habe ich geprüft, die stimmen."

„Wenn er sie dann ganz abgelaufen ist, wie er beteuert hat!"

„Ja", entgegnete Tina, „das ist noch ein offener Punkt, vollkommen richtig. Bei der ganzen Strecke blieb dem Ferber wirklich keine Minute übrig, um noch ins Haus seiner Schwester zu gehen. Und die Engling hat ihn gegen elf wegfahren sehen. Kurz danach stand das Haus in Flammen. Er kann es nicht gewesen sein!"

„Gut", meinte Pif. „Den Ferber halten wir erstmal an der langen Leine, seine Nachbarn, glaube ich, haben mit der Sache nichts zu tun. Wen haben wir aus dem Morgenweg schon alles gecheckt? Zuerst die Frau Engling, die ihren Baum beweint hat und die Kinder ihren neuen Ball. Aber ich glaube, dass das für die Ermordung einer Nachbarin nicht wirklich reicht. Dann kennen wir den Uwe Neis, der sich von seiner Frau getrennt hat. Dann noch die Julia Görgen, der das Jugendamt wegen dem Geheul der kleinen Michelle auf die Pelle gerückt war. Und diese Gisela Linden, deren Mann die Schnauze voll hatte und sich nach Neuseeland abgesetzt hat. Deren Motiv ist von einem anderen Kaliber."

„So gesehen", überlegte Tina laut, „ müssten wir uns erst einmal um Herrn Engling kümmern, ehe wir ans Eingemachte gehen.

„Wie heißt der mit Vornamen?", hakte Pif nach.

„Andy, glaube ich."

„Und dann müssen wir mit dem Görgen ..."

„Georg."

Pif schaute anerkennend zu Tina. In dem ganzen Durcheinander der Nachbarn hatte Tina sich die Namen besser eingeprägt als er. Auch Tina war das nicht entgangen; sie griff sich den erstbesten Stift, notierte alle Namen der möglichen Verdächtigen und fertigte eine Skizze der Häuser des Morgenwegs an. Als sie Pif den Zettel reichte, schaute dieser sie bewundernd an. Tina tat, als merke sie nichts, innerlich aber jubelte sie. Abwartend setzte sie sich wieder hin und meinte:

„Weißt du, Pif, das Schlimme ist doch, dass wir die ersten achtundvierzig Stunden, und das sind die wichtigsten, so gut wie nichts herausgefunden haben. Noch nicht einmal den Hauch eines Täterprofils. Jetzt wird es viel schwieriger, etwas herauszufinden. Sehr schnell vergessen die Leute eine genaue Uhrzeit oder werfen sogar einen ganzen Tathergang durcheinander."

Pif hob resigniert die Schultern und meinte dann schließlich:
„Bestelle den Engling und den Görgen hierher, wir müssen die Männer kennenlernen."
„Mache ich, Pif, und ich schätze, wir sollten danach mal nach Ehrang fahren, denn dort wohnen seit einigen Wochen die von Eyß'. Schließlich ist die Fahrt von Ehrang nach Kernscheid auch keine Weltreise."
„Was sind diese von Eyß' eigentlich für Leute?", erkundigte sich Pif.
„Keine Ahnung, im Internet habe ich zwar einen Cornel von Eyß gefunden, der war früher mal ein Geschäftsmann in Sachen Baumaterial, hat aber Pleite gemacht. Ich denke, dass er daraufhin sein Haus in Kernscheid sogar verkaufen musste."
„Tina, keine Spekulationen! Komm, wir fahren unangemeldet mal nach Ehrang! Hast du die Adresse?"
„Natürlich, hier!"

Tina schob Pif einen weiteren Zettel über den Schreibtisch. Dann machten sie sich auf den Weg. In Ehrang mussten sie länger suchen, zum einen waren die Einbahnstraßen daran schuld, zum anderen die

Lage des Hauses, das mit dem Begriff Hinterhaus noch gut bedient war. Die neue Bleibe derer von Eyß' war über einen Hof, durch einen Torbogen und an einem Gerätehäuschen vorbei, zu erreichen. Tina klingelte, und die Haustür wurde schnell geöffnet. Eine Spur zu schnell für Tina, die der Meinung war, dass das Ehepaar bereits seine Besucher, wer auch immer es sein mochte, zuvor erspäht hatte, um sie nicht unnötig lange fremden Blicken ausgesetzt zu lassen.

Die von Eys' machten auf den ersten Blick den Eindruck eines gebeutelten Ehepaares, aber insgesamt einen sympathischen Eindruck. Und gerade das war es, was Pif immer zu äußerster Vorsicht mahnte. Mit sympathischen Gesprächspartnern glitt ein Gespräch allzu schnell in inhaltsloses Geplänkel ab. Frau von Eyß deutete auf zwei Küchenstühle, die sie den Kommissaren anbot, und alle vier nahmen um den Küchentisch herum Platz. Dieser Tisch war mit einer handgestickten, sauberen Tischdecke hergerichtet, ein kleiner Strauß Feldblumen stand in einem Väschen in der Mitte. Tina schaute sich weiter um. Die Küche war blitzblank, aufgeräumt und wohnlich, die Bodenfliesen sauber gewischt. Eine weitere Tür befand sich in dem Raum; vermutlich führte sie zu Schlafzimmer und Bad. Auch wenn diese Bleibe noch eben gerade mit dem unteren Standard einer Einrichtung zu vergleichen war, so strahlte sie doch eine gewisse Behaglichkeit aus.

„Kann ich Ihnen eine Tasse Kaffee anbieten?“, unterbrach Catharina von Eyß die peinliche Stille, die eingetreten war.
„Nein, herzlichen Dank, Frau von Eyß, wir haben gerade auf unserer Dienststelle einen Kaffee getrunken.“ Tina wollte diese beiden um keinen Preis auch nur um einen Cent erleichtern.
„Wir sind von der Kriminalpolizei“, begann Pif seine Erläuterungen, „ich bin Hauptkommissar Ralf Petry, die junge Frau ist Kommissarin Tina Rubkow. Und wir haben ...“
„Jetzt auch noch die Kriminalpolizei! Das fehlte noch!“, erschrak Cornel von Eyß.
„Was haben wir denn nur verbrochen?“, stammelte aufgeregt seine Frau.
„Nun beruhigen Sie sich bitte“, meinte Tina. „Wir ermitteln in einem Mordfall und möchten nun alle Nachbarn kennenlernen, die im Kernscheider Morgenweg wohnen oder gewohnt haben.“
„Ja, dazu zählen wir natürlich auch. Aber, nun hängen Sie uns bitte nichts an, wir wissen, was passiert ist. Schließlich gibt es ja so etwas wie Tageszeitungen.“ Frau von Eyß war aufgeregt von ihrem Stuhl

aufgesprungen, machte aber wieder Anstalten, sich zu setzen.

Tina sah sie sich näher an. Die Frau schien einige Kilogramme abgenommen zu haben, ihre bescheidene Kleidung, eine geblümte Bluse über einem blauen Rock war eine gute Nummer zu weit, ihre Haare hatten seit Monaten keinen vernünftigen Schnitt mehr erhalten, und die Schminke war mehr als dezent. Trotzdem war der Eindruck, den sie hinterließ, stimmig. Ihre Nägel waren gepflegt, wenn auch nicht lackiert, die Augenbrauen gezupft, die Haarsträhnen mit Klämmerchen gehalten. Auch ihr Mann schien etwas abgemagert zu sein, aber er war glatt rasiert, akkurat gekämmt, und er trug ein ordentlich gebügeltes, sauberes Hemd. Man sah diesen Leuten an, dass sie früher großen Wert auf eine gepflegte Erscheinung, ebenso wie auf eine gepflegte Wohnkultur gelegt hatten, und dass sie das bis heute, ihren schmalen Mitteln zum Trotz, beibehalten hatten.

Auch Pif hatte dies nicht übersehen, musste aber endlich mit der Befragung beginnen:
„Wenn Sie wissen, was passiert ist, können Sie uns ja auch einen Einblick geben über Ihr Verhältnis zu der verstorbenen Lily Wirtz."

„Verhältnis ist gut!“, wetterte Cornel von Eyß, „ein Verhältnis hatten wir nicht. Aus wirtschaftlichen Gründen mussten wir unser Haus in Kernscheid verlassen und wir suchen, bis jetzt übrigens vergeblich, einen Käufer. Wir haben einen geschäftlichen Misserfolg verbuchen müssen und sind auf diesen Erlös angewiesen.“

Wieder war seine Frau aufgesprungen.
„Wir hatten kein Verhältnis zu dieser ... dieser Megäre! Wenn Sie das meinen. Mein Mann nicht, und ich auch nicht!“
„Nun beruhigen Sie sich, Frau von Eyß, so haben wir das auch nicht gemeint, wir möchten nur wissen, wie Sie zu ihr standen.“
„Überhaupt nicht. Über Tote soll man nicht schlecht reden, also tun wir das nicht. Auch ...“, sie stockte, schließlich fügte sie leise hinzu, „auch, wenn es schwerfällt.“
„Immerhin haben Sie sich des Begriffs Megäre bedient, der ist ja aber nicht gerade schmeichelhaft.“

Die Frau blickte schuldbewusst auf ihre Hände, die sie wie zum Gebet gefaltet hielt, und entschloss sich, weiterhin zu schweigen. Daraufhin versuchte Pif, ihren Ehemann zu einer Aussage zu bewegen.
„Nun sagen Sie schon, Herr von Eyß, wie standen

Sie zu Frau Wirtz?“
„Ich glaube, Sie wissen bereits, dass sie jedem aus dem Morgenweg das Leben zur Hölle gemacht hat. Wenn Sie die Englings und die Görgens und den Neis und die Lindens bereits befragt haben, wovon ich ausgehe, so wissen Sie es doch bereits.“
„Da haben Sie richtig gedacht, Herr von Eyß, aber wir möchten wissen, ob und was sie Ihnen angetan hat“, bohrte Pif weiter.
„Nein, nichts hat sie uns angetan. Aber wegen der vergifteten Stimmung ist uns der Abschied aus dem Morgenweg nicht so schwergefallen.“
„Nicht so schwer wie was?“, mischte Tina sich ein.
„Wie der von unserem Wohlstand, falls Sie das meinen …“
„Darf ich Sie fragen, weshalb Sie in diese Lage geraten sind?“, erkundigte sich Tina.
„Das kann ich Ihnen sagen.“, antwortete Cornel von Eyß. „Unsere Firma hatte immer größere Außenstände. Den Kommunen fehlte das Geld, um jene Aufträge zu finanzieren, die in der vorhergehenden Legislaturperiode beschlossen und bestellt worden waren, dann machten einige Bauunternehmer Pleite und haben uns nicht mehr bezahlen können, schließlich sitzt auch das Geld bei den privaten Bauherren nicht mehr so locker. Manche Versprechungen über Bankdarlehen zogen sich unnötig in

die Länge. Schließlich hatte die Bank uns noch heiße Luft in Form von Derivaten angedreht, Sie wissen ja, was es damit auf sich hat. Und somit ist uns logischerweise die Puste ausgegangen."
„Ja, so war das!", bekräftigte Frau von Eyß.

Pif und Tina waren sichtlich erschüttert. Unbescholtene Unternehmer, die ihr ganzes Vermögen verloren hatten, nur weil die von ihnen gelieferte Ware nicht bezahlt worden war. Die Kommissare beschlich das Gefühl, unvermittelt in eine Tragödie geraten zu sein.

„Ja", meinte Tina schließlich, „wie sieht denn nun Ihre Zukunft aus?"
„Wenn wir das gut wüssten!", rief Frau von Eyß verbittert aus.
„Eine letzte Frage habe ich noch", schloss Pif das Gespräch ab. „Wo waren Sie am vergangenen Mittwochvormittag?"
Frau von Eyß sprang auf.
„Was heißt das denn, Herr Kommissar? Wieso erlauben Sie sich, uns eines Mordes zu verdächtigen?"
„Nicht zu verdächtigen, liebe Frau von Eyß", beruhigte Pif die gebeutelte Frau. „Wir möchten Sie lediglich von der Liste der Verdächtigen streichen. Leider brauchen wir aber dafür von Ihnen ein Alibi,

das überprüfbar ist."
„Und das gerade haben wir nicht, Herr Kommissar", antwortete Cornel von Eyß. „Wir waren hier, in unserer bescheidenen Wohnung. Und allein. Und niemand hat uns angerufen, und niemand hat uns etwas vorbeigebracht."
„Auch der Briefträger nicht?", fragte Tina.
„Nein, auch der Briefträger nicht. Der hat die Post nur in den Briefkasten geworfen. Auch mit dem haben wir nicht gesprochen."
„Wissen Sie", ergänzte Cornel von Eyß, „wir möchten so zurückgezogen wie nur möglich leben, aus diesem Grund haben wir soweit alle Kontakte abgebrochen. Zu Freunden, sogar zu Verwandten. Am liebsten wären wir unsichtbar, sozusagen unerreichbar."
„Ihr Verhalten erleichtert uns aber unseren Job auch nicht gerade!", beschwerte sich Tina.
„Tut uns leid, Frau Kommissarin, aber vielleicht können Sie uns verstehen." Cornel von Eyß hatte noch die Kraft, diesen Satz zu formulieren, seine Frau vermochte nur noch die Schultern zu heben.

Als die Kommissare nach dieser Besprechung die Rückfahrt ins Kommissariat angetreten hatten, herrschte langes Schweigen im Dienstwagen. Schließlich meinte Pif:

„Soll das eigentlich alles sein, was denen das Genick gebrochen hat?“
Tina schaute empört zu Pif herüber.
„Nun mach mal einen Punkt! Den Leuten hat das Schicksal übel mitgespielt, und jetzt meinst du ...!“
„Ich meine gar nichts“, wehrte Pif ab. „Aber wer weiß denn, ob da nicht noch mehr dahintersteckt?“
„Pif!“ Tina schüttelte den Kopf. „Du bist einfach unmöglich!“

Noch im Büro gifteten die beiden sich an. Schließlich bemerkte Tina bewusst etwas lauter:
„Wir müssten doch einmal Einblick bekommen in die Unterlagen der Getöteten. Vielleicht sind ja nicht alle Papiere von ihr verbrannt. Der Keller ist soweit unversehrt geblieben, die obere Etage zum großen Teil ebenfalls. Ich bin der Meinung, wir sollten uns mal schlaumachen über ihre Lebensweise.“

Pif musterte sie argwöhnisch über den Rand seiner Brille hinweg. Das natürlich regte Tina gewaltig auf.
„Du brauchst gar nicht so ironisch zu gucken! Ich will endlich mehr über sie erfahren. Zum Beispiel möchte ich einen Einblick auf ihre Rechnungen oder Versicherungspolicen bekommen, ich möchte persönliche Briefe lesen. Oder Glückwunschkarten, oder ...“

„Der hat bestimmt niemand zum Geburtstag eine liebe Karte geschrieben und ihr alles Gute gewünscht!“, konnte Pif sich nicht verkneifen zu sagen.

„Mag ja sein, aber ich will in ihre Intimsphäre eindringen!“

„Von dieser ... dieser Person?“

„Ja, Pif, von dieser Person!“

Tina wählte die Nummer des Spusi-Leiters. Nach kurzer Zeit war sie mit ihm verbunden.

„Hier das Kriminalkommissariat, Kommissarin Tina Rubkow am Apparat von Hauptkommissar Petry ...“

„Ach ja, Frau Kommissarin, ich wollte Sie auch bereits kontaktieren. Wir möchten gerne mit Ihnen und Herrn Hauptkommissar einen Termin zwecks Besichtigung der Brandruine vereinbaren. Sie rufen doch bestimmt an wegen des Brandes im Morgenweg.“

„Ja genau, danke; haben Sie bereits Unterlagen geborgen?“ Tina wurde ungeduldig.

„Ja, Frau Kommissarin, wir haben da einiges, das Sie interessieren könnte.“

„Sehr schön! Bringen Sie alles mit, wir können in einer halben Stunde im Morgenweg sein!“

„Na, super, bis gleich, Frau Kommissarin!“

Jetzt schaute Pif Tina nur noch verärgerter an. *Seit wann maßt sie sich diesen Führungsstil eigentlich an?*, fragte er sich. *Gewiss, sie ist eine sehr wertvolle und clevere Ermittlerin, aber alles hat schließlich seine Grenzen!* Pif fragte sich zwischenzeitlich, wer hier eigentlich der Chef war und wer die Untergebene. Durfte das junge Ding so einfach und ohne jede Vorwarnung die Zügel in die Hand nehmen und ihn, den Hauptkommissar, dermaßen übergehen? Bereits im vorhergehenden Fall hatte sie ihn glatt an die Wand gespielt. Lächerlich war er sich vorgekommen. Nicht nur vor sich selbst, nein, auch noch vor René und vor Annette, seiner Lebenspartnerin! *Oh, ja, dieser René,* dachte er, *zum Glück hat der nicht auch noch ein Wörtchen bei diesem reinen Trierer Fall mitzureden!*

Das bot keine guten Voraussetzungen für ein harmonisches Zusammenarbeiten der Kommissare!

„Kommst du endlich?", befahl Tina Pif. „Wir fahren in den Morgenweg, da erwarte ich mir mehr Aufklärung."

Sowohl mürrisch als auch missmutig erhob sich Pif, griff wie in Zeitlupe seinen Mantel und zog ihn betont umständlich über seinen Pullover. Dann ging er gemäßigten Schrittes zurück zu seinem Schreibtisch, klappte seine Ordner zu, verstaute sie betulich in seinen Schrank, schloss ihn ab und steckte den Schlüssel ein. Vom Schrank ging er zurück zu seinem Schreibtisch und schob die obere Schublade, die nur einen knappen Zentimeter weit aufstand, ganz hinein. Tina ignorierte sein ganzes Gehabe. *Pif, du wirst alt,* dachte sie für sich, *bist ein guter Lehrer gewesen, aber jetzt kann ich es, warte ab!*

„Kommen Sie, ich zeige Ihnen etwas", begrüßte in Kernscheid der Leiter der Spurensicherung die Kommissare. Nach dem üblichen Händeschütteln begaben sie sich zur Brandruine. Der Mann schloss den Zaun auf, dann die provisorisch installierte Haustür.

„Hier, schauen Sie", er zeigte auf den Küchenschrank. „Hinter dieser Abdeckung haben wir einen Safe gefunden. Den Schlüssel habe ich hier, aber wir haben ihn noch nicht geöffnet. Das ist Ihre Aufgabe."

Schon wollte Tina die Hand ausstrecken, um den Schlüssel entgegenzunehmen, hielt aber noch rechtzeitig inne, um Pif den Vorrang zu lassen. Er sollte sich nicht immer übergangen vorkommen. Pif öffnete den Safe und griff nach dem Inhalt. Es waren Papiere, Ordner, Briefe sowie ein kleines Kästchen mit Schmuck, darin Ohrringe, Armbänder, ein feines Goldkettchen; alles nicht sehr wertvolle Sachen. Als Pif nun dastand mit den Händen voll Unterlagen, meinte Tina beflissen:

„Moment, ich habe noch einen Karton im Wagen, den hol ich mal schnell!" Und fort war sie. Der Spusi-Chef schaute ihr bewundernd nach.

„Tolle Mitarbeiterin haben Sie da, Herr Hauptkommissar, cleveres Mädchen an Ihrer Seite!"

Das nun war Pif endgültig zu viel! Platzen oder aus der Haut fahren? Eine Alternative kam für ihn nicht infrage …

XI

Ferber brauchte frische Luft. Und Abstand von seinen Problemen. Die ganze Woche hatte er nur seinem Projekt gewidmet, Tag und Nacht hatten die Kelten ihn geplagt und gefesselt, je nach Betrachtungsweise. Die Verletzungen an seiner linken Hand schmerzten immer noch, und zu allem Übel ließen die Kommissare ihn auch nicht in Frieden. Nun aber hieß es, sich voll auf die Treverer zu konzentrieren. Das Modell des Denkmals hatte Ferber im Wagen verstaut, die Unterlagen befanden sich in der Mappe, und der USB-Stick verbrachte die restlichen Wartestunden einigermaßen gut versteckt in seiner Anoraktasche.

Am frühen Abend brachte sein Fahrzeug ihn zum Parkplatz an der Spitzmühle, gelegen hinter dem Friedrich-Wilhelm-Gymnasium. Er parkte den Wagen unter einer Laterne, schloss ihn sorgfältig ab und begab sich zu den Schrebergärten des Bereichs Tempelbezirk. Hier wollte er, vor dem endgültigen Abgabetermin seines Werkes, noch einmal mit der Seele des Trevererervolkes Zwiesprache halten. Er wollte die Atmosphäre der Umgebung auf sich wirken lassen, die Kultur der Treverer in sich aufnehmen, ihre Glaubensrichtung und Lebensumstände erfühlen. Er wollte seinen Vorfahren ganz einfach nahekommen.

Das Knattern eines Leichtmotorrads riss ihn aus seinen Überlegungen heraus. Das Zweirad schien sich vom Kreisel her zu nähern und fuhr offensichtlich die Metzer Allee hoch. Als wieder Ruhe eingetreten war, versuchte Ferber, seinen Gedankengang wieder aufzunehmen. Hier im Gelände hatten vor mehr als zweitausend Jahren um die vierzig gallorömische Tempel gestanden; am Herrenbrünnchen erhob sich das größte Heiligtum: ein aus Quadersteinen gemauerter quadratischer

Prunkbau, der über viele Treppenstufen regelrecht oberhalb der Wohnanlage thronte. Nichts war mehr davon übrig geblieben, nichts von den kleineren Bethäusern und natürlich nichts von den aus Holz und Lehm gebauten Wohnhäusern. Doch die zweckmäßige Lage, die sich das Völkchen für seine Siedlung auserkoren hatte, die war mit Bedacht ausgewählt worden. *Gar nicht so dumm, unsere Vorfahren!,* dachte Ferber.

Erneut störte ihn das Knattern des Motorrades in seinen Betrachtungen. Diesmal kam das Zweirad die Metzer Allee herunter und verlangsamte seine Fahrt an der Spitzmühle. Ein weiteres Krad kreiste mehrfach rund um den Fußgängerüberweg, der den Parkplatz mit den Schrebergärten verband. Ferber fühlte die Bedrohung körperlich. Sein Atem ging schneller, sein Puls nahm zu, der Angstschweiß perlte ihm plötzlich aus allen Poren und tropfte auf seinen Hemdkragen. Er löschte das Licht seiner Taschenlampe und duckte sich hinter den Vorbau eines Gartenhäuschens. Alle Sinne gespannt, wartete er in der Dunkelheit ab. Das Geräusch wurde lauter. Vermutete ihn jemand hier, in einer Gartenlaube? Hatte dieser Jemand es auf ihn abgesehen? Oder auf seinen Wagen? Auch das zweite Geknatter kam näher. Für Ferber war es höchste Zeit zur Flucht. Seine

Kenntnisse der Anlage waren äußerst dürftig, und die Taschenlampe zur besseren Orientierung wagte er nicht mehr, zu Hilfe zu nehmen. Also tastete er sich weiter durch die Schrebergärten, überkletterte Zäune, kroch unter Büschen hindurch, trampelte durch fein säuberlich gehegte und gepflegte Gemüsebeete. Das Knattern jedoch blieb. Also entschloss sich Ferber, den Fußweg zur Bernhardstraße hinaufzulaufen, immer schön im Schutz der Häuserschatten. Aber kaum war er oben in Heiligkreuz angelangt, hörte er das bedrohliche Geräusch auf sich zukommen. Wie konnten seine Häscher denn nur wissen, wohin er sich geflüchtet hatte? Waren es vielleicht mehr als nur zwei Fahrer? Noch in derselben Sekunde warf er sich zu Boden, robbte unter einem Zaun hindurch und kroch auf allen Vieren durch einen Privatgarten. Plötzlich hielt er inne: Wenn dieses Haus mit einer Sicherheitsanlage versehen war, so müsste diese sofort reagieren und sein Versteck endgültig verraten. Aber nichts dergleichen geschah. Das Knattern allerdings umkreiste ihn großräumig weiter. *Ahnen die, wo genau ich mich aufhalte?*, fragte er sich angstvoll, *oder wollen die mich nur aus meinem Versteck heraustreiben?* Ferber entschied sich für die zweite Variante und blieb in seinem dunklen Eckchen liegen. Zehn Minuten, zwanzig Minuten, eine halbe Stunde. Er befand sich auf

Privatgelände, das schenkte ihm plötzlich Sicherheit. Und in der Tat, die Geräusche nahmen ab und verschwanden schließlich dorthin, wo er sie zum ersten Mal vernommen hatte. Persönlich fühlte er sich nicht mehr akut bedroht, was aber wäre, wenn die Unbekannten neben seinem Auto auf ihn warteten?

Ganz langsam erhob Ferber sich und musterte aus dem Hausschatten heraus akribisch die Bernhardstraße. Alles schien ruhig. Kein Auto, kein Fußgänger, nicht das kleinste Geräusch. Lautlos und im Zeitlupentempo bewegte er sich die Straße hinunter, alle Sinne zum Zerreißen gespannt. Noch zweihundert Meter trennten ihn von seinem Wagen. Das waren zweihundert Meter ohne Deckung, ohne Versteck. Er blieb stehen. Angestrengt und voll konzentriert musterte er seine nächste Umgebung. Die Metzer Alle wirkte, als ob sie den Atem anhielt. Kein Blatt bewegte sich, der Mond erhellte schwach die Umgebung, nicht mal eine Katze lief über den Asphalt. Ferber wartete, bis sich eine Wolke vor den Mond schob, dann wagte er den Sprint zu seinem Wagen. Dort angekommen, den Schlüssel schon in der Hand, warf er sicherheitshalber zuerst einen Blick in das Innere seines Wagens. Als nichts Bedrohliches zu sehen war, schloss Ferber die Fahrertür auf, glitt auf den Sitz und startete den Wagen so geräuscharm wie nur möglich. Zügig fuhr er vom Parkplatz fort, zu beschleunigen aber traute er sich erst in der Ostallee.

Jetzt, wo er sich in Sicherheit fühlte, kam die Reaktion. Er kämpfte mit seinen Nerven, die durchzudrehen drohten. Krampfhaft hielt er das Lenkrad mit seiner rechten Hand fest. Seine Hände, ja sogar seine Arme fingen an zu zittern. Das Zittern kroch ihm den Rücken hoch, sein Nacken versteifte sich, seine Knie wurden weich, die würden ihn im aufrechten Gang nicht mehr tragen können. Schweißperlen standen auf seiner Stirn, sein Herz pochte wie wild, er hatte die Kontrolle über sich selbst verloren. Mühsam bog er in die Avelerstraße ein, achtete nicht auf Geschwindigkeitsbeschränkungen. Ein Verkehrsschild hätte er sowieso weder lesen noch beachten können. An der Domäne vorbeibrausend hoffte er nur noch, die letzten Meter zu seinem Wohnhaus mit dem Wagen schaffen zu können. Er fuhr der Polizei geradewegs in die Arme.

Zwei Streifenwagen parkten vor seiner Haustür, der hintere löschte gerade sein Blaulicht. Mit gezückten Handfeuerwaffen stürmten die Beamten sein Haus, neugierig gefolgt von den beiden Nachbarn, die jedoch umgehend zurückgewiesen wurden. Siggi Becker kam aufgeregt auf Ferber zu und atmete auf.

„Gott sei Dank bist du da! Bei dir ist eingebrochen worden! Ich hatte Geräusche gehört und habe nachgeschaut. Da stand tatsächlich ein Kerl, getarnt mit schwarzer Motorradkluft und schwarzem Helm in deinem Schlafzimmer! Noch ehe ich reagieren konnte, griff der Mann mich an, schlug mir einen Gegenstand um die Ohren und rannte aus dem Zimmer."

„Meine Mappe?", fragte Ferber.

„Könnte sein. Erkannt habe ich nichts, alles ging zu schnell."

„Und dann?"

„Dann war plötzlich Ruhe im Karton. Ich griff sofort den Hörer und habe die Polizei verständigt, die war auch innerhalb weniger Minuten mit viel Tatütata hier."

„Ja, und?", fragte Ferber gespannt.

„Ja und gar nichts! Die Kerle schienen sich in Luft aufgelöst zu haben!"

Ferber stürmte ins Haus und suchte sofort nach seinen Unterlagen. Aber, das, was er befürchtet hatte, war eingetreten: Die Mappe mit den Plänen war verschwunden! Auch sein Laptop. Auch der Zettel mit seinen Notizen über Uhrzeit und Beschreibung des Motorrads. Ihm fiel plötzlich ein, dass er zwar seine Dateien im Laptop gelöscht, aber vergessen hatte, den Papierkorb ebenfalls zu löschen! Also hechtete Ferber zu seinem Anorak, in der Hoffnung, wenigstens dort noch auf die Kopien seiner Unterlagen zu stoßen. Ja, der Anorak hing immer noch an der Garderobe. Hektisch durchwühlte er die Taschen.

„Herr Ferber“, sprach ihn ein Beamter an, „Sie sind ja hier der Hausherr, oder? Kommen Sie mal bitte!“
Ferber folgte dem Mann in sein Wohnzimmer.
„Sie hatten ungebetenen Besuch, Ihr Nachbar hat uns zu Hilfe gerufen. Was wir aber an der ganzen Sache nicht verstehen, ist, dass im ganzen Haus nichts aufgebrochen und nichts durchwühlt wurde. Schauen *Sie* doch bitte mal nach, ob Sie auf Anhieb sehen können, ob Ihnen etwas gestohlen wurde.“
„Ja, das kann ich bereits“, antwortete Ferber mit großer Mühe und einem noch größeren Groll. „Die Mappe mit all meinen Kopien, Zeichnungen und Unterlagen für die morgige Präsentation ist verschwunden.“
„Welche Präsentation?“
„Meine Vorstellung vom Keltendenkmal. Ich will an dem Wettbewerb teilnehmen, den die Stadt ausgelobt hat.“
„Und nur solche Sachen sind abhandengekommen?“
Ferber nickte, suchte weiter in seinen Anoraktaschen, rief aber schließlich entsetzt:

„Auch mein USB-Stick ist weg! Auf dem befanden sich alle Aufzeichnungen. Für mich ist das die reine Katastrophe! Viel schlimmer, als wären Einrichtungsgegenstände mitgenommen worden! Das ist regelrecht existenzgefährdend!“

Ferber ließ sich auf einen Sessel fallen und murmelte:
„Hier geht es viel weniger um den ersten Preis, hier geht es um den Ruhm, um die internationale Anerkennung, die auf dem Spiel stehen. Man wird mit großen Werken international bekannt, nicht mit kleinen regionalen Arbeiten.“

Voll Mitgefühl begab sich der Beamte zu seinen Kollegen, die im ganzen Haus herumschwirrten. Plötzlich rief einer von ihnen:
„Herr Ferber, kommen Sie doch mal in Ihr Atelier!“

Mühsam erhob er sich und begab sich, voll böser Vorahnung, zögernden Schrittes in seine Werkstatt. Die war hell erleuchtet, und aus diesem Grund erkannte Ferber sofort, welchem Zweck der ganze Einbruch gedient hatte: Alle Gussformen seines Keltenringes waren zu Kleinholz zerschlagen worden! Jemand hatte es darauf angelegt, den Nachweis seiner Urheberschaft zu zerstören. Allmählich dämmerte es Ferber, aus welcher Ecke der Anschlag gekommen sein musste. *Zum Glück*, dachte er, *befindet sich das Modell bereits sauber verpackt im Kofferraum meines Fahrzeugs!* Welche gute Fee ihn hier beraten hatte, mit dem Modell im Kofferraum die Spazierfahrt durch das Altbachtal zu unternehmen, wusste er nicht zu sagen, auch wenn diese Fahrt für ihn nicht unbedingt entspannend gewesen war.

Natürlich erstattete Ferber bei den Beamten noch an Ort und Stelle Anzeige wegen Hausfriedensbruchs, Diebstahls und Vandalismus. Mit der Durchschrift könnte er wenigstens morgen bei der Präsentation das Nichtvohandensein der Unterlagen glaubhaft untermauern. Als die Beamten das Feld geräumt hatten, stellte er den Wecker auf sechs Uhr, genehmigte sich ein Bier, eine Schmerz- und eine Schlaftablette, legte sich in sein Bett und wollte von der ganzen Welt da draußen nichts mehr wissen.

Nach einem bleiernen Schlaf duschte er ausgiebig, pflegte Haut und Haar, putzte sich die Zähne, kleidete sich mit Sakko, Hemd und Krawatte und kippte hastig eine Tasse Milch hinunter. Bereits gegen halb acht saß er im Wartesaal des Brüderkrankenhauses. Ferber hatte sich vorgenommen, der Optik wegen, seinen Verband an diesem Tag durch einen neuen ersetzen zu lassen. Zwar hätte er erst zwei Tage später bei den Brüdern für diese Behandlung erscheinen sollen, doch legte er auf eine tadellos saubere Erscheinung am Tag der Präsentation enormen Wert. Eine Ewigkeit musste er auf seinen behandelnden Arzt warten, dieser war, mit verschiedenen anderen Kollegen, dabei, die schwer verletzten Opfer einer größeren Karambolage auf der A1 zu operieren. Erst kurz vor neun Uhr durfte Ferber schließlich in den Behandlungsraum. Der Arzt, sichtlich ermüdet, verwies ihn auf seinen eigentlichen Termin, legte ihm aber, da er das Argument nachvollziehen konnte, einen frischen Verband an. Er erkundigte sich sogar nach den Schmerzen, die er aber immer noch im grünen Bereich einschätzte, und entließ ihn.

Der neue Verband war bereits etwas leichter als der erste, obwohl die Schienen an den beiden Fingern immer noch nicht entfernt werden konnten. Es hatte ihn anscheinend doch schlimmer erwischt, als ursprünglich gedacht. Er steuerte den Wagen zum Augustinerfreihof, wo er sogar einen Parkplatz fand. Hoffnungsvoll betrat er das Rathaus und hielt Ausschau nach einem Transportwägelchen, um die Holzkiste, die sein Modell enthielt, zum Ausstellungsort befördern zu können. Als der Hausmeister diesen Mann mit seiner frisch verbundenen linken

Hand erblickte, bot er sich an.
„Kann ich Ihnen behilflich sein?“
Ferber, überrascht, glaubte erst, der Hausmeister würde sich um den Verbleib des Wägelchens, immerhin Stadteigentum, sorgen. Er blickte aber in einen so hilfreichen Gesichtsausdruck, dass das Angebot ihn erfreute. Endlich einmal ein kleines positives Zeichen! Zusammen mit dem Mann zog er den Karren bis zu seinem Wagen. Er kramte den Wagenschlüssel aus der Tasche und öffnete den Kofferraum. Als der Deckel hochsprang, ging die Welt für Ferber unter: Entsetzt schaute er in eine gähnende Leere.

XII

Pif war weder geplatzt noch aus der Haut gefahren. Der von Eifersucht geplagte hatte sich damit getröstet, dass alles, oder beinahe alles, was Tina konnte und wusste, er ihr beigebracht hatte. *Ja,* dachte er, *sie ist eine tolle Organisatorin, das muss ich zugeben, und was sie anpackt, das gelingt ihr auch. Sie ist eine junge Frau, die nicht nur gut ausgebildet ist, nein, sie hat auch ein Hirn unter ihren dunkelblonden Locken, ein Hirn, mit dem sie denkt. Übrigens,* so fiel ihm endlich auf, *sind ihre Haare bereits ein gutes Stück nachgewachsen …* Mit Schaudern dachte er zurück an den Fall de Lurton.

Und an die ganzen Ereignisse, die an Grausamkeit kaum zu überbieten gewesen waren. *Wäre Tina nicht so clever und so kaltblütig,* musste er anerkennen, *so hätte sie die ganze Sache nicht überlebt. Sich in der größten Not selbst die Haare abzuschneiden, um jemand zu täuschen, das muss eine Schönheit erstmal hinkriegen! Das Leben schreibt manchmal doch die spannenderen Krimis …*

„Was träumst du hier herum“, weckte Tina ihn aus seinen Überlegungen, „komm, leg die Sachen hier hinein, die will ich so bald wie möglich durchsehen!“
„Glaubst du wirklich, wir könnten ein Profil des Täters anhand dieser Unterlagen erstellen?“
„Wenigstens ein Profil der Getöteten“, überlegte Tina auf der Heimfahrt. „Das könnte uns erlauben, auf das Profil des Täters zu schließen, oder es wenigstens zu umreißen.“
„Und eine Täterin kommt für dich nicht infrage?“
„Doch, natürlich auch, aber Frauen greifen weniger oft zu Schießwaffen als Männer, vermute ich einmal.“
„Weniger oft heißt nicht, dass wir eine Frau nicht auch als Täterin annehmen können.“
Tina schaute Pif schräg an. *Muss der denn immer das letzte Wort haben?!*

In der Salvianstraße wartete bereits Andy Engling auf die Kommissare. Der Mittvierziger, eine sympathische Erscheinung, war Mitarbeiter der Stadtwerke und konnte für die Tatzeit ein lupenreines Alibi vorweisen, das von seinem Vorgesetzten anhand des Arbeitsplanes sogleich telefonisch bestätigt wurde. Engling und seine Mitarbeiter waren an jenem Vormittag mit Wartungsarbeiten in Zewen beschäftigt gewesen.

Auch die anschließende Befragung von Georg Görgen, dem Vater der kleinen Michelle, verlief ohne Anhaltspunkt für eine Täterschaft. Görgen, Angestellter bei der Sparkasse, hatte am Tattag an einer Besprechung teilgenommen, die von 10 bis 12 Uhr in der Direktion stattfand. Sein Dienststellenleiter bestätigte seine Anwesenheit.

Tina war es nur recht. So fand sie schneller die Zeit, sich auf die Unterlagen der getöteten Lily Wirtz zu stürzen. Zuerst schaute sie sich den Ordner mit den Rechnungen an. Da hatte ein Elektriker eine neue Leitung in die Küche gezogen und eine Lampe über dem Herd installiert. Ein Installateur hatte die verstopfte Toilette ausgepumpt. Mehrere Kassenbons der verschiedensten Modehäuser waren säuberlich in den Ordner eingeheftet. *Soll sie sich selbst die Kla-*

motten gekauft haben, oder kann jemand sie ihr besorgt haben, überlegte Tina. *Aber wer?* Dann fand sie die Rechnung für den neuen Flachbildfernseher und eine für die neue Polsterung ihres Fernsehsessels. *Fernsehen scheint bei ihr ein Lebensinhalt geworden zu sein,* schätzte Tina. Pif unterbrach ihre Überlegungen.

„Hier, schau mal! Das sind mehrere Einladungen zu Klassentreffen. Ob sie je an einem teilgenommen hat?"

„Datum?"

„1980 … 81 … 85, dann nichts mehr."

„Ich vermute einmal, dass sie nie daran teilgenommen hat und dann auch keine Einladung mehr bekommen hat."

„Tina, das kann nicht sein, für ein Klassentreffen wird jeder eingeladen, der eine Adresse hinterlegt hat. Ich vermute eher, dass sie nur *die* Einladungen aufgehoben hat, zu denen sie auch erschienen ist."

„Hier ist ihr Reisepass, verheiratet war sie nicht." Pif wedelte mit dem Büchlein herum.

„Stempel von Reisen?"

„Keine." Pif blätterte im Pass, „Och, der ist ja bereits vor zehn Jahren abgelaufen. Aber, Tina, was haben wir denn hier?"

„Einen Brief ...?"

„Aus der Schweiz. Genau genommen von Zürich.

Von der ...", Pif sprach betont langsam, „von der Bank Fratellini, und weißt du, an wen? An die von Eyß!"
„Wie bitte?"
„Ja, du hörst recht! An die von Eyß'!"
„Und? Was schreiben die Brüder?" Tina brannte vor Neugierde.
Pif schob die Lesebrille zurecht und las vor:

„Zürich, den 22. 05. 2012

Sehr geehrte Damen und Herren,
wie wir soeben erfahren haben, grassiert im Bankenwesen das Kopieren gestohlener Daten von Bankkunden. Disketten mit diesbezüglichen Daten wurden bereits mehrfach an ausländische Finanzämter zu siebenstelligen Summen verkauft.
Unser Bankhaus hat alle Vorkehrungen getroffen, damit ein solches Ausspionieren der Daten unserer geschätzten Kunden nicht vorkommen kann.
Allerdings raten wir all unseren Kunden, ihre ausländischen Guthaben ihrer heimatlichen Finanzbehörde mitzuteilen. Dies ist nach geltendem Recht eine Bürgerpflicht in jedem Land.
Wir als Schweizerisches Bankhaus sind unserem Staat zur Ehrlichkeit verpflichtet und wollen auch auf die Ehrlichkeit unserer Kunden zählen können. Mit freundlichen

Grüssen, Unterschrift. Mensch, die ist ziemlich unleserlich, könnte vielleicht Jäggi heißen. Und übrigens, Grüßen mit Doppel-s geschrieben …"

„Das ist ja der Hammer!", fiel ihm Tina ins Wort. „Wie kam dieser Brief bloß in die Hände der Ermordeten?

„Das werden wir die von Eyß fragen. Dann aber *Hallo*!"

„Stimmt, Pif, da haben wir endlich ein erstklassiges Motiv für einen Mord! Die Bank warnt unverhohlen, der Brief kommt nicht an. Die Daten werden vom Finanzamt angekauft, und die von Eyß fliegen auf!", spekulierte Tina. Worauf Pif die Schlussfolgerung zog:

„Und sind ihr Geld los! Wenn das nicht ein prima Motiv abgibt."

Tina blieb trotzdem skeptisch.

„Ein Mord aus Rache? Glaubst du, das würde zu den von Eyß' passen?"

„Nicht unbedingt, aber man erlebt immer wieder handfeste Überraschungen. Komm Tina, auf nach Ehrang!"

Auf dem Weg dorthin hing jeder seinen Gedanken nach, kombinierte, konstruierte, verwarf dieses oder jenes Argument, entwarf das Gedankenpuzzle immer wieder neu. Tina dachte manchmal laut, Pif dachte manchmal laut. Als Tina den Wagen geparkt hatte, waren die beiden Kommissare sich einig, dass sie den Tätern jetzt den Mord nachweisen könnten.

Frau von Eyß öffnete die Tür und bat die beiden Kommissare betont freundlich herein. Sie benötigte aber nicht lange, um zu merken, dass diese nicht zum Kaffeetrinken angereist waren.

Nach dem freundlichen Begrüßungsritual setzte Pif eine ernste Miene auf.

„Frau von Eyß, Herr von Eyß, bei unseren Recherchen über den Tod von Frau Wirtz hat sich ein neuer Aspekt ergeben. In den Unterlagen der Getöteten haben wir einen Brief der schweizerischen Fratellini-Bank gefunden."

„Und dieser Brief war an Sie gerichtet", ergänzte Tina vorlaut.

„Dieser Brief", fuhr Pif ungerührt fort, „enthielt eine Warnung an die Kunden der Bank und ist vom 22. Mai 2012. Wissen Sie von diesem Brief?"

Die beiden Eheleute sahen sich erschrocken an. Cornel von Eyß räusperte sich und begann mit tonloser Stimme:

„Diesen Brief also haben Sie jetzt gefunden ... der hatte uns nie erreicht."

„Das kann ich mir gut vorstellen!“, erwiderte Pif. „Nur, wie kommt der Brief in die Hände der Getöteten?“

„Das kann ich Ihnen sagen“, antwortete Frau von Eyß, „Ende Mai 2012 machten wir Urlaub auf Madeira. Schöne Insel übrigens. Und für die Dauer unseres Urlaubs hatte ich die Wirtz gebeten, bei uns im Haus die Pflanzen zu gießen, und wenn nötig, auch einmal den Blumen im Garten Wasser zu geben. Sie hatte auch die Post hereingeholt.“

„Ja“, ergänzte Tina, „und somit ist dieser Brief in die falschen Hände geraten.“

„Das können Sie aber laut sagen, Frau Kommissarin.“

„Den Brief hatte die Wirtz geöffnet“, fuhr Pif weiter, „und wusste ab jetzt von Ihrem Geld in der Schweiz.“

„Gesagt hat sie uns kein Wort davon“, fügte Frau von Eyß hinzu.

„Hätte aber einen prima Anlass für eine Erpressung ergeben“, meinte Tina.

„Nein, Frau Kommissarin. Damit hätte sie ja zugegeben, dass sie sich den Brief unberechtigt angeeignet hatte.“

„Spielt das denn noch eine Rolle, bei so einer Erpressung?“

„Nein, eigentlich auch nicht mehr“, musste Frau von

Eyß eingestehen.
„Also“, fuhr Pif fort. „Und was geschah dann?“
„Dann? Erst einmal gar nichts. Wir wussten ja nicht, dass etwas im Busch war.“
„Drei Monate später“, berichtete Cornel von Eyß, „klopfte es an der Haustür, und man hielt uns einen Durchsuchungsbeschluss vor die Nase. Die Staatsanwaltschaft hatte den ausgestellt. Die Unterlagen der Bank Fratellini wurden dann bei uns im Safe gefunden, und alles wurde beschlagnahmt: Kontoauszüge, Briefverkehr, und so weiter.“
„Um welche Summe handelte es sich eigentlich?“, fragte Tina unvermittelt.

Cornel von Eyß wusste, dass er verloren hatte und gab kleinlaut zu:
„Um zwei Millionen Schweizer Franken. Ungefähr.“
„Das Geld hätte ausgereicht, um unser Unternehmen zu retten“, erklärte Frau von Eyß, „Wir hätten eine Selbstanzeige gemacht, Versäumnisse und Zinsen nachversteuert. Eine Million Euro wäre bestimmt übrig geblieben. Cornel von Eyß bekräftigte:
„Und wir hätten die Verbindlichkeiten und Forderungen regeln können und wären niemand etwas schuldig geblieben.“
„*Hätten*, höre ich hier ständig! Ist Ihnen denn nie zu Bewusstsein gekommen, dass Sie den deutschen

Staat um etliches betrogen haben?“
„Sie haben bestimmt am Straßenverkehr teilgenommen, Ihre Kinder sind zur Schule gegangen“, stimmte Tina in die Vorwürfe ein, „und Sie erwarten bestimmt auch ein faires Gerichtsverfahren? Und das alles soll der Staat Ihnen garantieren? Ohne Ihre Beteiligung?“
„Der Staat, der Staat, ich höre hier immer nur der Staat!“, maulte Cornel von Eyß. „Mir ist das Hemd näher als ...“
„Herr von Eyß!“, fuhr Tina ihn barsch an, „der Staat, das sind wir! Wir alle! Der Staat ist die Gemeinschaft der Bürger. Und nichts anderes. Und wir haben eine Regierung, die das Zusammenleben mit Gesetzen regelt!“
„Ach, das weiß ich doch auch!“, ärgerte sich von Eyß.
„Dann ist es ja gut“, fuhr Pif dazwischen. „Sie wissen ja, dass Sie sich strafbar gemacht haben.“
„Natürlich weiß ich das. Aber, was mich am meisten ärgert, ist nicht, dass ich aufgeflogen bin. Ich weiß, dass ich Unrecht begangen habe. Nein, ehrlich, am meisten ärgert mich, dass die Oberfinanzbehörde mit vollem Wissen und Willen Diebesgut aufgekauft hat. Sie hat ein oder zwei Millionen für die Diskette bezahlt und zehn oder zwanzig Millionen, oder noch mehr, herausgeholt. Dass mein eigener Staat, der als

höchste moralische Instanz auftritt und Hehlerei empfindlich bestraft, in diesem Fall sich aber selbst als Hehler betätigt ...!"

„Als höchste moralische Instanz", gab Tina zu bedenken, „tritt der Staat ja nicht gerade auf. Dafür haben wir die Kirchen, immerhin."

„Die Kirchen!", entsetzte sich Cornel von Eyß. „Ja, die haben sich ja in letzter Zeit selbst mit ihren Pädophilie-Skandalen, und besonders mit der systematischen Vertuschung ihrer Verbrechen, ins moralische Abseits manövriert. Die Kirche als Verfehler, der Staat als Hehler! Nur der Bürger, der darf sich nichts zuschulden kommen lassen! Gehen Sie mir doch weg mit dieser Moral!" Er musste seiner Wut freien Lauf lassen.

„Aber", wollte Pif wissen, „woher wissen Sie überhaupt, dass es diesen Brief gibt?"

„Ganz einfach", berichtete Cornel von Eyß, „nach der Durchsuchung habe ich meine Bank angerufen. Und die hat mich von dem Warnbrief in Kenntnis gesetzt."

Es trat ein Moment der Besinnung ein. Im Grunde hatte der Mann recht. Aber dieses Recht durften die Beamten dem gebeutelten Ehepaar nicht zugestehen. Pif wählte einen andern Weg:

„Herr von Eyß, wie hoch ist denn eigentlich Ihr gesamter Schaden?"

Eyß erklärte:
„Herr Hauptkommissar, aus den zwei Millionen Schweizer Franken Guthaben kam, nach der hiesigen Begleichung aller Strafgebühren, Nachversteuerungen und Verzinsung so etwas wie eine glatte Null heraus. Und das ist bei Zahlungsunfähigkeit einer Firma tödlich."
„Und deshalb haben Sie Revanche bei der Wirtz genommen!"
„Aber nein, Herr Hauptkommissar, „wir haben ja eingesehen, dass wir den Staat betrogen haben. Da liegt der Fehler ganz bei uns."
„Ach so! So ganz plötzlich kommt bei Ihnen die Einsicht!", stocherte Tina in der frischen Wunde, „vorher haben Sie anders, ganz anders gedacht! Ist Ihnen das klar?"
Pif schaute anerkennend zu Tina hinüber.

Das Ehepaar von Eyß saß betreten auf seinen Stühlen und schwieg. Die Kommissare nahmen sich Zeit und versuchten, die Mienen des Ehepaars zu ergründen. Nach langer Denkpause flüsterte Cornel von Eyß:
„Glauben Sie mir bitte, ich habe die Frau Wirtz nicht umgebracht. Ich nicht und meine Frau auch nicht."
„Eine Frage noch, Herr von Eyß, besitzen Sie eine Schusswaffe?"

„Eine Schusswaffe, Herr Hauptkommissar, habe ich nie besessen, und ich habe auch noch nie im Leben einen Schuss abgegeben. Meine Frau auch nicht. Frau Wirtz ist in ihrem Haus verbrannt. Wieso fragen Sie nach einer Schusswaffe?"
„Schon gut, Herr von Eyß, vielleicht glauben wir Ihnen sogar, dass Sie keine Schusswaffe besitzen." Die Kommissare wollten immer noch nicht mit der Wahrheit herausrücken, sondern lieber einen anderen Weg einschlagen.
„Bei unserem letzten Besuch haben Sie uns kein Alibi geben können", fuhr Pif fort, „ist Ihnen mittlerweile vielleicht noch etwas eingefallen, das Sie entlasten könnte?"
„Nein, Herr Kommissar, meine Frau und ich waren hier, und wir haben mit niemandem gesprochen."
„Das macht Ihre Position nicht gerade besser! Nach wie vor haben Sie ein Motiv, doch nachweisen können wir Ihnen nichts. Noch nichts. Sollte sich etwas anderes ergeben, werden wir Sie ins Kommissariat bestellen. Sie stehen uns auf jeden Fall weiter zur Verfügung!", schloss Pif die Befragung.
„Wo wollen wir denn noch groß hin?", antwortete Frau von Eyß verbittert.

„Eigentlich bedauere ich die beiden!", äußerte sich Tina auf der Heimfahrt. „Das Haus verloren, die

Firma, das Geld. Alles verloren, sogar ihre Ehre."
„Vom Rechtlichen her kann ich sie nicht bedauern."
„Natürlich nicht, aber vom Menschlichen her tun die zwei mir wirklich leid."
„Tina, vergiss nicht, die beiden haben das stärkste Motiv, das uns bis jetzt begegnet ist."
„Ich weiß, aber dann ist das ein Zeichen dafür, dass wir noch nicht gründlich genug gesucht haben!"
Pif antwortete mit einem tiefen Seufzer.

XIII

Tumult herrschte im großen Saal des Rathauses. Acht Tische waren nebeneinander aufgebaut worden, um jeden der acht Mitbewerber die Möglichkeit zu geben, sein Modell und die dazu passenden Pläne auszustellen. Sechs Modelle standen bereit zur Begutachtung, der siebte und der achte Tisch waren noch leer, als Bürgermeisterin Eva Eiden in Begleitung des Keltenexperten Dr. Hallstadt den Saal betrat. Um den siebten Tisch herum unterhielten sich gerade mehrere Personen aufgeregt.

„Was ist denn hier los?", fragte Erna Basten, die Kulturreferentin der Stadt Trier, ziemlich erbost.
Einer der Angesprochenen wandte sich der Oberbürgermeisterin, die neben Erna Basten stand, zu

und berichtete:
„Frau Oberbürgermeisterin, ich bin Gregor Salemer, Mitbewerber an diesem Wettbewerb hier. Gestern wurden mein Modell und meine ganzen Unterlagen bei einem Einbruch in meiner Werkstatt entwendet. Die Pläne, die Diskette davon, sogar meine Skizzen, alles ist weg! Und dabei bin ich überzeugt davon, dass mein Werk dem Stadtrat gefallen hätte."
„Herr Salemer, haben Sie denn die Polizei verständigt?", fragte ihn Erna Basten.
„Aber natürlich habe ich die Polizei verständigt", erklärte der Bestohlene, „aber so schnell konnten die mir natürlich meine Sachen nicht wiederfinden."
„Das ist verständlich. Aber dann scheiden Sie natürlich aus dem Wettbewerb aus", entschied Eiden.
„Aber … aber ich bitte Sie, Frau Oberbürgermeisterin!", wehrte sich Salemer. „Meine Schuld ist es doch nicht, dass die Sachen nicht mehr vorhanden sind!"

Aber Eiden und Hallstadt hatten sich bereits dem ersten Vorschlag zugewendet.
In diesem Moment platzte Ferber, gefolgt vom Hausmeister, in den Saal. Ferber war buchstäblich auf hundertachtzig und musste seiner Wut Luft machen.
„Frau Oberbürgermeisterin!", schrie er, „alle meine Unterlagen sind weg, das Modell, die Unterlagen,

meine Pläne und die Kopien davon, einfach alles! Sogar die Form, die ich zum Ausgießen des Modells angefertigt hatte, ist zertrümmert worden! Und die Sachen hatte ich schon aus Sicherheitsgründen an verschiedenen Orten deponiert!“
Der Hausmeister nickte zustimmend, obwohl er nur den leeren Kofferraum zu Gesicht bekommen hatte.

Eva Eiden drehte sich um und wandte sich Ferber zu.
„Nun sagen Sie nicht, dass auch Sie bestohlen worden sind?!“
„Na was denn sonst?!“, platzte es aus Ferber heraus. „Oder glauben Sie etwa, ich hätte mich selbst bestohlen? Oder ich würde hier lügen?“
Salemer kam Ferber zu Hilfe.
„Salemer, angenehm. Auch ich bin bestohlen worden, mir hat auch jemand mein Modell geklaut mitsamt allen Plänen und Skizzen ...“
„Ferber blickte Salemer mit großen Augen an. „Gestern?“, fragte er ihn ungläubig.
„Wann, weiß ich nicht, gemerkt habe ich jedenfalls nichts. Nur heute Morgen, da waren die Sachen plötzlich nicht mehr da!“
„Mein Modell“, meinte Ferber, „wurde mir aus dem Auto gestohlen. Aber ebenso schlimm ist, dass ich bedroht wurde.“

„Bedroht?", fragte Salemer alarmiert.
„Ja, bedroht, und zwar von motorisierten Zweiradfahrern!", ärgerte sich Ferber lautstark.
„Bedroht hat man mich auch, mein guter Herr Ferber", beschwichtigte ihn Salemer. „Mich wollte auch so eine Bande einschüchtern, aber uns beiden ist ja nichts passiert. Schlimmer finde ich allerdings, dass für mich jetzt alles aus sein soll!"
„Was heißt hier *alles aus*?", fragte Ferber Salemer.
Mit einem schrägen Blick zur Oberbürgermeisterin meinte Salemer:
„Die Eiden hat mir soeben mitgeteilt, dass ich damit aus dem Rennen ausgeschieden bin."
„Das darf doch alles nicht wahr sein!" Ferber war fassungslos.
Salemer begab sich zu Eva Eiden und deutete auf Ferber.
„*Er* ist ebenfalls ein Opfer irgendeines Komplotts. Frau Oberbürgermeisterin, ich bitte Sie, unsere Ausscheidung aus diesem Wettbewerb noch einmal zu überdenken."

Wer verlegen ist, räuspert sich, wer länger zum Überlegen benötigt, sucht sich einen anderen Ausweg. Eva Eiden versuchte also, Zeit zu schinden.
„Meine Herren", meinte sie schließlich, „das hier ist eine völlig neue Situation. Die muss ich im Stadtrat

zur Debatte stellen, wir benötigen Zeit, um eine Entscheidung treffen zu können. Und damit meine ich eine Entscheidung, die allen Bewerbern gerecht werden kann. In der Zwischenzeit werden wir die Polizei mit der Sache beauftragen."

Eva Eiden wandte sich an Erna Basten.

„Frau Basten, bitte benachrichtigen Sie umgehend die Polizei! Diese Vorfälle bedürfen dringend der Aufklärung. Die sollen gleich hierhinkommen."

„Sehr wohl, Frau Eiden." Erna Basten nahm ihr Handy aus der Handtasche und wählte eine dreistellige Nummer.

„Ja, aber ...", monierte Ferber, „die Polizei war doch gestern schon bei mir!"

„Das tut nichts zur Sache, Herr Ferber", entschied Erna Basten. „Jetzt ruft die Stadt Trier die Polizei und wird Anzeige erstatten. Ein ganz normaler Vorgang in einem so ungewöhnlichen Fall wie diesem."

Ferber suchte seinen Leidensgenossen Salemer auf.

„Wir müssen auf jeden Fall verhindern, dass wir ausscheiden. Nur weiß ich nicht, wie. Herr Salemer, haben Sie auch Anzeige erstattet?"

„Aber klar, doch! Die Polizei hat gleich alles aufgenommen. Und meine Schwester ist Rechtsanwältin", erklärte Salemer Ferber, „die werde ich heute noch einschalten und sie um Rat bitten, für den Fall, dass

wir aus dem Wettbewerb ausscheiden würden. Ich halte Sie jedenfalls auf dem Laufenden."
„Tun Sie das. Danke!"

Ferber wusste nicht, ob diese Möglichkeit ein Hoffnungsschimmer sein könnte oder nicht. Weder kannte er diesen Salemer, noch hatte er irgendwelche Informationen über die Bonität dieser Rechtsanwältin. War diese Idee nun eine Hilfe oder eine Falle? Ferber schwankte zwischen Hoffnung und Bedenken.

Mittlerweile hatten alle Bewerber ihre Namensschilder an den Tischen angebracht und ihren Präsentationsstand möglichst kreativ und individuell gestaltet. Neugierig wandte Ferber sich den Tischen zu. Auf dem ersten stand die Figur des Sterbenden Galliers, allerdings dem Original modern nachempfunden und auch nicht aus Marmor, wie das ursprüngliche Meisterwerk aus der gallo-römischen Zeit, sondern aus Gips. *Keine große Kunst*, entschied Ferber in seinem Innersten.

Auf dem zweiten Tisch versuchte die Nachbildung eines Treverer-Langhauses die Zuschauer zu beeindrucken. Eine Seite der Hütte hatte der Künstler mit originalen Materialien wie Lehm, Holz und Stroh angefertigt. Die Vorderseite, aus durchsichtigem Material erstellt, erlaubte dem Zuschauer einen Blick auf die keltische Inneneinrichtung. In der Mitte des Gebäudes befanden sich eine große Feuerstelle, die mit Steinen abgegrenzt war, sowie, exakt darüber, die zugehörige Öffnung im Dach, die als Rauchabzug fungierte. Große Gefäße zur Aufbewahrung der Lebensmittel und Eisentöpfe standen in unmittelbarer Nähe der Feuerstelle. Neben der Kochstelle fanden sich auf der einen Seite gestapeltes Brennholz, auf der anderen ein kleiner Getreidemahlstein. Betten waren aus grobem Holz gezimmert, mit Stoffdecken versehen und um die Wände herum angeordnet worden. Ferber zog nur verächtlich die Schultern hoch; eine solche Darstellung gehörte in ein Museum, nicht als Denkmal in einen Kreisverkehr.

Grabbeigaben zierten in einer künstlerisch durchaus ansprechenden Anordnung den nächsten Tisch. Da lagen Tonschalen und Scherben neben bronzenen Weinkrügen, Pferdegeschirre neben Werkzeugen, alles umgeben von Fibeln und Münzen. Ferber mochte das Sammelsurium trotzdem nicht.

Der Nachbartisch allerdings war ein Hingucker. Nur wenig Pläne, Zeichnungen und Erklärungen lenkten vom zentralen Thema ab. Eine tierähnliche Figur, zusammengefügt aus weißen, gelben und blauen

Glassträngen, hob sich in Form und Aussage deutlich von den anderen Präsentationen ab. Eine kleine Erklärungstafel schilderte das Entstehen solcher Kunstwerke. Darauf stand zu lesen: *Nachweislich betrieben die Kelten seit dem 4. Jahrhundert vor Christus Glaswerkstätten, in denen sie diese farbigen Glasstränge herstellten und sie in noch halb geschmolzenen Zustand um einen Stock wirbelten. Mit Zangen schienen sie dem Werk den letzten Schliff verabreicht und in die Form eines Tieres gebracht zu haben.* Dies war eine höchst anspruchsvolle Arbeit, jedoch empfand Ferber sie als nicht passend, um gerade der Wesensart der hiesigen Treverer gerecht zu werden. Viele Glasartikel waren hier im Altbachtal ohnehin nicht gefunden, geschweige denn produziert worden. Die nächstgelegene Glashütte befand sich auf dem Titelberg, wie Ferber in irgendeiner Dokumentation gelesen hatte.

Ein Torques zierte Tisch fünf. Dieser Halsreif war aus miteinander verflochtenen Golddrähten gefertigt, die an beiden Enden in einen Widderkopf mündeten. Ein echter Torques war ein hoch geschätztes und sehr wertvolles Geschmeide für Männer und Frauen der Oberschicht gewesen. Ferber wusste, dass die Fürstengräber auch heute noch eine echte Fundgrube für diese Art von keltischen Schätzen darstellten. Gold war zur Keltenzeit gar nicht mal so selten gewesen, dennoch blieb es für die Mehrheit der Bevölkerung unerschwinglich. Zu dem Zweck hier hatte der Künstler den Halsreif allerdings aus Metall gefertigt und ihn mit einem goldenen Anstrich überzogen. Dennoch verfehlte das Ausstellungsstück seine Wirkung nicht. Ferber fragte sich aber, ob ein Schmuckstück als Denkmal geeignet wäre.

Ein harmonisch geformter Eisenkessel mit zwei Griffen prangte schließlich auf dem sechsten Tisch. Der Kessel wies sowohl auf seiner Außen- als auch auf seiner Innenseite kunstvolle Verzierungen in Form von eingravierten abstrakten, aber symmetrischen Zeichnungen auf. In regelmäßigen Abständen wanden sich mehrere Reihen eines Perlenmusters um die Rundungen. Solche Kessel, erklärte ein beigefügtes Blatt, seien ausschließlich für zeremonielle Zwecke genutzt worden. Ferber untersuchte die Schriftzeichen; solche und ähnliche hatten auch die Innenseite seines Reifes geziert. Dieses Objekt kam der Trevererzeit schon recht nahe, dachte er und musste sich eingestehen, dass die Konkurrenz doch stärker war, als erwartet. Sollte er dennoch eine Chance haben, den Wettbewerb unter diesen erschwerten Bedingungen zu gewinnen?

Nach dem Rundgang und der Begutachtung der eingereichten Arbeiten zogen die Stadtväter sich zur Beratung zurück. Die Künstler begannen, ihre Modelle vorsichtig wieder einzupacken. Es dauerte eine ganze Weile, bis Frau Basten wieder auftauchte und durch lautes Händeklatschen um Ruhe bat.

„Meine Damen und Herren“, gab sie der Runde kund, „da der Wettbewerb durch unvorhergesehene Zwischenfälle überschattet wurde, hat der Stadtvorstand sich dahingehend geeinigt, erst in zwei Wochen, ab heute, seine Entscheidung bekannt zu geben. Die Herren Ferber und Salemer werden gebeten, bis dahin ihren Vorschlag neu auszuarbeiten. Der Stadtrat würde sich in diesem außergewöhnlichen Fall sogar nur mit den Plänen für das Denkmal begnügen.“ In leiserem Tonfall fügte sie hinzu:
„Natürlich würde ein Modell immer wesentlich anschaulicher wirken, wenn nicht sogar die Chancen erhöhen. Mich müssen Sie jetzt entschuldigen, die Polizei erwartet mich.“

Auf dem Heimweg überlegte Ferber in alle Richtungen. *Frühestens in drei Wochen,* dachte er, *wird meine Hand wieder einigermaßen zu gebrauchen sein. In zwei Wochen aber ist bereits Abgabetermin. Also benötige ich wiederum Hilfe, mit einer Hand allein geht das nicht, auch wenn es die rechte ist. Der Siggi ist ein feiner Kerl, aber eher handwerklich begabt als zeichnerisch einzusetzen. Wer könnte mir die Pläne akkurat anfertigen? Die Konkurrenz ist verdammt groß, eine schlampige Arbeit darf ich mir unter keinen Umständen erlauben. Und zu allem Überfluss soll ich dann morgen auch noch bei diesem Bouvier in Pétange aufkreuzen! Ganz ohne die geforderten Pläne!* Ferber zermarterte sich das Hirn und sah seine Felle schon davonschwimmen …

XIV

Pif lief umher und sinnierte.
„Was haben wir?“, meinte er schließlich. „Ein abgeschnittenes Bäumchen.“
„Und einen durchgeschnittenen Ball“, ergänzte Tina, „aber das reicht nicht für ein ordentliches Motiv.“
„Richtig“, fuhr Pif fort, „das Jugendamt hat den Görgens keine Schwierigkeiten bereitet, also ergibt auch das kein vernünftiges Motiv.“
Tina schaute zu Pif hoch.
„Und die zerbrochenen Ehen?“ Sie schüttelte aber gleich den Kopf. „Nee, ist auch schon länger her.“
„Ja, richtig. Tina, wenn wir diesen Ballast mal weglassen, dann bleiben uns die von Eyß‘ übrig, die haben wenigstens ein solides Motiv ...“
„Und der Ferber. Aber den halte ich für unschuldig“,

beeilte sich Tina hinzuzufügen.
„Du vielleicht, das wissen wir schon, ich aber nicht! Doch bleiben wir noch einen Augenblick bei dem bankrotten Ehepaar. Die haben alles verloren, ihre Existenz, das Geld ..."
„Kannst du dir denn allen Ernstes vorstellen, Pif, dass die kultivierten von Eyß' mit dem Bus von Ehrang nach Kernscheid fahren, die Frau erschießen, Feuer legen und seelenruhig wieder heimzuckeln?"
„Eigentlich auch nicht so recht."
„Aber der Ferber kann es nicht gewesen sein!"
„Warum denn eigentlich nicht, Tina? Gib mir einen einzigen Grund dafür!"

Der Chef beendete seine Runden und setzte sich wieder hin. Tina überlegte weiter.
„Schau mal, der hat ein Alibi, das ist so wasserdicht wie kein anderes." Sie kramte in ihren Unterlagen. „Hier, vor zehn Uhr hat er Julia Görgen getroffen, dann hat er sich umgezogen und ist gelaufen. Um 10 Uhr 18 hat er, verschwitzt, am Brubacher Hof ein Glas Wasser bekommen, dann kam er zurück zu Julia Görgen und ist dort um 10 Uhr 39 fort. Dann trifft er Miriam Engling, quatscht mit der und fährt zur Hill die Bestellung abholen, sein Kassenbon weist 10 Uhr 58 auf. Wenn der Mord zwischen 10 und 11 Uhr stattfand, ist der aus dem Schneider, sein Zeitplan ist

dicht. Ich habe ja auch alles nachgeprüft."

Pif schlug mit der flachen Hand auf das Schreibpult. „Das ist es! Zu dicht! Sein Zeitplan ist zu akkurat nachweisbar. Oder, Tina, kannst du dich erinnern, zu welcher Minute genau du dich vorgestern Morgen zwischen 10 und 11 Uhr befunden hast? Bestimmt nicht, und auch die Leute, die du getroffen hast, werden sich an die minutengenaue Uhrzeit nicht erinnern können. Warum dann wusste er das bloß?"

„Das, Pif, ist sehr einfach, der Kerl trägt beim Joggen keine Uhr und seine Zeit war irgendwie, vielleicht wegen der Telefonkonferenz, knapp bemessen. Er musste sich also ständig in seinem Zeitplan bewegen."

„Keine Uhr beim Joggen, dass ich nicht lache!"

„Natürlich nicht, wenn die ihn stört oder wenn er darunter schwitzt, oder was weiß ich ..."

Pif gab sich nicht zufrieden.

„Welche Telefonkonferenz war das eigentlich?"

„Spielt keine Rolle", gab Tina süffisant zu bedenken, „die Frau wurde vor 11 Uhr umgebracht."

„Und noch etwas, Tina, hebst du denn den Kassenbon von einem Eis auf?"

„Ich esse kein Eis am Stiel vom Supermarkt, höchstens eins beim Italiener. Aus einem schönen Glas

und mit einem langen Löffel!", bemerkte sie spitz.
„Als ob das einen großen Unterschied machte, einen Kassenbon kriegst du dafür auch!"
Tina zuckte ärgerlich mit den Schultern.
„Pif, du verrennst dich! Er kann nicht im Haus gewesen sein!"
Aber der Kommissar ließ sich nicht beirren.
„*Gerade* darum! Wenn er nicht im Haus gewesen sein konnte, hat er zumindest Kenntnis davon gehabt, was in dem Haus passieren würde. Sonst hätte er zeitlich nicht in dieser Art vorgesorgt."
„Du meinst wirklich, er hätte vorgesorgt?"
„Aber natürlich!"
Allmählich begriff Tina Pifs Gedankengang.
„Da ist was dran", meinte sie nachdenklich und verzog das Gesicht, „nur, beweisen können wir ihm nichts."
„Das ist ja gerade das Schlimme an dieser Affäre ..."

XV

Am Freitagmorgen duschte Ferber ausgiebig, putzte seine Zähne ordentlich, stylte sein Haar und kleidete sich sportlich-elegant mit gestreiftem Hemd, grauer Hose und einem blauen Blouson. Das Bild, das ihm der Spiegel wiedergab, hielt er für sehr akzeptabel. Sogar seine Haarfarbe wirkte wesentlich kastanienfarbener als nach einem langen Arbeitstag voll des Klopfens und des Schleifens seiner Steine. Im Brüderkrankenhaus ließ er sich den Verband erneuern und freute sich während der Untersuchung, dass seine Finger allmählich wieder beweglicher wurden. Alles würde wieder in Ordnung kommen, nur machte die Genesung wesentlich langsamere Schritte, als von ihm erhofft. Lange konnte er sich nicht mit Lamentieren aufhalten, sondern war gezwungen, die Landkarte zu studieren, um den Titelberg darauf zu finden und sich die beste Route einzuprägen. Zwar hatte er sein Fahrzeug mit einem nachträglich gekauften Navigationsgerät ausgestattet, aber dessen Bedienung beherrschte er nicht gut genug, um damit sein Ziel sicher eingeben zu können. Diesen Mangel entschuldigte er immer glaubhaft bei Bekannten mit dem Argument, ein Navi würde seinen von Haus aus guten Orientierungssinn nur verkümmern lassen.

Erst fuhr er noch bei der Post vorbei, dann steuerte Ferber fröhlich und zielsicher die Autobahn an und tankte gleich hinter der ehemaligen Grenze, so wie die meisten Trierer dies zu tun pflegten. Unterwegs überlegte er, was er mit den gesparten zwölf Euro so alles anfangen könnte.

Sein erster Weg führte ihn nach Petingen, wo er seinen Wagen in einer der obersten Straßen parkte. Dann folgte er seiner Eingebung, immer den Hang hinaufzuwandern. Immer noch konnte er kein Hinweisschild zum Titelberg ausmachen. Seine Enttäuschung steigerte sich über alle Maßen, als er auch nach einer halben Stunde Fußmarsch noch nicht den geringsten Hinweis auf den Weg zum Titelberg entdeckte. Auf einem Fitnessparcours sprach er zwei Radler an, die ihm aber auch keine Auskunft geben konnten. War das international bekannte archäologische Kleinod von der Bevölkerung mißachet oder einfach nur unterschätzt? Er entschied sich, den Hang weiter hinaufzusteigen. Schließlich sah er doch eine große Informationstafel in unmittelbarer Nähe. Glücklich, endlich den ersten Hinweis auf sein Ziel zu erhalten, steuerte er darauf los, aber seine Enttäuschung stand ihm ins Gesicht geschrieben: Die Tafel beinhaltete, neben fünf Zeichnungen, einen französischen Text. Also entschloss er sich, die Tafel zu fotografieren, um sie daheim ausdrucken und notfalls übersetzen zu lassen. Das ganze Gelände, ein Hochplateau von circa fünfzig Hektar, lag gut einhundert Meter oberhalb des Flüsschens Chiers, auf Deutsch Korn genannt, und war Teil der Gemeinde Petingen, im äußersten Südwesten des Großherzogtums.

Ganz oben auf dem Titelberg war weit und breit immer noch nichts von Ausgrabungen zu sehen, nur abgeerntete und umgepflügte Felder, im Hintergrund abgegrenzt von einem Mischwäldchen. Also marschierte Ferber unter sengender Sonne weiter. Von Weitem sah er den hohen grünen Zaun, der ein etwa dreißig Ar großes Gelände umgab und mit einer großen Eingangstür gesichert war. Mit nur wenig Hoffnung drückte er die Klinke hinunter, und siehe da: Die Tür war nicht verriegelt! Erwartungsvoll betrat er das Gelände und versuchte, sich zeitlich um gut einundzwanzig Jahrhunderte zurückzuversetzen.

Kreisrunde gemauerte Brunnen sah er und gemauerte Grundrisse von ehemaligen Gebäuden. Ein breiter gepflasterter Weg durchschnitt das Gelände; es war die ehemalige Straße, an welcher rechts und links die acht mal vierzehn Meter großen Wohnhäuser angeordnet gewesen waren. Von diesen mit Holz und Lehm errichteten Gebäuden hatten die Archäologen logischerweise keine Relikte mehr vorgefunden, dennoch gaben die Löcher, in denen die Grundpfeiler angeordnet waren, Auskunft über Lage und Ausmaße der Hütten. So hatte man an einer Stelle alte Äste in diese Löcher eingebracht, um den Grundriss eines Wohnhauses anzudeuten. Ferbers ganze Vorstellungskraft war nun gefordert, um sich hier eine Siedlung mit Menschen und Tieren, mit Rohstoffgewinnung und Handwerk, mit Handel und Verkehr vorzustellen. Die Informationstafeln fotografierte er wieder, prägte sich aber schon einmal die Zeichnungen ein. Beim Herausgehen fiel ihm ein Metallkorb auf, in dem sich verschiedene Steine befanden. Es musste sich hier um Bruchstücke von Mahlsteinen handeln, die in jeder keltischen Küche zu finden gewesen waren.

Die Lage der Eisenschmelze und die des Tempelbezirks waren von einem zwei Meter tiefen und vier Meter breiten Graben von der eigentlichen Siedlung abgegrenzt, aber mit Stegen und Brücken zu überqueren. In diesem Gebiet liefen noch die Ausgrabungsarbeiten an den Fundamenten der größeren Gebäude.

Pünktlich um 15 Uhr erschien Ferber im Gebäude der Gemeinde Pétange, um genau zu sein, in Bouviers Vorzimmer und wurde von Rosalie da Silva, einer kleinen rundlichen Sekretärin, zu ihrem Chef, Jacques Bouvier, ins Büro begleitet. Bouvier, ebenfalls ein rundlicher Mann mit Doppelkinnansatz unter jovialem Lächeln erhob sich und kam Ferber entgegen.

„Bonjour, Monsieur Ferbär, oh, das sieht aber schlimm aus!“ Seine Blicke verweilten länger auf dem Verband, der Ferbers linke Hand immer noch fast vollständig verbarg.

„Guten Tag, Monsieur Bouvier, ja, da habe ich wohl zu fest danebengehauen.“ *Wenn Sie, Bouvier, danebenliegen, dann bluten höchstens die anderen …*, dachte Ferber, ohne aber seinen Gedankengang auch nur mit der kleinsten Geste zu verraten.

„Was kann ich für Sie tun, Monsieur Ferbär?“, begann Bouvier in einem Deutsch, das stark von seinem luxemburgischen Akzent geprägt war.

„Monsieur Bouvier …“, begann Ferber und erzählte von seinem Beruf als Bildhauer, von der Ausschreibung des Keltendenkmals in Trier, von seinem Unfall und schließlich auch von den Überfällen auf ihn und dem Diebstahl all seiner Unterlagen.

„Und jetzt stehe ich hier vor Ihnen und habe nichts in der Hand, was Ihnen das beweisen könnte.“

Bouvier allerdings ließ sich nicht beirren. Er glaubte diesem Trierer, er empfand sogar so etwas wie Mitgefühl für ihn bei so viel Ungemach.
„Das müssen Sie nicht, Monsieur Ferbär, ich bin Ihnen gerne behilflich, wenn es nur in meiner Macht steht. Aber wissen Sie eigentlich, dass der Titelberg ein richtiges Oppidum, vermutlich so etwas wie die keltische Hauptstadt der ganzen Region war? Die Befestigungsanlagen jedenfalls wurden fünfmal erneuert, das ist gesichert. Eine unbedeutende Siedlung bedarf keiner solch mächtigen Wehranlagen."

„Oh!" Ferber war beeindruckt.
„Tausende keltische Münzen haben wir dort gefunden, was auf einen regen Handel mit benachbarten Stämmen schließen lässt. Und Tonscherben, die uns verraten, dass sogar Gefäße aus Italien den Weg bis hierhin gefunden hatten. Aber, nun zu Ihnen. Was wollen Sie errichten?"
„Herr Bouvier, sehen Sie, ich plane, einen mit keltischen Schriftzeichen dekorierten Ring aus Eisen herzustellen, den ich unten aufschneide und auseinanderziehe. Ungefähr sechzig bis achtzig Zentimeter auseinander."
Um sein Vorhaben anschaulicher zu machen, hatte Ferber sich erhoben und zeichnete mit der rechten Hand einen Kreis in die Luft. Dann tat er, als sägte

er am untersten Rand des imaginären Rings, ergriff dann die beiden Enden, drückte das rechte nach vorne in Richtung Schreibtisch und das linke zog er zu sich nach hinten.
„Sehen Sie, der Ring soll die Universalität der menschlichen Kultur über die Jahrtausende hinweg symbolisieren. Und genau zwischen die Schenkel des Ringes möchte ich einen möglichst runden Steinbrocken vom Titelberg platzieren, um so anzudeuten, dass die Trierer Kelten ihr Eisen oder ihre Eisengeräte vom Titelberg bezogen. In den Gesteinsblock beabsichtige ich dann, ein geschmiedetes Schwert zu stecken. Wenn Sie so wollen, möchte ich eine Brücke von den Trierer Kelten zu den Titelberg-Kelten bauen."
Bouvier dachte einen Moment nach.
„Ich kann mir Ihr Denkmal gut vorstellen, und ich finde, dass Sie da eine sehr gute Idee haben. Nur ..."
„Nur?" Ferber war plötzlich alarmiert. *Wenn das nicht klappt, kann ich einpacken*, dachte er.
Bouvier räusperte sich.
„Einerseits habe ich keine solchen Steine, andererseits darf ich die Genehmigung zur Gewinnung solcher Kawenzmänner überhaupt nicht erteilen. So ein Eisenerzstein wiegt locker ein bis zwei Tonnen, je nach Größe. Und hier darf niemand auch nur einen Kieselstein mitnehmen."

„Ja … aber … wenn Sie Ausgrabungen vornehmen, so müssen Sie doch auch mit Ihrem Bagger zu Werke gehen und die Kawenzmänner herausnehmen!"

„Wo denken Sie hin, Monsieur Ferbär? Ausgrabungen nehmen die Wissenschaftler mit Löffelchen und Pinselchen vor, doch nicht mit einem Bagger, der alles zerstören würde. Für wissenschaftliche Ausgrabungen darf ich natürlich eine Genehmigung erteilen. Aber große Gesteinsbrocken werden wir sowieso nicht mehr finden. Die wurden im Laufe der vergangenen zweitausend Jahre bereits geborgen und zu Eisen verhüttet. Seinerzeit war man in völliger Unkenntnis der Historie von dieser Anlage. Da ging folglich auch viel historisch Wertvolles verloren."

Eine schlimmere Auskunft hätte Ferber nicht erhalten können. Enttäuscht setzte er sich wieder in den Sessel.

„Das will aber nicht heißen, Monsieur Ferbär, dass ich Ihnen nicht auf einem anderen Weg behilflich sein könnte. Sehr behilflich sogar, glaube ich."

Ferber blickte Bouvier erstaunt an. Er schöpfte wieder Hoffnung.

„Da bin ich aber gespannt."

„Sehen Sie, Monsieur Ferbär", begann Bouvier, „die Gemeinde Petingen ist die fünftgrößte im Luxemburger Land. Der Titelberg liegt in unserer Gemeinde. Wenn Ihr Denkmal in Trier errichtet werden würde, so würde doch auch bestimmt eine kleine Inschrift Auskunft geben über die Herkunft des eisenhaltigen Gesteinsbrockens. Mit einem Schlag könnte der Titelberg in Trier bekannt, ja als kulturelles Ziel sogar interessant werden, was unserer Gemeinde touristisch natürlich sehr entgegenkäme."

Ferber schaltete schnell.

„Darin sehe ich überhaupt kein Problem. Im Gegenteil! Der Titelberg ist ja so gesehen auch ein Teil der Trierer Trevererkultur. Wo sonst hätten unsere Kelten denn ihre Kochkessel und Waffen herbekommen wenn nicht vom Titelberg?"

„Eben. Monsieur Ferbär, ich mache Ihnen ein Angebot. Vor gut zehn Jahren, nein, es sind sogar zwölf Jahre her, da sind wir bei Grabungen auf größere Gesteine gestoßen. Der Bauunternehmer Lamesch, der einzige in unserer Gemeinde, nimmt bei uns seit Jahrzehnten solche Grabungen vor, der ist mittlerweile spezialisiert in solchen Unternehmungen. Diese Firma hat ebenfalls die Böschung und die Zufahrt arrangiert und das ganze Gelände optisch hergerichtet. Ich weiß, dass dort auch große Gesteinsbrocken abtransportiert wurden. Vater Lamesch hatte die seinerzeit aus historischer Pietät gelagert; die müsste es noch geben."

Ferber atmete auf.

„Dann gibt es doch noch Hoffnung?"

„Monsieur Ferbär, der alte Lamesch lebt noch, ich glaube nicht, dass er die Steine einfach entsorgt haben könnte."

„Aber wie komme ich an den alten Lamesch?"

„Gar nicht, Monsieur Ferbär, ich mache das. Übermorgen, am Sonntag, ist feierliche Einweihung des ersten Arboretums im Großherzogtum."

„Darf ich Sie fragen, was ist ein Arbo...?"

„Ein Arboretum ist ein botanischer Garten, in welchem sowohl hiesige wie auch fremdländische Bäume zu Forschungszwecken herangezogen werden. Unser neues Arboretum allerdings dient neben der Forschung, die wir intensiv während zehn Jahren betrieben haben und die uns viele neue Erkenntnisse eingebracht hat, ebenfalls als kulturell anspruchsvolles Freizeitareal."

„Wie interessant!"

„Oh ja, die Gemeinde Pétange hatte das Glück, einen alten Bongert, Sie sagen Obstgarten dazu, glaube ich, nebst Wald und Brachflächen günstig zu erwerben. Dann hat die Firma Lamesch kräftig gerodet. Natürlich ganz nach botanischen Gesichtspunkten, die von einer Metzer Professorin ausgearbeitet worden waren. Wertvolle und weniger bekannte Gewächse wurden daraufhin in das Terrain eingebracht."

„Wann haben Sie denn mit diesen Arbeiten begonnen?“ Bei Ferber wuchs mit einem Mal das botanische Interesse.
„Im Jahr Zweitausend haben wir damit begonnen. Sie sehen, lieber Monsieur Ferbär, so etwas sind langjährige Projekte, die meistens keine Verwaltung stemmen möchte. Geht die nächste Wahl verloren, kann so eine Projekt schnell untergehen. Hier war das nicht der Fall, denn das Kulturministerium unterstützt das Projekt, und dem müssen wir Rechenschaft ablegen."
„Ach so läuft das in Luxemburg.“
„Ja, Monsieur, so kann das laufen; leider läuft es nicht immer so glatt. Aber kommen wir zurück zu Ihnen. Am kommenden Sonntag um 15 Uhr ist die offizielle Einweihung unseres Arboretums. Die Ministerin wird anwesend sein, diese Professorin, Madame Jeanne Crécy, der Unternehmerssohn Fernand Lamesch und viele andere bis hin zu den Gärtnern, deren gewissenhafte Pflege diesen Bäumen zugutekam. Kommen Sie vor 15 Uhr, ich werde Ihnen dann den Herrn Lamesch junior vorstellen.“

Selten zuvor hatte Ferber sich so wohlgefühlt. Die Schmerzen in der Hand waren vergessen, der Motorrad-Spuk hatte plötzlich an Bedrohung verloren, der Einbruch mitsamt der Zerstörung seiner kompletten Unterlagen ließ sich zwar nicht wegdiskutieren, aber in einem etwas milderem Licht erscheinen. Die Zuversicht, dass sich jetzt alles doch zum Guten wenden könnte, beflügelte Ferber. Gleich am Montag würde er einen Grafiker mit der Anfertigung der Pläne beauftragen, ein neues Modell müsste er mithilfe seines Nachbarn eigentlich in ein paar Tagen fertig bekommen, und wenn er auch kein Steinchen mit nach Hause bringen konnte, so tat zur Not auch ein rosa gestrichenes Golfbällchen den Dienst. Das Schwert, das darin stecken sollte, müsste es im Spielzeughandel zu kaufen geben. Fröhlich und beschwingt trat er die Heimfahrt an, nachdem er sich überschwänglich von Bouvier verabschiedet und Rosalie, in einem Anflug von Übermut, so etwas wie einen Handkuss hingehaucht hatte.

XVI

So hoffnungsvoll wie Ferber am Freitagnachmittag seine Heimfahrt angetreten hatte, so skeptisch waren die beiden Trierer Kommissare über den Fortgang in der Mordsache Lily Wirtz. Ihnen war bewusst, dass sie auf der Stelle traten, insbesondere war ihnen bewusst, dass die Indizienlage nichts hergab, mit dem sie den Ferber hätten festnageln können. Hier stand eindeutig ihre Meinung gegen die Fakten. Die Durchsuchung hatte nichts ergeben, aber auch rein gar nichts, Ferbers Verhalten war so undurchsichtig wie Novembernebel. Die Kommissare beschlossen, ihn am Montag auf kleiner Flamme zu grillen, vielleicht würde er einknicken. Vielleicht aber auch nicht. Nur: An einen Haftbefehl war unter diesen Bedingungen nicht zu denken.

So beschlossen sie notgedrungen, erst am Montag aktiv zu werden. Pif packte seine Sachen und fuhr heim zu seiner Annette, Tina düste nach Luxemburg zu ihrem Chéri.

Die Stadt Luxemburg brachte sie schnell auf andere Gedanken. René hatte sündhaft teure Karten für ein Konzert von Lang Lang in der Philharmonie erstanden, und Tina verbrachte eine geschlagene Stunde

im Badezimmer, bevor sie sich in ihrem Gala-Outfit von ihrem René bewundern ließ.
„Wow“, stammelte dieser, „du bist die Schönste im ganzen Land!“ Überwältigt von ihrer Schönheit drückte er sie so herzhaft fest an sich, dass sie aufschrie.
„Mein Kleid, Vorsicht!“ Beide mussten lachen. „Warte, du, nachher ...!“
„Dann trage ich ja auch mein Kleid nicht mehr!“

Spät am Abend, als die traute Zweisamkeit die beiden Liebenden wieder von der Welt abschirmte, schob René, wie als Nachtisch, noch eine CD vom Chinesen in den Player. Leise erklangen Nocturnen von Chopin. Tina zündete ein Kerzchen im Grubenlämpchen an, und beide kuschelten miteinander auf einem Berg von Kissen, mit sich und der Welt zufrieden.

„Chérie ...“, begann René, da er fand, dass die Stimmung gerade jetzt für sein Anliegen, mit ihr über eine gemeinsame Zukunft zu sprechen, günstig war. Vorsichtshalber wählte er einen strategischen Umweg.
„Chérie, wie gefällt dir eigentlich dein Beruf?“
Tina dachte einen Moment nach, denn sie wusste

nicht, worauf René hinauswollte, und sagte schließlich:
„Du, ich finde es spannend, die Missetäter einzufangen und sie an weiteren Verbrechen zu hindern. Ich finde auch, wir leisten der Gesellschaft damit einen großen Dienst. Und das ist es, was mir an dem Beruf so gut gefällt."
„Aber", konterte René ganz vorsichtig, „ist dir eigentlich bewusst, dass du gefährlich lebst? So wie du dich ins Zeug legst, finde ich, ist es doch des Guten manchmal ein bisschen zu viel."
„Stimmt, Chéri, aber manchmal geht es nun mal nicht anders."
Tina, du kenns keng Gefor!, dachte René. „Pass auf, dass du dich ja nicht überschätzt!", gab er ihr schließlich zur Antwort.
Wieder überlegte Tina einen Moment, ehe sie antwortete. „Glaubst du das wirklich?"
„Und ob ich das glaube! Manchmal habe ich echt Angst um dich, und dieses Gefühl, na, darauf könnte ich gut verzichten."
Tina schaute ihn ganz zärtlich an und meinte dann: „Ich habe auch manchmal Angst um dich, aber das ist nun einmal unser Beruf. Den haben wir uns ausgewählt, und in dem sind wir schließlich ausgebildet worden."
„Ja, aber wie stellst du dir denn eigentlich deine Zu-

kunft vor? Willst du in dem Beruf weiterarbeiten?“

„Aber natürlich will ich weiterarbeiten, sofern die Verbrecher das zulassen! Oder welchen Gedankengang verfolgst du im Augenblick? Ich sehe ja, dass du dich mit irgendeiner Frage herumplagst, nur weiß ich nicht, mit welcher.“

„Och Tina, das ist eine Frage, die Frauen eher stellen als Männer.“

„Na?“

„Chérie, dann schau mal, wir leben in zwei verschiedenen Wohnungen, mehr als fünfzig Kilometer voneinander entfernt und ...“

„Ja und?“

René wusste nicht, wie er noch argumentieren sollte. Tina spürte seine Unsicherheit und nahm das Heft in die Hand.

„Ich weiß, was du meinst. Wenn ich hier bei dir wohnte, könnte dir das gut gefallen. Keine Fahrten mehr, kein Zeitverlust, dafür ein harmonisches Leben in trauter Zweisamkeit. Ist es das, was dir vorschwebt?“

„Ja, so ungefähr. Und ich hätte weniger Angst um dich!“

„Gut, aber dann überlege einmal weiter! Glaubst du, ich würde hier eine Anstellung bei der Police Judi-

ciaire bekommen, so ganz ohne Französischkenntnisse?"
„Eher nicht, das stimmt."
„Und nicht mehr mit Pif zusammenarbeiten, auch daran müsste ich denken. Aber wirklich nur sehr ungern. Oder ich müsste jeden Tag von hier nach Trier fahren und zurück, das wären auch zwei Stunden Fahrzeit, und das täglich."
„Samstags und sonntags doch nicht!"
„Aber Chéri, du sprichst geradeso, als wüsstest du nicht aus Erfahrung, dass die Verbrechen sich nicht immer nach den üblichen Bürostunden richten."
„Ich sehe, wir werden weiter so leben wie seinerzeit Simone de Beauvoir und Jean-Paul Sartre. Jeder in seiner Wohnung."

Tina legte ihren Kopf auf Renés Schulter, mit zwei Fingern hob sie eine ihrer schönen Locken hoch und streichelte ihn damit zärtlich im Gesicht.
„Liebling, sei mir nicht böse, aber ich möchte an unserer Situation nichts ändern. Vorerst mal nichts."
„Aber, Chérie, hast du schon an deine biologische Uhr gedacht? Du bist über dreißig."
„Eine Kommissarin kann nicht gut mit dem Kinderwagen zum Tatort fahren, mein Lieber."
„Hui, das war mehr als deutlich!"

„Aber ich liebe dich, Chéri, komm, sei mir nicht böse!“
„Nein, böse bin ich dir nicht, nur ein bisschen enttäuscht.“

Nichts lag Tina ferner, als ihren geliebten René zu enttäuschen. Jetzt fehlten ihr mit einem Mal die richtigen Worte, um ihre Aussage zu entschärfen. Zurücknehmen wollte sie aber auch nichts, damit hätte sie ihren eigenen Standpunkt verraten. Ihren Liebsten wollte sie dennoch nicht brüskieren, und irgendwie tat er ihr leid. Trotzdem zog sie es vor, weiter zu schweigen, sie wollte die Stimmung nicht noch mehr verderben. Ganz zärtlich kraulte sie ihn im Nacken und zog ihn immer näher an sich heran, bis sich ihre Lippen zu einem innigen Kuss trafen. Spät am Abend bemerkten sie nicht mehr, dass die Kerze im Grubenlämpchen schon längst abgebrannt und erloschen war.

XVII

Die Gemeinde Pétange hatte sich herausgeputzt. Jeder ihrer Einwohner hatte sich bemüht, den hohen Gästen ein möglichst attraktives Bild des Städtchens zu bieten. Die Vorgärten blühten üppig, die Gehwege und Rinnen waren sauber gefegt, das Städtchen sollte zum schönen Baumgarten einfach nur passen. Die ersten Organisatoren trafen bereits gegen 14 Uhr ein, wenig später erschienen die geladenen Gäste. Ferber, der Pétange bereits ein wenig kannte, hatte kurz nach zwei Uhr bereits große Mühe gehabt, noch einen Parkplatz zu finden. Gemäßigten Schrittes folgte *er*, der völlig vergessen hatte, nach der Lage des Arboretums zu fragen, den fein herausgeputzten Menschen, die alle ein und dieselbe Richtung anpeilten und nicht gerade so ausschauten, als wollten sie ein Fußballspiel der Regionalliga besuchen.

Im Baumgarten angekommen staunte Ferber nicht schlecht. Ein kunstvoll gepflasterter Weg in rötlichem Porphyr, weißlichem Feldspat und blauschwarzem Basalt führte zu den Gewächsen des riesig großen Areals, in erster Linie zu den Bäumen, aber auch zu Sträuchern, Hecken und Gebüschen, die locker und harmonisch über das Gelände angeordnet waren. Ein englischer Rasen verband diese verschiedenen Elemente zu einer selten schönen botanischen Einheit. Vor jedem Baum, vor jedem Strauch, jeder Hecke war ein Namensschildchen angebracht, mit dem lateinischen, dem französischen und dem deutschen Namen, mit Herkunft, Pflanzdatum, Blütezeit und Besonderheit. Da gab es unter vielen anderen einen Bienenbaum, der monatelang in voller Blüte stand, einen ostasiatischen Schnurbaum, einen Taschentuchbaum, eine Hängezypresse. Leider fehlte Ferber die Zeit, sich im Augenblick näher damit zu befassen.

Herrn Bouvier traf er beim Rednerpult an, wo dieser seine vorbereiteten Grußworte, auf einen Zettel gekritzelt, mit einem Tesa ans Pult heftete. Mit ausgestreckter Hand steuerte er auf Ferber zu.
„Schön, dass Sie gekommen sind, Monsieur Ferbär, gerade ist auch Monsieur Lameschs Sohn, der Fernand, eingetroffen, Sie können gleich mit ihm sprechen, ich habe im Augenblick noch einiges zu tun, Sie sehen ja."
„Guten ..."
„Keine Zeit für Formalitäten, hierhin bitte!"

Unvermittelt sah sich Ferber Fernand Lamesch gegenüber, einem umwerfend gut aussehenden Mittdreißiger. Dieser war leicht gebräunt, aber nur so viel, dass sein Teint noch als gesunde Hautfarbe durchgehen konnte. Er war großgewachsen, gut eins neunzig, trug das dunkle Haar in lockeren Wellen und war sportlich, aber sehr elegant gekleidet. Die oberen zwei Hemdknöpfe standen offen und gaben den Blick frei auf ein Goldkettchen, an dem ein sich aufbäumendes Pferdchen in massivem Gold hing. Ferber dachte an den roten Ferrari, den er vor dem Eingang des Arboretums gesehen hatte. Lamesch war im Gespräch mit einer ebenso bildschönen jungen Frau. Sollte das etwa die Professorin für Botanik sein? Groß war sie, dabei aber grazil und äußerst gepflegt. Ihr hellblondes Haar fiel ihr in Locken lässig bis über die Schultern, das rosafarbene Hosenkostüm betonte ihre perfekte Figur, und der breite goldene Armreif ließ auf einigen Wohlstand schließen. Oder auf einen großzügigen Herrn. War dieser Herr nun Lamesch oder war er es nicht?

Das alles ging Ferber viel zu schnell. Noch ehe er sich an das einzige, ihm bekannte Gesicht wenden konnte, begrüßte Lamesch ihn auch schon mit einem festen Händedruck.

„Freut mich, Sie kennenzulernen, Herr ..."

„Ferber, Boy Ferber. Ganz meinerseits, Herr Lamesch, hat Ihnen Herr Bouvier bereits gesagt, worum es geht?“, fragte Ferber unsicher.

„Nein, Herr Ferber. Hat er nicht, aber das können *Sie* mir jetzt mitteilen, ich glaube, wir haben vor der offiziellen Eröffnungsfeier noch ein wenig Zeit.“ Lamesch machte der schicken Dame ein diskretes Handzeichen, das Ferber nicht genau zu deuten wusste. *Sind die beiden nun ein Paar oder sind sie es nicht?*, rätselte er.

„Es würde mich sehr freuen, wenn ich mit meinem Anliegen Ihr Interesse wecken könnte.“ Ferber war heilfroh, dass ihm so schnell diese brauchbare Formulierung eingefallen war.

„Kommen Sie, Herr Ferber“, Lamesch machte ein Handzeichen, „wir spazieren ein wenig abseits von dem ganzen Trubel. Wie Sie sehen, haben wir heute einen Riesenerfolg mit der Eröffnung dieses einmalig schönen und wissenschaftlich wertvollen Geländes.“

Lamesch nahm Ferber am Arm und führte ihn zu einer dicht gewachsenen Hainbuchenhecke, dann noch einige Meter weiter bis zu einer Bank, in der Nähe einer japanischen Kopfeibe.

Unterwegs berichtete Ferber ihm von seinen Plänen, an dem Wettbewerb teilzunehmen und beschrieb das Kunstwerk so gut, wie es nun mal ohne Zeichnung möglich war, also mit Händen und Armen. Lamesch hatte längst den Verband bemerkt, wollte seinen Gesprächspartner bei seinen Ausführungen aber nicht unterbrechen.

„Und dann ziehe ich die unten aufgeschnittenen Enden des Rings so auseinander“, fuhr Ferber fort, zog die linke Hand zurück und streckte den rechten Arm geradewegs in Lameschs Richtung. „Auf den Ring kommen keltische Schriftzeichen und Münzen, zwischen die beiden Schenkel soll dann ein Felsbrocken vom Titelberg. Nur: Der fehlt mir noch.“ Ferber blickte Lamesch hoffnungsvoll an.

Lamesch zeigte sich ganz angetan von Ferbers Plänen.

„Herr Ferber, schauen Sie mal, die offiziellen Limousinen treffen bereits ein, in zehn Minuten wird Herr Bouvier mit seiner Rede beginnen. Uns bleibt nur noch wenig Zeit. Aber, wo wir gerade hier sind, sehen Sie einmal hier gegenüber, vielleicht zwanzig Meter weiter, hinter diesem peruanischen Pfefferbaum, da haben wir noch einige Brocken vom Titelberg liegen. Könnte so einer Ihnen gefallen?“

Ferber machte sich auf und steuerte auf die Steine, die er bis dahin noch nicht bemerkt hatte, zu. *Bingo!* Sein Herz machte vor Freude einen Satz. *Das sind ja genau die Gesteinsbrocken, die ich mir vorgestellt hatte!* Ferber glaubte zu träumen, alles war plötzlich so einfach geworden. In froher Stimmung und mit glänzenden Augen kehrte er eilig zu Lamesch zurück. Als er um die Hainbuchenhecke bog, sah er den Mann. Eine dunkel gekleidete Figur mit Kapuze und Handschuhen drosch brutal mit einem Baseballschläger auf Lameschs Haupt ein. Der war zu Boden gegangen und bot ein entsetzliches Bild. Sein Kopf war zertrümmert, Blut schoss aus allen Wunden. Reglos lag er da, das Pulsieren seines Blutes verlangsamte sich. Das goldene Ferraripferd war in Lameschs Blut ertrunken.

Ferber stand wie angewurzelt vor dem Bild, das an Grausamkeit kaum mehr zu übertreffen war, dann entfuhr ihm ein lauter Schrei, ein markdurchdringender Schrei. In einem Reflex stürzte er sich auf Lameschs Angreifer. Dieser allerdings war ein sehr agiler Mensch. Mit aller Wucht schleuderte er den Schläger auf Ferber, drehte sich um und verschwand hinter der dunklen dichten Kopfeibe. Mit beiden Händen fing Ferber den Schläger auf, ehe der ihn ebenfalls am Kopf hätte treffen können.

Die Schreie hatten natürlich die ganze Gesellschaft in Aufruhr versetzt.

Die ersten Gäste kamen angerannt, um nachzuschauen, was sich zugetragen hatte, vielleicht um ihre Hilfe anzubieten, bestimmt aber aus ungezügelter Neugier. Das Bild, das sie ansehen mussten, konnten viele nicht vertragen. Einige Herren kippten einfach um. Einige Damen machten auf dem Absatz kehrt und entfernten sich vom Tatort, viel schneller und besonders, ihrer dicken Schminke zum Trotz, viel blasser als sie gekommen waren. Sanitäter, die bis dahin gelangweilt abseits gestanden hatten, kamen herbeigeeilt und versuchten, Lamesch mit Infusionen und Herzmassage noch irgendwie am Leben zu erhalten, konnten aber nur feststellen, dass ihre Bemühungen vergeblich waren. Zwei Ordnungsbeamte, welche die Aufgabe hatten, die Ministerin zu schützen, stürzten sich auf Ferber, drückten ihn zu Boden, verdrehten ihm den rechten Arm und fesselten ihn mit Handschellen hinter dem Rücken. Der Baseballschläger wurde vorsichtig in eine Zeitung gewickelt.

„Mörder, Sie gemeiner Mörder!“ wurde Ferber angepöbelt. Man bespuckte ihn und wollte ihn anrempeln, was die Ordnungsbeamten nur mit Mühe verhindern konnten. „Ich war das nicht … ich war das nicht …!“, stammelte Ferber unentwegt, doch niemand mochte ihm das glauben. Ferber hatte man gebückt neben der Leiche angetroffen, die blutverschmierte Tatwaffe in der Hand. Das waren Fakten, die zählten.

„Nun kommen Sie uns nicht mit dem großen Unbekannten!“, meinte einer der Umherstehenden.

Wer den Notarzt und die Police Judiciaire zu Hilfe gerufen hatte, war nicht auszumachen, spielte im Augenblick auch keine Rolle. Ferber war nur froh, dass die Ordnungskräfte recht schnell an Ort und Stelle gewesen waren, denn die Leute schienen in ihrer Aufregung geradezu unberechenbar; dann, nach einer kleinen Ewigkeit, wie es Ferber vorgekommen war, wurde er schließlich von zwei Beamten brutal hochgerissen und zum Sicherheitswagen gebracht. Die zwei Polizisten drückten ihn auf die Bank im Fond des Wagens und nahmen schweigend rechts und links neben ihm Platz.

Der Amtsarzt hatte nur noch Lameschs Tod bestätigen können. Ein Fotograf nahm Bilder vom Tatort und der Leiche auf.

Immer mehr Sicherheitskräfte erschienen im Park. Die ersten bemühten sich, die Zuschauer, die nichts verpassen wollten, zurückzudrängen, andere regelten das geordnete Abfahren der Fahrzeuge, damit das ganze Areal für Polizeifahrzeuge frei gemacht werden konnte. Die Protection Civile erschien mit mehreren Leuten, der Mess- und Erkennungsdienst hatte seine Arbeit am Tatort aufgenommen. Am Eingang des Parks wartete bereits der schwarze Wagen zum Abtransport der Leiche.

Commissaire René Molitor von der Police Judiciaire, der Kriminalpolizei, war sofort zum Tatort beordert worden. Dass er das Wochenende in stiller Zweisamkeit mit Tina verbringen wollte, interessierte den Polizeipräsidenten herzlich wenig. Wenn der Job getan werden musste, zählten weder Sonntag noch Freundin. Kommissarin Tina, die die Erfordernisse dieses Berufes ja bestens kannte, entschloss sich, heim nach Trier zu fahren; es schien ihr bei diesem schlimmen Fall müßig, den restlichen Tag noch auf ihren Liebsten zu warten.

Als der Commissaire am Tatort ankam, waren die Ermittlungen bereits angelaufen. In knappen, aber präzisen Worten wurde René in Kenntnis des tragischen Todes von Fernand Lamesch gesetzt. „Tatwaffe?", fragte Molitor knapp.
„Hier, Commissaire." Der Mann des Erkennungsdienstes zeigte auf das eingewickelte Sportgerät. „Ein Baseballschläger."
Molitor machte eine Kopfbewegung, der Mann nickte. „Wird heute noch untersucht", meinte er und entfernte sich.

Molitor nickte seinerseits; es bedurfte nicht vieler Worte bei diesem eingespielten Team.
„Wer ist der Tote?", fragte er einen anderen Beamten.
„Der Sohn vom alten Lamesch, Bauunternehmer in Pétange."
„Hat man die Familie unterrichtet?"
„Diese Sache hat so viel Wirbel verursacht, hier waren so viele Zuschauer, die Familie Lamesch müsste längst Bescheid wissen. Aber wir haben die Psychologin Dr. Grevels mit einem Beamten hingeschickt."
„Gut, ich sehe, alles ist bereits angelaufen", bemerkte der Commissaire zufrieden.
„Und den Täter haben wir auch bereits, der sitzt in der Minna", berichtete ihm der Beamte stolz.
„Den Täter? Sie meinen wohl den Hauptverdächtigen!", korrigierte René den Mann.
„Den Hauptverdächtigen, wenn Sie so wollen, Commissaire, aber der Mann wurde angetroffen, als er, mit dem blutverschmierten Schläger in der Hand, sich über das Opfer beugte. Weit und breit war niemand anderes."
„Nun", erwiderte René, „warten wir erst mal seine Aussage und die Fingerabdrücke ab. Aber die Sache scheint mir auch ziemlich klar zu sein."
Das Opfer wurde schließlich in eine Zinkwanne gelegt und abtransportiert. Erst, als man das Blut mit zwei Eimern Sand abgedeckt hatte, wagte sich auch

Bouvier in die Nähe der Polizei. Molitor hatte gleich bemerkt, dass dieser Mann eine gewisse Rolle bei den heutigen Feierlichkeiten zu spielen hatte, auch dass er gezögert hatte, jemand anzusprechen, solange die Leiche noch dalag. Also sprach René ihn an.

„Monsieur ..."

„Bouvier, ich bin der Chef de Service du Patrimoine Culturel der Gemeinde Pétange. Ich habe die Einweihungsfeier hier organisiert. Ich bin entsetzt."

„Monsieur Bouvier", antwortete René dem Kulturdezernenten in einem sehr gefühlvollen Ton, „da kann ich Sie sehr gut verstehen. Aber, können Sie mir sagen, wie die Tötung des Herrn Lamesch aus Ihrer Sicht geschehen ist."

„Monsieur le Commissaire, ich stand am Rednerpult, um meine Ansprache noch einmal durchzulesen, da sah ich Monsieur Lamesch mit dem Herrn Ferber, also dem Täter ..."

„Nicht den Täter, Herr Bouvier, den Hauptverdächtigen, bitteschön", berichtigte ihn René, doch Bouvier fuhr unbeirrt fort.

„Da sah ich also den Lamesch mit dem Hauptverdächtigen Boy Ferber sich etwas zurückziehen, bis dahinten zu der Hainbuchenhecke. Dann bogen sie ab zu der Kopfeibe. Den Ferber habe ich danach noch einmal allein gesehen, da ist er bis zu dem peruanischen Pfefferbaum gegangen, kehrte aber unvermittelt wieder zurück. Dann geschah der Mord. Hinter der Hecke."

René stellte sich das alles plastisch vor, konstatierte dann aber:

„Monsieur Bouvier, dann haben Sie die Tötung von Ihrem Rednerpult aus ja gar nicht sehen können! Oder?"

„Das, lieber Commissaire, habe ich ja auch nicht behauptet."

„Sie sprechen aber von Mord und von Täter, obwohl Sie kein Augenzeuge waren." René schüttelte den Kopf. „Monsieur Bouvier, noch eine andere Frage. Was eigentlich machte der Ferber heute hier bei der Einweihung Ihres Arboretums?"

„Der Ferber ist Bildhauer und benötigt einen Stein vom Titelberg für ein Denkmal in Trier. Diesen Stein sollte er vom Lamesch beziehen, dessen Vater ist noch im Besitz von etlichen solcher Brocken", berichtete ihm Bouvier wahrheitsgemäß.

„Dann sagen Sie mir, Monsieur Bouvier, welches Motiv der Ferber denn gehabt haben soll."

Bouvier bemerkte Renés missbilligenden Tonfall und überdachte seine Haltung gegenüber dem Bildhauer noch einmal.

„Eigentlich keins", versuchte Bouvier sich herauszuwinden, „da haben Sie recht, Commissaire, aber

es sah ganz danach aus, als ob dieser Preiss ..."
„Monsieur Bouvier, der Ferber besitzt die deutsche Nationalität. Damit ist er ein Deutscher. Und kein Preiss, die gibt es schon lange nicht mehr. Preußen wurde nach dem zweiten Weltkrieg aufgelöst. Merken Sie sich das."
„Ja, aber es waren doch die Preußen, die zweimal unvorstellbares Leid über die Menschheit gebracht haben."
„Damit hat der Verdächtige nichts zu tun", antwortete Molitor verärgert.

Da er diesen Wichtigtuer endlich loswerden wollte, beauftragte er ihn, die Liste der Gäste zu besorgen, die an der heutigen Feier teilgenommen hatten. Dann wandte er sich an den Erstbesten, der in seiner Nähe stand und fragte:
„Und Sie, Madame, haben Sie etwas gesehen, das uns weiterhelfen könnte?"
Die elegante Dame im rosa Hosenkostüm stand vollkommen unter Schock, war extrem blass und nervös. Mehr stotternd, als ihr lieb war, entgegnete sie ihm:
„Monsieur le Commissaire … gar nichts gesehen abe ich, rien du tout, aber geört abe ich, das Krachen … geht mir nicht ... ah, ce bruit, geht mir nicht aus dem Kopf, aus den Ohren, das war so schlimm, atroce,

das können Sie sich nicht vorstellen, c'était terrible!“ René hatte Mitleid mit der Frau und riet ihr, nach Hause zu gehen. Sie sollte nur noch ihre Personalien in dem notdürftig eingerichteten Büro am Eingang des Arboretums hinterlassen. Und einen Arzt sollte sie aufsuchen. Aber die Dame hatte sich schon schluchzend zurückgezogen.

Als Bouvier mit der Liste zurückkam, bat Molitor ihn, alle Namen anzukreuzen von den Gästen, die er während der Tat von seinem Rednerpult aus gesehen hatte. Damit war Bouvier erst einmal beschäftigt. Und der Commissaire konnte sich in Ruhe dem Hauptverdächtigen zuwenden.

Auf dem Weg zu ihm wurde er von einem Mann angehalten, der ihn dringend sprechen wollte.
„Ich bin Augenzeuge, Monsieur le Commissaire, darf ich Ihnen etwas mitteilen, ich habe etwas gesehen.“
„Ihren Namen hätte ich gerne“, antwortete der Commissaire ungeduldig, dann können Sie loslegen.“
„Jean Fonck, ich wohne in Pétange und bin Lehrer von Beruf.“
Molitor zügelte seine Ungeduld. Lehrer hatten im Allgemeinen eine schnelle Auffassungsgabe, ebenso wie ein geschultes Interpretationsgeschick. *Womög-*

lich hat dieser Mann besser hingeguckt als Bouvier, dachte er bei sich.

„Also, was haben Sie denn gesehen, Monsieur Fonck?“

„Das war so: die beiden, Lamesch Junior und dieser, dieser Mörder ...“

Molitor unterbrach sofort den Mann.

„Den Hauptverdächtigen.“

„Gut, dann eben den Hauptverdächtigen, wenn Sie es so haben wollen, also die beiden sind zusammen etwas abseits gegangen und haben sich unterhalten. Plötzlich bleibt der ... der Hauptverdächtige stehen, fuchtelt mit den Armen in der Luft, zieht seine lädierte Hand zu sich in Deckung und stößt mit der anderen Faust direkt in Lameschs Magen. Die beiden hatten bestimmt Streit, so sah es jedenfalls aus. Danach verschwanden sie, allerdings kam der mit der lädierten Hand zurück bis zu dem Baum dort drüben.“ Fonck zeigte auf den Pfefferbaum. „Und dann lief er zurück, wieder hinter die Hecke. Dann hat er ihn dort erschlagen.“

„Monsieur Fonck, haben Sie das mit eigenen Augen gesehen, diese *Tötung*, meine ich?“ Molitor hatte das Wort Tötung besonders langsam und deutlich ausgesprochen.

„Den Mord selbst nicht, Commissaire, nein.“

Solche Zeugen liebe ich, dachte René ärgerlich, *sie*

glauben, alles gesehen zu haben und wollen sich nur aufspielen. Doch der Hinweis auf den Fausthieb konnte die Tat sehr wohl in einem anderen Licht erscheinen lassen. Daher entschied er:
„Monsieur Fonck, bitte hinterlassen Sie Ihre Adresse und ihre Telefonnummer dort im Büro, ich werde vermutlich noch einmal auf Ihre Aussage zurückkommen.“

Streit oder nicht Streit, das war hier die Frage. Und wenn es ein Streit gewesen sein sollte, dann über welches Thema? Molitor wünschte sich, vor seinem Gespräch mit dem Festgenommenen im Fourgon, wie man die grüne Minna in Luxemburg nannte, ein bisschen mehr Zeit zum Überdenken dieser neuen Sachlage gehabt zu haben. Er rechnete jetzt damit, mit einer weiteren, verwirrenden Sicht auf das Geschehene konfrontiert zu werden.

Wie ein Häufchen Elend, aschfahl und zusammengekrümmt, wartete Ferber auf das Verhör. Als Molitor den Wagen betrat, machte er den Beamten ein Handzeichen, Ferber die Handfesseln zu lösen und den Wagen zu verlassen, denn er wollte mit dem Verdächtigen allein sein. Molitor setzte sich Ferber gegenüber, nur eine kleine Tischplatte trennte die beiden. Auf dem Tisch lag ein Mikrofon. Molitor stellte das Gerät auf Aufnahme.

„Bonjour. Herr Ferber, ich bin Commissaire René Molitor von der Police Judiciaire, der Kriminalpolizei."
Ferber nickte schwach.
„Herr Ferber, es steht nicht gut um Sie, Sie sollten mit mir kooperieren. Erzählen Sie mir einmal, wie alles sich zugetragen hat." Molitor hatte mit Bedacht einen sanften Ton gewählt. *Auf den Putz hauen,* so überlegte er, *kann ich später immer noch, um die Wahrheit aus ihm herauszukriegen*. Ferber räusperte sich.
„Monsieur le Commissaire, kann ich bitte einen Schluck Wasser bekommen, mir geht es nicht gut."
Ohne Ferber aus den Augen zu lassen griff Molitor unter den Sitz und zauberte zwei kleine Flaschen Rosport blue hervor, die er auf den Tisch stellte und öffnete. Ferber trank gleich die halbe Flasche leer.
„Vielen Dank, Monsieur le Commissaire."
Molitor entschloss sich, den Verdächtigen auf die sanfte Tour anzufassen.
„Brauchen Sie einen Arzt, Herr Ferber?"
„Danke, nein, Commissaire, jetzt geht's."
„Sicher?"
„Ja, sicher." Ferber räusperte sich. „Monsieur le Commissaire", begann er sich zu verteidigen, „ich war das nicht!"

Natürlich hatte Molitor mit dieser Aussage gerech-

net, nur die wenigsten Täter standen zu ihrer Tat.
„Dann erzählen Sie mir mal, wie sich alles zugetragen haben soll."

Und Ferber erzählte. Vom Denkmal, von den Überfällen, dass er bei Bouvier gewesen war, dass dieser Bouvier ihn mit Lamesch bekannt gemacht hatte und dass Lamesch ihm die so dringend benötigten Steine gezeigt hatte.
„Und als ich die paar Meter zu Lamesch zurückkam, lag dieser bereits erschlagen in seinem Blut. Ich habe den Täter gesehen. Er war unglaublich schnell und wendig. Als er von mir überrascht wurde, hat er die Tatwaffe, den Baseballschläger, mit voller Wucht auf mich geworfen. Um meinen Kopf zu schützen habe ich die Hände vor mich gehalten und den Schläger aufgefangen." Ferber machte mit seinen Händen eine abwehrende Bewegung. „Als die Gäste herbeigeeilt kamen und um die Ecke bogen, war der Mann bereits verschwunden. Das ist die Wahrheit, Monsieur le Commissaire. Das müssen Sie mir glauben!"

„Sie bringen also den großen Unbekannten ins Spiel? Glauben Sie mir, Herr Ferber, der wird so oft bemüht, der hat sich bereits abgenützt." Molitor bemühte sich, sachlich zu bleiben. Mit geduldiger Miene wartete er auf Ferbers weitere Aussagen.

„Wenn es aber so war!“
„Herr Ferber, dann beschreiben Sie mir noch einmal den unbekannten Mann, der Ihrer Meinung nach der Täter sein soll.“
„Monsieur le Commissaire“, beteuerte Ferber, „der Mann war schwarz gekleidet, schwarze Jeans, schwarzer Kapuzenpulli, er war behände, agil, schlank, durchschnittlich groß.“
„Herr Ferber, diese Allerweltsbeschreibung bringt uns nicht weiter. Kommen Sie, geben Sie sich einen Ruck und packen Sie aus!“
„Monsieur le Commissaire, so glauben Sie mir doch! Bitte! Sehen Sie, warum überhaupt hätte ich denn den Lamesch umbringen wollen? Ich wollte doch gerade vom *ihm* etwas haben! Einen Stein. Einen wunderschönen Minettestein vom Titelberg, für mich ein Traum von einem Stein! Daraus stricken Sie mir kein Motiv, Commissaire!“

Das, natürlich, sah Molitor auch so, er ließ trotzdem nicht locker.
„Herr Ferber. Sie hielten die Tatwaffe in der Hand. Sie beugten sich über den Toten. Und Sie waren allein, kein Augenzeuge hat irgendjemand anderes gesehen. Das sind die Fakten. Sie haben die Tat begangen. Dann eben aus einem anderen Motiv. Und das Motiv werden wir noch herausbekommen, ver-

lassen Sie sich drauf."
„Ich habe kein Motiv gehabt und ich war's nicht. Ich bleibe dabei, ein für allemal."
„Ihr letztes Wort?" Molitor schaute seinem Gegenüber fest in die Augen.
„Mein letztes Wort!"

Über so viel Verstocktheit musste René den Kopf schütteln. Für ihn zählten hier einzig und allein die Fakten, ob er nun ein Motiv besaß oder nicht.
„Herr Ferber, in dem Fall muss ich Sie dem Procureur, dem Staatsanwalt, übergeben, der entscheidet über den weiteren Gang der Dinge."
„Dem Staatsanwalt? Bin ich denn jetzt verhaftet?"
„Nein, nicht verhaftet, nur vorläufig festgenommen. Wie gesagt, der Staatsanwalt entscheidet."
„Und dann?" Ferber schluckte schwer.
„Nun, das hängt ganz davon ab, ob Sie den Staatsanwalt überzeugen können oder nicht. Wenn nicht, bemüht der Staatsanwalt den Juge d'Instruction. Bei Ihnen in Deutschland wäre das der Ermittlungsrichter. Der könnte dann einen Mandat d'Arrêt erlassen. Einen Haftbefehl."
„Das darf doch alles nicht wahr sein!"
„Wissen Sie, Herr Ferber, Sie wohnen in Trier, so wie ich erfahren habe. Juristisch ist das für uns Ausland. Und im Ausland könnten Sie untertauchen, da hilft

Ihnen Ihr fester Wohnsitz auch nicht weiter."
„Dann benötige ich, als Unschuldiger, einen Anwalt! Auch das noch! Habe noch nie einen gebraucht!" Krampfhaft versuchte Ferber, sich an den Namen seines Mitbewerbers zu erinnern, dessen Schwester Rechtsanwältin war. Vergeblich, der Stress war zu groß.
„Ich kenne keinen."
„Wären Sie denn mit einem Pflichtverteidiger einverstanden?"
„Salemer", stammelte Ferber plötzlich. „Die Schwester eines gewissen Salemer ist Rechtsanwältin. Die soll mich verteidigen kommen."
„Adresse?"
„Keine Ahnung. Trier, vermutlich. Aber die müsste doch zu finden sein, bei einem so seltenen Namen." Ferber war zu niedergeschlagen, zu fertig mit den Nerven, um noch weiterzukämpfen. „Oder eben einen Pflichtverteidiger", meinte er resigniert. „Meinetwegen."

Es dunkelte bereits, als die beiden Männer das Polizeifahrzeug verließen. Molitor deutete mit einer leichten Kopfbewegung in Richtung der beiden Beamten, die Ferber beaufsichtigt hatten und nun auf die weiteren Entscheidungen des Commissaires warteten.

„Hierhin, Herr Ferber!“, forderten sie den Verdächtigen auf und führten ihn zu einem Police-Wagen mit abgedunkelten Scheiben.

„Und mein Wagen? Ferber schaute den Beamten ratlos an. „Den kann ich doch unmöglich hier stehen lassen!“

„Geben Sie mir die Schlüssel, um Ihren Wagen werden wir uns kümmern. Wo steht der?“

„In der Rue du Titelberg.“ Ferber zog seinen Schlüsselbund aus der Tasche und löste den Schlüssel seines Foresters aus dem Ring. „Hier, bitte. Passen Sie gut darauf auf!“

In seiner Ehre gepackt verzog der Polizist das Gesicht und steckte den Schlüssel in seine Jackentasche.

Zwei weitere Beamte setzten sich zu Ferber in den Fond des Wagens. Von drei weiteren Fahrzeugen eskortiert setzte sich der Konvoi schließlich in Bewegung und verließ den Tatort.

Molitor begab sich ebenfalls zu seinem Wagen und ließ sich dabei die Aussagen des Verdächtigen noch einmal in Ruhe durch den Kopf gehen. So klar wie dieser Fall war schon lange keiner mehr gewesen. *Aber warum nur weigert sich der Ferber so vehement, die Wahrheit zu sagen?*, fragte sich René. *Die Fakten lassen sich nicht wegdiskutieren. Aber das Motiv? Wo liegt das Motiv?* Solange René kein Motiv erkennen konnte, war die Sachlage doch nicht ganz so evident. Natürlich sprachen die Fakten eine klare Sprache, aber ...

Er merkte, wie sich seine Gedanken nur noch im Kreis bewegten, also startete Molitor den Wagen und steuerte sein Büro an, um seinen Rapport, seinen Bericht, zu verfassen. Erst sehr spät in der Nacht fuhr er nach Hause.

XVIII

Hinter den mit üppig blühenden Geranien geschmückten Fenstern des Trierer Rathauses tagte am darauffolgenden Montag im kleinen Konferenzsaal der Kulturausschuss des Stadtvorstandes unter der Leitung von Oberbürgermeisterin Eva Eiden. Diese hatte darum gebeten, die sechs Keltendenkmal-Modelle für eine weitere Begutachtung seitens des allseits geschätzten Keltenforschers Professor Dr. Hallstadt hier aufzustellen. Neben Eva Eiden war natürlich Kulturreferentin Erna Basten zur Stelle, der Büroleiter des Kuturausschusses, Heinz Stadtfeld, die Pressesprecherin des Rathauses, Liz Zöller sowie Eva Eidens Sekretärin.

„Hat die Polizei sich inzwischen gemeldet?“, war die erste Frage, die Eiden an die Anwesenden stellte.
„Bis jetzt noch nicht, Frau Oberbürgermeisterin, aber

ich schätze ..."
„Frau Zöller, bitte rufen Sie dort an und erkundigen Sie sich nach dem letzten Stand der Ermittlungen."
„Gerne, Frau Oberbürgermeisterin." Liz Zöller entfernte sich diskret.

„Schauen Sie mal", eröffnete Eva Eiden den Gelehrtendisput, „diese Vorschläge hier, so nahe an der Kunst der Treverer sie auch sein mögen, finden Sie die treffend für ein Denkmal an der östlichen *Pforte* der Stadt? Den Begriff Pforte hatte sie ein wenig betont, da er ihr etwas zu altertümlich geraten schien.
„Sie müssen sich die einmal in Originalgröße vorstellen. Hier, nehmen wir zum Beispiel diesen Prunkkessel. So schön der auch ausfallen kann, aber taugt so etwas als Denkmal? Also, ich weiß es nicht."
„Das, Frau Oberbürgermeisterin", pflichtete Hallstadt ihr bei, „ist auch meine Meinung. So schön der auch ausfallen könnte, so etwas kann nur in seiner Originalgröße zur Geltung kommen."
„Eigentlich gefällt mir dieses Glastier sehr gut", meinte Erna Basten, „aber diese Figur in drei oder vier Meter Höhe? Na, ja."
„Einmal abgesehen davon, aber der Werkstoff Glas eignet sich schon mal überhaupt nicht für ein öffentliches Denkmal", gab Stadtfeld zu bedenken. „Der

ist viel zu gefährdet. Es ist ja nicht so, als hätten wir keine Vandalen in Trier."

Hallstadt nickte. „Ganz richtig, Herr Stadtfeld. Da kommt aber noch hinzu, dass hier in diesem Landstrich keine, oder nur sehr wenig, Glaskunst hergestellt wurde. Solche Sachen kamen aus dem ehemaligen Bibracte. Das lag am heutigen Mont Beuvray bei Autun in Frankreich. Den Treverern dürfen Sie ein gläsernes Denkmal nicht zuordnen."

„Und dieses Sammelsurium an nachempfundenen Grabfunden mag ich auch nicht", gab Stadtfeld zu bedenken, „also, da gäbe es große Schwierigkeiten, die diebstahlsicher zu verankern."

„Den sterbenden Gallischen Krieger halte ich für eine bessere Idee", erklärte Erna Basten. „Nobel und denkmaltauglich."

„Aber kopiert, zumindest nachempfunden", kanzelte Hallstadt den Krieger ab. „Dem kann ich nun wirklich gar nichts abgewinnen."

Doch Erna Basten gab nicht gleich auf.

„Wenigstens sieht so etwas eher nach einem Denkmal aus!"

Da aber widersprach ihr Stadtfeld.

„Wir werden doch wohl mehr auf die Beine stellen als eine Kopie! Und dazu noch von sehr zweifelhafter Qualität."

„Wohl wahr!", bestätigte Eva Eiden.

Liz Zöller kam zurück und berichtete von ihrem Telefongespräch mit der Polizei.
„Also, ich habe mit einem Hauptkommissar namens Walter Steinbach gesprochen. Der ist Leiter des Dezernats für Eigentumsdelikte. Merkwürdige Umschreibung, aber egal. Der Kommissar ist dabei, die beiden Einbrüche zu bearbeiten, den bei einem gewissen Salemer und den bei einem gewissen Ferber. Und nach einer Bande auf Leichtmotorrädern wird in diesem Zusammenhang auch gefahndet. Aber die Ermittlungen stehen erst am Anfang, und wir werden um Geduld gebeten."
„Geduld, Geduld!", ärgerte sich das Stadtoberhaupt. „So kommen wir nicht weiter."
„Frau Eiden, es tut mir leid, aber manchmal können auch wir nicht so schnell arbeiten, wie es gewünscht wird", beschwichtigte Erna Basten.
Eva Eiden zuckte wütend mit den Schultern. „Weiter!"

Blieben nur noch zwei Vorschläge übrig, der Torques und das Langhaus. Über das Langhaus, eine Rekonstruktion der damaligen Wohnhütten, brauchte nicht lange diskutiert zu werden, eine solche Bauweise eignete sich nicht als Denkmal. Das gehörte hinter Glas in ein Museum, nicht bei Wind und Wetter in einen Verkehrskreisel. Aber der Torques gefiel allen Anwesenden.

„So oder so ähnlich habe ich mir ein Denkmal für die Treverer schon immer vorgestellt", äußerte sich Eva Eiden zufrieden. „Wir könnten einen Metallring mit Goldbronze bestreichen und die Farbsteine aus gehärtetem Glas ..."
„Oder aus Emaille herstellen, das wäre robuster", pflichtete Eidens Sekretärin bei.
„Emaille wäre gut", meinte Hallstadt, „denn in Longwy, das liegt ja hier um die Ecke, könnten bereits seinerzeit Emaillewerkstätten niedergelassen gewesen sein."
Eva Eiden mokierte sich. „Oder aus Emaille … meinetwegen."
„Einspruch Euer Ehren!" Stadtfeld, einst Statiker, gab zu bedenken, dass die Stabilität eines solch großen und schweren Reifes erhebliche Kosten verursachen würde. „Als Schmuck ist oder war so etwas wunderschön, so als Arm- oder Halsreif. Aber als Denkmal aufgestellt wird die ganze Sache viel zu schwer. Und liegend wirkt das Ding nicht."

Dr. Hallstadt musste natürlich ebenfalls sein Pfefferkörnchen dazugeben.
„Die Keltenzeit, insbesondere die Latènezeit, heißt auch Eisenzeit. Wo bitteschön bleibt das denn? Die

Kelten erfanden den Bergbau und die Verhüttung des Erzes. Die keltischen Eisenschwerter waren den römischen technisch und qualitativ weit überlegen. In einem Treverer-Denkmal muss das Eisen angesprochen werden, eventuell das Eisenerz; die Münzen und Schriftzeichen sind wichtig. Schließlich: Das Eisen gab es hier um die Ecke auf dem Titelberg, aber nicht das Gold!"

Alle nickten zustimmend.
Eva Eiden seufzte.
„Sechs Vorschläge und keiner davon adäquat! Meine Damen, Herr Professor Hallstadt, wie ist Ihre Meinung dazu?"
Erna Basten fiel ihr ins Wort.
„Herr Professor, zwei Vorschläge sind noch unterwegs. Ich bin der Meinung, wir sollten noch warten. Vielleicht kommt noch ein brauchbares Angebot."
Damit war Eva Eiden nun überhaupt nicht zufrieden.
„Brauchbar reicht mir nicht. Ich will *das* Denkmal. Eins, wo ich sagen kann: das oder keins!"
„Das ist auch meine Meinung", äußerte Dr. Hallstadt ungefragt, „das richtige Denkmal ist unter diesen sechs Vorschlägen nicht auszumachen."
„Dann warten wir noch ab bis übernächste Woche Freitag. Gleiche Zeit, gleiche Stelle." Mit einem

Handzeichen verabschiedete sich eine enttäuschte Oberbürgermeisterin von ihrer Crew. Hallstadt begleitete sie kopfschüttelnd.

XIX

In der Salvianstraße herrschte die große Flaute. Petry blätterte missgelaunt in den Unterlagen, die sich im Haus der getöteten Lily Wirtz befunden hatten, Tina las noch einmal alle Gesprächsprotokolle der mehr oder weniger Verdächtigen durch. Doch je mehr sie sich damit befassten, desto weniger schälte sich ein Hauptverdächtiger heraus. Gewiss, die von Eyß' hätten das stärkste Motiv, aber das ältere Ehepaar entsprach bei Weitem nicht dem Bild, das man sich von einem Mörder machte.

„Kann man da so sicher sein?", fragte Tina ihren Chef.

„Nein, kann man nicht, natürlich nicht", meinte dieser, „aber keiner der anderen Bewohner des Morgenwegs scheint mir ein besseres zu haben."

„Dann bleibt uns nur der Ferber, aber der kann es kaum gewesen sein. Da müssen wir weitersuchen." Tina stöhnte.

„Hoffentlich", meinte Pif, „finden wir auch, was wir suchen!"

„Übrigens, ich habe gerade Steinbach auf dem Flur getroffen, der will noch heute Vormittag bei uns vorbeischauen."
„Steinbach? Was will der denn?"
„Weiß ich nicht so genau, aber die Stadtverwaltung hätte sich bei ihm gemeldet; wegen einer Einbruchsgeschichte bei zwei Künstlern."
„Künstlern?", fragte Pif nach, „unser Ferber ist doch auch Künstler, wenn man so will! Geht es denn um den Ferber?"
Tina zuckte mit den Schultern und hob beide Hände. „Keine Ahnung." Sie nahm den Fernsprecher und läutete Steinbach an.
„Tina hier, Herr Steinbach, wenn Sie wollen, können Sie auch gleich kommen. Wir möchten wissen, worum es geht." Zufrieden legte sie auf und nickte. „Ist schon unterwegs."

Und in der Tat: Steinbach schilderte den Kommissaren den Einbruchsdiebstahl und die angerichtete Verwüstung im Hause eines Steinbildhauers. Dann kam er auf die Verfolgungsjagd zu sprechen, welche sich die beiden Motorradfahrer mit dem Bildhauer geliefert hatten und schließlich zu dem zweiten Einbruch bei einem anderen Künstler. Dieser Einbruch allerdings weise mehrere Ungereimtheiten auf, so Steinbach. Zum Schluss seiner Ausführungen blickte

er Petry, der bis dahin regungslos zugehört hatte, an und sagte:
„Und nun hat sich die Stadtverwaltung auch noch eingeschaltet, die hat ebenfalls Anzeige erstattet. Übrigens, Ferber heißt dieser Bildhauer ..."
„Boy Ferber nehme ich an, aus der Baltzstraße", unterbrach Petry ihn. „Sieh mal einer an!"
„Ihr kennt den?", fragte daraufhin ein verblüffter Steinbach.
„Oh ja, der geht auch uns nicht mehr aus dem Sinn. Seit der Ermordung seiner Schwester, die in Kernscheid wohnte."
„Na, dann!", staunte Steinbach. „Von dem Brand bin ich unterrichtet, aber von dem Mord stand wohl aus taktischen Gründen nichts in der Zeitung. Oder?
„Richtig", stellte Tina klar, „dafür ist es noch zu früh. Aber Fakt ist, die Frau wurde erschossen und Ferber ist unser Hauptverdächtiger, nur, wir können ihm rein gar nichts nachweisen."
„Also, wenn ihr mich fragt", holte Steinbach aus, „so hat irgendjemand es auf diesen Ferber abgesehen. Ich glaube, der Mann ist in Gefahr. Und deswegen wollte ich Sie sprechen. Ich glaube wirklich, dass der Mann gefährdet ist. Auf den müssen Sie aufpassen."
„Und wer könnte ihm denn ans Leder wollen?", fragte Pif mit leichtem Unmut.
„An Ihnen, das herauszufinden, Sie sind die Mord-

kommission."
„Und Sie sind mit Diebstahl und Betrug beschäftigt, ich glaube, wir müssen unser Wissen in diesem Fall wieder einmal zusammenlegen."
„Kein Problem, jetzt wo wir den Direx los sind. Wie geht es eigentlich Commissaire Molitor? Den habe ich schon eine ganze Weile nicht mehr gesehen."
Zum Glück …, dachte Pif insgeheim.
Nun war Tina zur Antwort aufgefordert, denn Steinbach hatte sie fest im Visier.
„Danke der Nachfrage. Der steckt bis über beide Ohren in der Arbeit. Am Samstag war ich bei ihm, da ist er zu einem Mordfall gerufen worden. Da ich ja aus Erfahrung weiß, dass solche Sachen lange dauern, bin ich kurzerhand wieder nach Trier gekommen. Auch gestern war er noch voll mit der Sache beschäftigt, heute Abend werde ich ihn mal anrufen."
„Dann bestellen Sie schöne Grüße von mir."
„Danke. Werde ich ausrichten, Herr Steinbach."

Als Steinbach das Büro verlassen hatte, hallten seine Worte „Ich glaube der Mann ist gefährdet" immer noch nach. *Ferber gefährdet? Bedroht? Gewiss, der Angriff der Leichtmotorradfahrer ist nicht unbedingt als harmlos einzustufen. Aber gefährdet?*

„Tina", meinte Pif zu seiner Kollegin, „ich glaube,

wir sollten noch einmal zum Ferber fahren."
„Das wollten wir ja sowieso heute noch erledigen; wir können uns auch gleich auf den Weg machen. Ich hol schon mal den Wagen."

Ruhig und fast verlassen lag sie da, die Baltzstraße, an diesem frühen Vormittag unter dem mit schwarzen Wolken verhangenen, bedrohlich wirkendem Himmel. Würde das Gewitter noch lange auf sich warten lassen? Kein Baum bewegte sich in dieser Windstille, kein Lüftchen streifte über das herangereifte Haferfeld. Aber auch kein Mensch war hier oben zu sehen. Tina klingelte an Ferbers Haustür, Pif klopfte am Fenster. Kein Ferber. Die Kommissare begaben sich zum Atelier des Künstlers. Das war zwar verschlossen, erlaubte aber einen Blick ins Innere. Auch dort befand sich niemand.
„Merkwürdig", wunderte Tina sich, „der weiß doch, dass wir heute hierherkommen wollten! Wir haben ihn doch ausdrücklich darauf hingewiesen, dass er hier sein müsse."
„Das ist nicht merkwürdig, Tina, das ist höchst ärgerlich."
Da musste Tina plötzlich widersprechen.
„Vielleicht ist das aber auch höchst alarmierend, nach dem, was Lametta uns da gerade erzählt hat.

Komm, wir schauen mal bei den Nachbarn nach!"

Aber auch im Nachbarhaus befand sich niemand.

„Tina", entschied Petry, „ich glaube nicht, dass der Ferber entführt wurde, schau mal, Haus und Atelier sind fest verschlossen. Hier hat jemand seinen Abgang fein säuberlich geplant. Wir fahren zurück und schreiben den Ferber zur Fahndung aus."

XX

An diesem Montag brütete Commissaire Molitor über den Akten, die den Mord an Lamesch betrafen. Hatte er da etwas übersehen, hatte er eine Reaktion über- oder unterbewertet? Die Fakten präsentierten sich klar. Oder etwa nicht? Saß der Ferber nun zu Recht oder zu Unrecht in Schrassig in Untersuchungshaft? Diese Entscheidung, und darüber war René froh, hatte der Haftrichter getroffen. Damit hatte Molitor nichts zu tun. Aber hatte er den Mann vielleicht zu voreilig dem Staatsanwalt vorgeführt? Oder doch nicht?

Geschockt war der Mann gewesen. Gebettelt um seine Freiheit hatte er, seine Existenz sah er nicht nur auf dem Spiel stehen, sondern regelrecht zerstört.

Alles um der Gerechtigkeit willen; aber die Gefängniszelle war keine Gerechtigkeit, sondern das krasse Gegenteil. Eine zum Himmel schreiende Ungerechtigkeit. Fluchtgefahr, nur weil er Deutscher war? Verdunkelungsgefahr, bloß weil der Mann in Trier wohnte? Oder weil er keinen Anwalt hatte, oder weiß der Teufel, warum. Einzelhaft sei so etwas wie Isolationshaft. Und Isolationshaft sei Folter. Das war wenigstens die Meinung des Verhafteten gewesen, als er bei seiner Einlieferung stundenlang herumgepoltert hatte.

Nein, Molitor war sich ganz und gar nicht sicher! Und je länger der Tag andauerte, desto unsicherer wurde er. Von wegen Commissaire en chef! Von wegen Routine!

Ein diskretes Klopfen an seiner Tür. Der Concierge brachte Molitor einen Umschlag. Molitor öffnete das Kuvert, das als Absender die Adresse seines obersten Dienstherrn, des Inspecteur Général de la Police trug, und zog einen weißen Brief hervor. Aufmerksam las er die Mitteilung, legte den Brief auf seinen Schreibtisch und dachte nach. *Was soll das denn heißen?*

Die Frage ging ihm nicht aus dem Kopf. Auch nicht während der halbstündigen Fahrt nach Pétange, wo er sich im Haus von Lamesch umsehen wollte. Die

Adresse hatte er sich aus dem Melderegister herausgeholt. Er parkte den Wagen in der Nähe des Anwesens und klingelte an der Haustür. Eine ältere Frau öffnete die Tür und musterte ihn fragend. Als er der Frau seinen Ausweis zeigte, ließ sie ihn eintreten. Ohne Umschweife fragte er nach der Identität der Anwesenden.

„Monsieur le Commissaire, ich heiße Céline Reuter und bin die Haushälterin von Monsieur Fernand Lamesch. Ich wohne ganz in der Nähe und arbeite täglich hier von neun bis fünfzehn Uhr."
„Ich gehe davon aus, dass Sie wissen, was passiert ist, Madame Reuter."
„Ja, furchtbar! Monsieur Lamesch war so ein lieber Mann. Auch ein großzügiger Arbeitgeber."
„Arbeiten Sie schon lange hier?"
„Seit er dieses Haus bezogen hat, ja, das sind jetzt sieben Jahre her."
„Dann kannten Sie ihn und die Familie gut. Kann ich Madame Lamesch sprechen?" René wollte endlich zur Sache kommen.
„Es gibt keine Madame Lamesch. Monsieur Fernand war nicht verheiratet."
„Monsieur Fernand?", fragte Molitor nach.
„Commissaire, ich arbeite seit fast dreißig Jahren bei der Familie Lamesch, dem Fernand habe ich noch

fast die Windeln gewechselt“, stellte die Haushälterin klar.

„Ich verstehe.“

„Aber, Commissaire, so setzen Sie sich doch, ich bringe Ihnen einen Kaffee, Sie haben bestimmt noch Fragen.“

René nickte und nahm auf einem komfortablen Sessel Platz. Das Wohnzimmer war eine Designerhöchstleistung. Moderne Klassiker möblierten nahezu spartanisch den Raum, jedes einzelne Stück, sei es nun ein Sessel, ein Tisch oder eine Lampe, war genau *so* platziert, dass es jeweils bestmöglich zur Geltung kam. Der sparsam dosierte Umgang mit Farben erhöhte noch die Wirkung der ganzen Einrichtung. Ein wandgroßes Fenster dominierte den Raum und gewährte einen überwältigenden Fernblick über den eigenen Garten hinaus in die weite Landschaft. Madame Reuter brachte den Kaffee und setzte sich zu Molitor.

„Madame“, begann Molitor seine Befragung, „was für ein Mann war nun der Sohn Lamesch? Einen reichen Vater im Hintergrund … er selbst auf Rosen gebettet … das alles kann man ja unschwer erkennen. Aber hatte er auch eine Freundin, eine Partnerin?“

„Da, Commissaire, fragen Sie mich zu viel.“

„Wieso? Wenn Sie doch tagtäglich hier im Haus arbeiten, müssten Sie das eigentlich wissen", konterte Molitor ungeduldig.
„Nein", erwiderte die Haushälterin, „erstens entspräche Neugier nicht meinem Naturell, und zweitens war Monsieur Fernand sehr diskret in seinen Herzensangelegenheiten. Mich hat er öfters gebeten, für ein Tête-à-Tête ein kleines Dinner zu richten. Wer aber eingeladen war, das weiß ich nicht. Morgens um neun, wenn ich kam, war die Person bereits fortgegangen."
„Sie wissen also nicht, ob immer dieselbe Person hier war oder nicht?"
„Genau, Commissaire."
„Gut." Molitor bohrte in einer anderen Richtung. „Wer und wie sind seine Eltern?"
„Oh, seine Mutter ist bereits vor dreißig Jahren gestorben. Aus der Trauer kamen Vater und Sohn nicht mit eigener Kraft heraus. Der Vater war jahrelang in psychologischer Behandlung, das Söhnchen, ein schmächtiges Kerlchen damals, weinte nicht ein einziges Mal. Er schluckte die ganze Trauer hinunter und erkrankte schwer. Zu dieser Zeit wurde ich hier eingestellt und hatte meine liebe Mühe, dem Kind einige wenige Kalorien zuzuführen, damit es nicht verhungerte. Später, während der Pubertät, wurde es allerdings noch viel schlimmer. Aufmüpfig war er

da, die Schulnoten verschlechterten sich, Freunde hatte er auch keine. Er hatte nur mich."
„Konnten *Sie* denn etwas ausrichten?"
„Sie werden es nicht glauben, Commissaire, aber er entwickelte ein immer größeres Vertrauen zu mir! Er wäre später auch nie in dieses Haus hier eingezogen, wenn ich ... wenn ich nicht mitgekommen wäre."

Ein Moment der Stille trat ein. Molitor dachte nach. Er stellte sich die Familie in ihrer großen Not vor und versetzte sich in deren Lage. *Sie muss noch sehr jung gewesen sein, damals, die Madame Reuter. Ob die Haushälterin sich was davon versprochen hat in dieser Situation? Als Ersatzmutter scheint sie ja einen wirklich guten Job gemacht zu haben.*

„Und der Vater, wie geht es dem Vater denn jetzt?", fragte Molitor leise. „Wo wohnt der eigentlich?"
„Das können Sie sich ja vorstellen, wie es dem geht, Commissaire, sehr, sehr schlecht. Der wohnt hier am Ende der Straße, in der großen gelben Villa. Ich rate Ihnen aber dringend, nicht dahinzugehen. Sie dürfen Monsieur Lamesch jetzt nicht aufsuchen. Tun Sie das bitte nicht!"
„Madame Reuter, ich *muss* mit dem Vater sprechen."
Molitor war verärgert, dass eine Haushälterin sich erdreistete, einem Commissaire en chef Anweisungen zu erteilen. Er schwang sich in den Wagen und

düste zum elterlichen Haus.

Gerade, als er klingeln wollte, öffnete sich die Haustür, und ein schlanker Mittfünfziger mit Menjoubärtchen, Goldrandbrille und in Brioni gekleidet schickte sich an, das Haus zu verlassen. Der Mann taxierte den Commissaire und fragte ihn schließlich:
„Wollen Sie zu Monsieur Lamesch?"
Noch ehe Molitor etwas erwidern konnte, fügte der Mann hinzu:
„Monsieur Lamesch darf keinen Besuch empfangen. Erlauben Sie, dass ich mich vorstelle. Ich bin sein Arzt, Doktor Lutgen, Romain Lutgen." Er musterte Molitor von oben bis unten.
„René Molitor, Police judiciaire, Commissaire en chef. Enchanté. Docteur, wann kann ich denn Herrn Lamesch zu den Ereignissen befragen?" Molitor reichte Lutgen die Hand. Der Händedruck war kurz und unverbindlich.
„Das kann ich Ihnen nicht sagen, cher Commissaire, Monsieur Lamesch steht unter Schock. Er wird noch mehrere Tage, wenn nicht sogar Wochen, benötigen, um zu begreifen, was überhaupt passiert ist. Besonders, um zu begreifen, *weshalb* es passiert ist. Aber da stehen wir alle auf dem Schlauch. Ihre Aufgabe ist es, Commissaire, das Warum herauszufinden. Monsieur Fernand war so ein lieber Mensch!"

„Docteur, da können Sie mir helfen, das herauszufinden."
Der Arzt kramte nach seinen Autoschlüsseln und zeigte auf seinen Wagen.
„Folgen Sie mir zu meiner Praxis, dort können wir ungestört reden."

„Sie sagten", meinte Molitor später, als sie im Ordinationszimmer Platz genommen hatten, „der Junior sei ein beliebter Mensch gewesen. Beliebt bei den Kunden, den Arbeitern oder etwa bei den Frauen?"
„Commissaire, ich sagte, er sei ein *lieber* Mensch gewesen. Beliebt war er nicht bei jedem."
„Tja, Docteur, ist denn ein lieber Mensch nicht auch immer beliebt?"
„Tja, Commissaire, das kommt ganz darauf an."
„Worauf?" Molitor spürte, wie der Arzt mit einem Mal zurückhaltend wurde.
„Sagen wir mal so, Commissaire, es kommt immer auf den Standpunkt an."
„Was meinen Sie damit, Docteur?"
„Commissaire, lassen Sie mich mal mit einem Beispiel antworten. Wenn ein Mann eine verheiratete Frau liebt, macht er sich nicht unbedingt bei ihrem Ehemann beliebt."
„Nun kommen Sie mir nicht mit Binsenweisheiten, lieber Docteur. Oder wollen Sie mir etwa sagen, dass

der Junior, sagen wir mal, etwas unseriös war?"

„Unseriös will ich nicht gesagt haben, aber er hatte eben, seines Aussehens wegen, doch einiges an Erfolg zu verbuchen."

„Und hat eine schöne Frau nicht unbedingt von der Bettkante gestoßen. Das meinen Sie doch, oder?"

Der Arzt räusperte sich, das ganze Gespräch ging ihm allmählich auf die Nerven.

„Also, so ganz genau weiß ich das natürlich auch nicht."

Mit dieser Aussage war Molitor nun gänzlich unzufrieden.

„Docteur, nun machen Sie bitte keinen Rückzug. Was hat es mit diesem Erfolg bei den Frauen denn nun auf sich?"

Ungeduldig rutschte der Arzt auf seinem Sesselchen hin und her, nahm seine Goldrandbrille ab und prüfte die Sauberkeit der Gläser. Dann zog er sein Taschentuch hervor, hauchte auf die Brillengläser und polierte sie mit dem feinen, sauberen Tuch. Diese Zeit nutzte er, um sich eine Strategie auszudenken, aber ihm fiel nichts anderes ein, als sich hinter seinem hippokratischen Eid zu verschanzen.

„Sehen Sie, Commissaire, seit zwei Jahrzehnten bin ich der Familienarzt der Lameschs. Über medizinische Details darf ich Ihnen aus ethischen Gründen

keine Auskunft geben."
Solch eine Aussage, nichts Halbes und nichts Ganzes, konnte Molitor auf die Palme bringen. Er wurde lauter.
„Lieber Docteur, so nicht! Nicht mit mir. Der Filius Lamesch ist tot. Und damit endet Ihre Schweigepflicht. Jetzt sind Sie der Wahrheit verpflichtet, nicht mehr Ihrem früheren Pat..."

An der Tür wurde heftig geklopft, die Sprechstundenhilfe hastete herein und berichtete:
„Docteur, schnell, Madame Harles ist im Wartezimmer zusammengebrochen, wir kriegen sie nicht reanimiert!"

Für den Arzt konnte es keine willkommenere Unterbrechung dieses unangenehmen Gesprächs geben als diese. Erleichtert stürmte er hinaus.
„Commissaire, wir setzen unser Gespräch ein anderes Mal fort, melden Sie sich telefonisch an!" Und von draußen rief er: „Aber erst in einer Woche, ab morgen bin ich verreist!"

So nahe am Ziel, und dann kam doch alles anders! Verärgert erhob sich Molitor und verließ die Praxis ohne weiteren Gruß.

XXI

Völlig teilnahmslos und apathisch hockte Ferber in einer engen Untersuchungszelle des Schrassiger Gefängnisses. Allein. Bei seiner Einlieferung hatte er randaliert und um sich geschlagen, getreten und geschrien. Alle seine Kräfte mobilisierte er, zwei ganze Tage lang tobte er, um sich gegen diese himmelschreiende Ungerechtigkeit zu wehren. Als er zu guter Letzt damit drohte, seinen Kopf bis zum Zerbersten gegen die Wand zu schlagen, verordnete ihm der Gefängnisarzt ein Beruhigungsmittel; allerdings nicht gerade Baldrian. Nein! Allein drei Pfleger hatten ihn festgehalten und ihm eine Dosis verpasst, die glatt ein Pferd umgehauen hätte.

So allmählich begann Ferber, wieder aus seinem Dämmerzustand zu erwachen, und je länger er über die Geschehnisse in Pétange nachgrübelte, umso weniger war er sich seiner Unschuld sicher. Immer noch sah er sich über den Toten gebückt, mit dem mit Blut besudelten Baseballschläger in der Hand. *Was ist in diesen wenigen Minuten zuvor nur geschehen?*, fragte er sich voller Verzweiflung. Nein, er konnte sich nicht mehr erinnern. War das die Reaktion auf das Beruhigungsmittel oder eine Art Beeinflussung, wie bei Hypnose zum Beispiel. Hatte man ihn hypnotisiert oder gedopt? Jedenfalls, für seinen Filmriss fand er keine plausible Erklärung.

Laute und entschlossen wirkende Schritte rissen ihn aus seinen Überlegungen. Die Schritte näherten sich und machten genau vor seiner Tür halt. Der Riegel wurde aufgeschoben, zwei Männer und eine Frau traten in seinen Haftraum. Benommen schaute Ferber hoch. Genau konnte er die Leute nicht erkennen, wie durch einen dichten Nebel erkannte er eine Gruppe Menschen, deren Kontur zu verschwimmen schien.

„Besuch für Sie, Herr Ferber!“, hörte er von weit eine Männerstimme. „Ihr Rechtsbeistand ist gekommen.“
„Rechtsbeistand?“, fragte er matt. „Was oder wer ist das?“
„Ich bin Rechtsanwältin Salemer, Ingrid Salemer. Ich möchte Ihnen helfen, zu Ihrem Recht zu kommen, Herr Ferber. Können Sie mich verstehen?“
Sie reichte Ferber die Hand. Der nickte müde, stand aber auf, um die Rechtsanwältin zu begrüßen.
„Und wie wollen Sie mir hier noch groß helfen?“
„Benötigen Sie uns noch, Maître?“, hörte er die Männer fragen.
„Danke, nein, lassen Sie uns bitte allein!“, entschied die Rechtsanwältin. „Ja, natürlich, Frau Salemer.“

Die Tür schloss sich hinter den Männern, aber

Schritte, die sich entfernten, vernahm Ferber nicht. Er schaute sich die Frau genauer an. Je mehr er sie fixierte, desto mehr lichtete sich der Nebel, der sie bis dahin umhüllt hatte. Die Konturen schärften sich. Vor ihm stand eine kleine gedrungene Frau, ganz in Grau gekleidet. Sie trug kurz geschnittenes Haar, kaum Make-up und flache Schuhe. Ihr von runden Brillengläsern umrahmter Blick ruhte streng auf Ferber.

„Herr Ferber", begann sie, „ich habe hier die Unterlagen vom Staatsanwalt und die Begründung für Ihre Inhaftierung. Da befinden Sie sich in einer sehr misslichen Lage. Sie haben mich als Ihre Rechtsanwältin angefordert, und ich möchte Ihnen auch gerne helfen. Aber vom Code Napoléon, der hier in Luxemburg gültigen Rechtssprechung, habe ich so gut wie keine Ahnung. Ich empfehle Ihnen dringend, einen hiesigen Rechtsanwalt mit Ihrer Verteidigung zu beauftragen."

„Aber hier kenne ich doch niemand! Und einen Rechtsanwalt habe ich mein Lebtag noch nicht gebraucht, habe also auch keine Kontakte."

„Ich könnte Ihnen einen Luxemburger Rechtsanwalt empfehlen; oder Sie nehmen den Pflichtverteidiger, den die Staatsanwaltschaft Ihnen zur Verfügung stellt."

„Das zu entscheiden, liebe Frau Salemer, fühle ich mich im Augenblick noch nicht fähig. Darüber muss ich noch mit klarem Kopf nachdenken."
Ferber hatte nicht viel Vertrauen in die Rechtsanwältin finden können, insbesondere wollte er sich von ihr in dieser wichtigen Entscheidung nicht beeinflussen lassen.
„Wie Sie möchten, Herr Ferber", erwiderte sie und zog dabei eine Augenbraue hoch, „aber einen guten Rat gebe ich Ihnen: Gestehen Sie, Herr Ferber, das ist ihre einzige Möglichkeit, um einer lebenslangen Strafe zu entgehen. Gestehen Sie und vertrauen Sie auf einen milden und verständnisvollen Richter. Damit ist Ihnen mehr gedient als mit Ihrem hartnäckigen Leugnen."

Jetzt wollte er die Frau endgültig loswerden. Er erhob sich von seiner Pritsche und reichte der Rechtsanwältin die Hand.
„Vielen Dank für die Mühe, die Sie sich gegeben haben. Ich werde über alles nachdenken und Ihnen Bescheid geben lassen. Bis dann, Frau Salemer."

Mit einem Mal erinnerte er sich wieder der Keule, die ihm entgegengeflogen gekommen war und die er hatte auffangen müssen, um nicht selbst verletzt zu werden. *Warum nur,* dachte er, *will diese Frau mich unbedingt zu einem Geständnis bewegen? Sie hat mich ja nicht einmal angehört und kennt nur die Texte aus den Unterlagen der Staatsanwaltschaft. Und die sind in französischer Sprache verfasst. Ob ihre Fremdsprachenkenntnisse überhaupt gereicht haben, um eventuelle Feinheiten zu verstehen? Ein bisschen mager für einen Rat, der für mich enorm weitreichende Konsequenzen nach sich ziehen könnte.*

Die Frau klopfte an der Tür, drehte sich dann aber noch einmal um.

„Ich rate Ihnen, nicht mehr lange mit Ihrer Entscheidung zu warten. Sonst verschlimmern Sie Ihre Lage nur noch. Ach, ehe ich es vergesse, liebe Grüße und alles Gute soll ich Ihnen von meinem Bruder ausrichten. Auf Wiedersehen."

Ferber grüßte nicht zurück, verabschiedete die Rechtsanwältin nicht. Wütend warf er sich auf sein Lager.

XXII

Commissaire Molitor versuchte, Ordnung auf seinem Schreibtisch zu schaffen. Er schob Ordner hin und her, heftete lose Unterlagen ab und beschriftete neue Hüllen; alles mehr oder weniger sinnlose Tätigkeiten. Denn in Wirklichkeit kreisten seine Gedanken um den letzten Fall, um diesen Deutschen, der nun in U-Haft saß. Molitor zweifelte. Hatte er den Staatsanwalt nicht doch zu schnell eingeschaltet? Die Sache war ihm sonnenklar erschienen. Und trotzdem: Konnte es sich nicht auch anders zugetragen haben? Die Augenzeugen waren glaubwürdig, aber gesehen hatte schließlich niemand den Mord.

Molitor warf einen Blick auf die Uhr. Noch eine halbe Stunde. Wo hatte er den Brief von seinem obersten Dienstherrn bloß hingelegt? Hektisch begann er, zu suchen, fand ihn aber schnell als oberstes Dokument auf seinem Schreibtisch. Zwar hatte er den Brief als sehr wichtig eingestuft, wegen der Ereignisse in Pétange jedoch völlig vergessen. Er las ihn noch einmal durch und schaute wieder auf seine Uhr, gerade in dem Moment, als es an seiner Tür klopfte. Herein trat der Direktor der Police Judiciaire, Jean Hostert, in Begleitung einer traumhaft schönen jungen Frau, die er Molitor umgehend vorstellte.

„Darf ich bekannt machen? Commissaire en chef René Molitor, Mademoiselle Juliette Delvaux."

„Enchanté, es freut mich, Ihre Bekanntschaft zu machen."

„Enchanté, ganz meinerseits."

„Commissaire", begann der Direktor, „Frau Delvaux wird ihren Fortbildungslehrgang hier bei uns absolvieren. Vorgesehen ist die Dauer von einem Jahr, es kann aber sein, dass sie während ihres *Stage* nicht die ganze Zeit nur bei Ihnen arbeitet. Im Wesentlichen wird das von der Dringlichkeit der Fälle bestimmt werden. Wie ich gehört habe, hat sich ein Tötungsdelikt in Pétange ereignet. Da kann Ihnen Juliette gleich beim Redigieren Ihres Berichts zur Hand gehen. *Juliette,* wunderte sich Molitor, *wieso nennt Hostert die junge Frau beim Vornamen?* Er besah sich die Schönheit. Jung war sie, vielleicht Mitte zwanzig, groß und schlank. Ihr volles kastanienbraunes Haar trug sie in einem elegant geflochtenen Knoten im Nacken. Ihre Pfirsichhaut schien nur schwach gepudert, die Lippen schimmerten in ausdrucksvollem Rosa, und zwei perfekt geschminkte veilchenblaue Augen blickten Molitor durchdringend an.

„Na, dann auf gute Zusammenarbeit!"

„Ich freue mich auch darauf", antwortete Molitor und meinte es ganz ehrlich.

Als der Direktor sich verabschiedet hatte, standen die beiden etwas unbeholfen nebeneinander.
„Direktor Hostert hat mir gesagt, dass der Hausmeister mir einen Schreibtisch und einen Stuhl hierhin bringen will“, begann die junge Frau das Gespräch. Mit einem umwerfenden Lächeln meinte sie dann: „Ich bin übrigens die Juliette, nicht Mademoiselle Delvaux.“

Das ging Molitor eigentlich viel zu schnell, dennoch hörte er sich sagen:
„Juliette, gerne, ich bin René, Sie können mir gleich beim Zusammenstellen meines Berichts behilflich sein, dann lernen Sie unseren ersten Fall näher kennen. Kommen Sie, setzen Sie sich auf meinen Stuhl!“

Als Juliette Platz genommen hatte, deutete René auf den PC.
„Öffnen Sie bitte die Datei Lamesch, und lesen Sie das, was ich bereits zusammengestellt habe.“

Als die Datei auf dem Bildschirm erschien, beugte René sich zu ihr hinunter, stützte sich mit einer Hand auf den Schreibtisch und mit der anderen auf die Lehne des Arbeitsstuhls. Ein frisches Parfum umhüllte dezent die junge Frau. René entging so etwas natürlich nicht.

Abermals wurde angeklopft, aber ehe Molitor her-

einbitten konnte, erschien die Besucherin in der Tür. Tina. Erschrocken, beinahe wie ertappt, fuhr Molitor hoch.
„Tina, du hier?“
„Da komme ich wohl zu sehr ungelegener Zeit, *mein Liebster*!“ Diese Anrede hatte sie bewusst gewählt, um der Fremden gleich ihre Besitzansprüche an René mitzuteilen.
„Darf ich dir meine neue Assistentin vorstellen, Mademoiselle Juliette Delvaux macht bei uns ihren Fortbildungslehrgang.“
„Aha ... davon hast du mir aber nichts gesagt, mein Lieber ...“, erwiderte Tina schnippisch.
„Juliette ist erst seit einer halben Stunde hier in meinem Büro“, verteidigte sich René.
„Juliette!“, rief Tina aus. „Seit einer halben Stunde! Und dann nennst du sie bereits beim Vornamen und kommst ihr schon *so* nahe?!“ Auf dem Absatz kehrtmachend stürmte Tina aus Molitors Büro hinaus.

Molitor glaubte, im falschen Film zu sein, fand aber so schnell nicht den Ausgang aus diesem Theater.

Bestürzt rannte er ihr nach. Im Flur erwischte er sie noch und verlangte nach einer Erklärung für ihre Anwesenheit.
„Nach dem Gespräch über unsere gemeinsame Zu-

kunft am Samstag und nach deinem Abflug am Sonntag zu einem Tatort hast du dich nicht mehr bei mir gemeldet", erklärte sie ihm. „Heute ist bereits Dienstag, und dein Handy ist immer noch platt. Kannst du denn nicht verstehen, dass ich mir ernsthaft Sorgen um dich gemacht habe? Deinen Anschluss hier soll ich ja für persönliche Gespräche nicht benutzen."

Molitor musste sich eingestehen, dass Frauen auch logisch denken konnten. Aber sein Fall hatte ihn derart beschäftigt, dass er noch nicht einmal daran gedacht hatte, sein Handy aufzuladen, geschweige denn, sich bei Tina zu melden. Ja, es wäre an ihm gewesen, das Gespräch wieder aufzunehmen und klar Schiff zu machen. Er versuchte, Zeit zu gewinnen.

„Das war eine ganz schlimme Sache, das am Sonntag ..."

„Alle Verbrechen sind schlimm", erwiderte Tina ungerührt, „wir haben auch einen schlimmen Fall; ein Kerl, der hoch gefährdet ist, hat sich abgesetzt. Wir können den einfach nicht finden."

„Am Sonntag", konterte René, „wurde einem Unternehmer mit einem Baseballschläger der Schädel zu Matsch geschlagen. Aber den Hauptverdächtigen haben wir bereits eingelocht."

„Gruselig, doch so was kommt nun mal vor. Aber, René, was hat das alles mit uns privat zu tun? Du hast eine andere, und ich weiß jetzt Bescheid. Das war's doch wohl?! Aber eins muss ich dir lassen, René, du hast einen wirklich guten Geschmack!"
„Aber nein, Tina", versuchte er die Situation zu retten, „Liebste, das hier schmeckt mir überhaupt nicht! Ich habe doch keine andere, die Praktikantin ist erst seit heute meine Assistentin, und wir haben zusammen auf ein und denselben Bildschirm geschaut. Mehr war da nicht! Großes Ehrenwort."
„Und das soll ich dir glauben?" Tina warf ihm einen misstrauischen Blick zu.
„Weißt du was?", erwiderte René eingeschnappt, „dann geh doch gleich rein und frag sie selber!"
„Also, darauf kann ich gerne verzichten. So eine würde so etwas doch nie zugeben, und schon gar nicht in dieser Situation! Nee, mein Lieber, so nicht! Nicht mit mir!
„Tja, dann weiß ich auch nicht mehr weiter." René zuckte hilflos mit den Schultern.
Daraufhin giftete die Triererin zurück:
„Jetzt weiß der große Commissaire en chef höchstpersönlich plötzlich keinen Rat mehr! Wenn dir noch was einfällt, du weißt ja, wo ich wohne. Aber vor Ende dieser Woche bin ich jeden Abend beschäftigt. Theater, Schießübungen, Schwimmclub. Kannst

mich ja mal am Freitag anrufen, dann sehen wir weiter."

Und fort war sie.

XXIII

Eine Stunde später hämmerte Tina wie wild auf ihrem PC herum. Petry beobachtete sie, aber es kam keine Reaktion. Er wusste sehr wohl, wo sie gewesen war. *Da scheint zwischen ihr und Molitor wirklich etwas grundlegend schiefgelaufen zu sein,* überlegte er. *Frauen, die schweigen, sind beleidigt, Frauen, die hämmern, wurden beleidigt. Da heißt es: abwarten.*

Und Petry besaß die Geduld, solange zu warten, bis das Hämmern allmählich leiser wurde und schließlich ganz verstummte. Dann erst richtete er einen fragenden Blick an sie.
„Er hat eine andere!", zischte Tina erbost.
„Quatsch, der hat keine andere!"
„Doch, ich habe sie mit eigenen Augen gesehen, eine rothaarige Tussi, fast zehn Jahre jünger als ich. Rumgeknutscht haben sie ..."
„Hast du das wirklich gesehen?", fragte Petry scharf.
„N…, nein, aber, sie waren sich sehr nahe, als sie zusammen auf den Bildschirm geschaut haben", korri-

gierte sich Tina.

„Bei einem Schirm von fünfzehn Zoll, wie sie überall in den Dienstzimmern stehen, hat man gewöhnlich nicht viel Platz zum gemeinsam Schauen“, nahm Petry seinen Kollegen in Schutz.

„Ich habe ihm gesagt, ich wäre bis Freitagabend nicht zu sprechen; der soll mal ganz schön schmoren.“

„Dann können wir ja hier weitermachen“, meinte Pif trocken und dachte an den Steinbildhauer, der immer noch nicht auf der Bildfläche erschienen war.

„Tina, gibt es inzwischen eine Nachricht von unserem Verschollenen?“

„Bis jetzt nicht. Sollen wir noch einmal bei der Fahndung nachfragen?“, erkundigte sie sich.

„Tu das! Und wenn negativ, dann schalten wir Europol ein. Den Kerl müssen wir finden, ehe ...“

„Ja, ich weiß, den müssen wir lebend finden. Aber die Nadel im Heuhaufen ist leichter zu finden“, bemerkte die Kommissarin.

„Und, wie willst du es dann bewerkstelligen?“

Tina drehte und wendete ihren Kugelschreiber, übrigens ein Geschenk von René, zwischen den Fingern, ehe sie genüsslich dozierte:

„Nichts einfacher als das! Ich stecke den ganzen Haufen in Brand und wühle später mit einem Mag-

neten in der Asche herum."
„Bist du sicher, dass alle Nadeln magnetisch sind?"
„Oh, Pif, du bist ein Spielverderber!"

Petry musste sich eingestehen, dass Tina gerade jetzt eine Anerkennung besser getan hätte als seine flapsige Rechthaberei. Schleunigst galt es nun, das Thema zu wechseln, damit die Stimmung nicht völlig auf den Nullpunkt sank.

„Was war das eigentlich mit dem Überfall auf diesen ... diesen Ferber? Die Streife war da, denen hat er von einer Verfolgung erzählt, vom Diebstahl seines Modells und der Zerstörung seiner Unterlagen und der ganzen Verschalungen. Zusätzlich hat die Stadt Trier ebenfalls Anzeige erstattet. Hat Steinbach da schon etwas herausgefunden?"
„Soweit ich weiß, suchen die nach einer Motorradgang", erwiderte Tina. „Mir hat der Steinbach gesagt, sie würden alle motorisierten Zweiräder auf ihre Farben hin überprüfen; aber das halte ich für eine Sisyphusarbeit. Die Dinger sind ja im Nu umgespritzt. Da braucht nur einer Wind von den Ermittlungen zu bekommen."
„Wäre es nicht einfacher, herauszufinden, *wer* hinter dieser Aktion stecken könnte?"
„Ja gut, Pif, aber ist das nicht ebenso mühsam?"
„Nicht unbedingt, Tina. Überlege doch mal: Wer

könnte denn zum Beispiel ein Interesse daran haben, die Arbeit eines Künstlers zu zerstören? Doch wohl nur jemand, dem diese Arbeit, sagen wir mal, schaden könnte."
Tina schüttelte skeptisch den Kopf.
„Nein, wem soll denn schon die Arbeit eines Künstlers schaden?"
Mit einem spöttischen Lächeln packte Petry aus und sagte trocken:
„Damit gäbe es immerhin einen Mitbewerber weniger. Und vielleicht sogar einen, der eine bessere und interessantere Idee hatte."

Tina schaute Pif fragend an.
„Also, wenn ich dich recht verstehe, sollte der Steinbach lieber nach dem Motiv oder einem eventuellen Eigennutz suchen als nach dem Knatterdings. Nur, wie kann man ihm so einen Tipp geben?"
„Ich fürchte, das dürfen wir nicht."
„Meine ich auch. Aber trotzdem lässt mir diese Idee keine Ruhe, denn schau mal, Pif: Der Ferber wurde attackiert und von Motorradfahrern gehetzt; der Mann fühlte sich in höchster Gefahr, sogar in Lebensgefahr. Damit hat der Steinbach nun wirklich nichts zu tun. Eine direkte Bedrohung geht aber uns an. *Wir* müssen diese Leute finden!"

Pif kamen die vergangenen Aktionen seiner jungen

Kollegin in den Sinn, von denen manche nicht ungefährlich gewesen waren, manch andere sogar regelrecht brenzlich. „Tina, dass du mir da ja nichts im Alleingang unternimmst!“

Tina schmollte. Pif wartete ab. Wie ein geduldiger Vater, der abwartete, bis sein Töchterchen wieder von alleine den Weg aus seiner Schmollecke herausfand. Ungerührt schrieb er einen längeren Text am PC und sendete ihn ab.

„Was schreibst du denn da?“, meldete Tina sich zurück.
„Nun, ich habe gerade bei der Stadtverwaltung Namen und Adressen der Künstler nachgefragt, die an dem Wettbewerb teilnehmen.“

Schlagartig änderte sich Tinas Gefühlslage. Seit jeher hatte sie sich stets wohler gefühlt, wenn sie dem Frust mit Aktion beikommen konnte. Dasitzen und abwarten, wenn sich ein Problem stellte oder wenn es hieß, eine Unklarheit auszuräumen, war nicht ihr Ding. Allerdings, in den drei Jahren, in denen sie nun mit dem allseits geschätzten Hauptkommissar Ralf Petry zusammenarbeitete, hatte sie gelernt, nicht immer gleich mit dem Kopf durch die Wand zu stürmen. Zumindest suchte sie jetzt eine Tür. Irgendwann würde sie auch nicht mehr durch diese Tür stürmen, sondern besonnen durch sie hinausgehen. Das aber konnte noch dauern.

Deswegen stimmte sie Petry enthusiastisch zu. „Finde ich richtig“, meinte sie, „gerade, wo wir dabei sind, den Mord an seiner Halbschwester zu untersuchen!“

„Ja, und wir beide klappern jetzt mal schön alle sieben Künstler ab. Keiner hat uns zu kontrollieren, wenn wir unseren Job machen“, entschied der Chef.

„Und schauen in den Garagen und Wohnzimmern nach Anhaltspunkten: Motorrädern, Wimpeln, Fotos, Clubabzeichen, was weiß ich.“

„Genau *so*, Tina! Allerdings alles nur unter dem Deckmäntelchen Mord und Bedrohung. Kein Wort über den Diebstahl.“

„Na klar, Chef!“, erwiderte sie und grinste schelmisch. „Aber, sollte uns etwas in dieser Richtung auffallen, dürfen wir ja auch nicht die Augen davor verschließen …“

„Du hast es erfasst, Tina! Also: Augen weit offen lassen, heißt die Devise. Schau mal nach, eine Mail ist gerade angekommen …“

XXIV

In seinem Kerker, denn Ferber empfand seine Inhaftierung wie eine mittelalterliche willkürliche Einkerkerung, hatte er sich schließlich mit seiner Freiheitsberaubung abfinden müssen. Eine Auflehnung brachte ihm höchstens eine weitere gehörige Portion eines Psychopharmakons ein, und es galt nun, einen klaren Kopf zu behalten. Wenn er schon gegen die Inhaftierung im Augenblick nichts ohne einen Anwalt unternehmen konnte, so war er doch fest entschlossen, wenigstens seine Teilnahme an dem Wettbewerb zu gewährleisten. Zerknirschtheit war in seiner Erbinformation nun einmal nicht programmiert, und so bat er darum, einen Brief an die Oberbürgermeisterin der Stadt Trier schreiben zu dürfen. Nach längerer Beratung kam schließlich das Direktorium dieser Bitte nach, und ein Wärter brachte dem Häftling Papier und Kugelschreiber. Da ihm aber nur zwei Blatt zur Verfügung standen, musste er sich den Text erst im Kopf zurechtlegen und redigieren, um ihn dann schließlich in seiner endgültigen Form sauber zu Papier bringen zu können. Das allerdings kostete ihn fast den ganzen Tag. Als er endlich mit seiner Arbeit fertig war, las er noch einmal das Geschriebene durch und war zufrieden mit dem Ergebnis. Noch nie im Leben hatte Ferber für einen Brief so viel Zeit aufwenden müssen. Doch hier schien sie ohnehin unbegrenzt zur Verfügung zu stehen. *Hoffentlich nicht mehr bis in alle Ewigkeit,* dachte er.

Als er den Brief dem Wärter anvertraute, natürlich unverschlossen, denn dieser würde akribisch auf seinen Inhalt hin geprüft werden, konnte Ferber nur hoffen, dass sein Schreiben den Stadtvorstand von Trier auch erreichen und nicht in düsteren Kanälen verschwinden würde.

Er legte sich zurück auf seine Pritsche, die man hier als Bett bezeichnete, und ließ zum tausendsten Mal seinen Blick über die kahlen, immerhin in einem sonnigen Gelb gestrichenen Wände seiner acht Quadratmeter großen Suite, wie er seine neue Adresse am liebsten betitelte, schweifen. *Was wird ein Pflichtanwalt für mich erreichen können?*, überlegte er. *Hätte ich eine Connection zur High Society, wäre das alles kein Problem. Dann würde ich mit dem Finger schnippen und hätte augenblicklich einen Staranwalt zur Hand, aber für Otto Normalverbraucher gelten natürlich andere Gesetze. Wie könnte ich bloß an den Commisaire rankommen, um ihn von meiner Unschuld zu überzeugen? Allerdings, vor wenigen Tagen war der noch felsenfest von meiner Schuld überzeugt. So schnell wird er seine*

Meinung nicht geändert haben. Und alle hier machen nur ihren Job, vom Wärter angefangen bis zum Direktor. Von denen kann ich keine Hilfe erwarten.

Wie also sollte Ferber aus dieser ungerechten Situation herauskommen? In seinem Kopf drehte sich das Gedankenkarussell munter weiter. Würde er dem Pflichtanwalt vertrauen können? Erneut stellte er sich die Frage, weshalb diese Trierer Anwältin ihm den Rat gegeben hatte, eine Tat einzugestehen, die er nicht begangen hatte. Sie war die Schwester eines Mitbewerbers, doch dieser hatte bei dem Wettbewerb ebenfalls nichts anzubieten. *Irgendwie merkwürdig*, fand Ferber.

Aufgeschreckt durch Schritte draußen auf dem Flur setzte Ferber sich auf. Es klang für ihn nach zwei Personen. Traute man ihm so viel Bösartigkeit zu, dass ihm nur im Tandem begegnet werden durfte? Die Schritte verstummten schließlich vor seiner Tür. Diese wurde aufgeschlossen und der Riegel aufgeschoben. Der Hauptwärter kam zwei Schritte in den Haftraum, der andere blieb draußen stehen.
„Herr Ferber, morgen Vormittag werden Sie dem Amtsarzt vorgeführt."
„Aber", antwortete er, „ich habe nicht um einen Termin gebeten. Haben Sie meinen Brief abgeschickt?"

„Ja, ich habe den Brief ordnungsgemäß abgegeben. Und den Amtsarzttermin müssen Sie wahrnehmen, der ist Pflicht. Der Doktor wird Sie untersuchen, Ihren Gesundheitszustand feststellen, und er wird auch nach Ihrer Hand sehen."

Ferber hatte die Sorge um seine Hand völlig außer Acht gelassen. Eigentlich hätte er diese Woche noch einen Termin im Brüderkrankenhaus wahrnehmen müssen, aber dazu war es nicht mehr gekommen, demnach nun höchste Zeit, dass er Verband und Schiene loswurde.
„Ich möchte duschen", bat er den Wärter.
„Heute nicht mehr, das können Sie morgen früh, wir werden Sie hinbringen."
„Danke."

Wenigstens dieser kleine Rest an Würde war ihm geblieben. Er legte sich zurück auf seine Liege und versuchte, den Gedankengang von vorhin fortzusetzen. Wo war er stehen geblieben? *Ach ja, bei der Frau Salemer. Eigentlich merkwürdig,* dachte er, *dass die Frau sich ins Auto setzt und mehr als hundert Kilometer fährt, nur um ein Mandat abzulehnen und mir darüber hinaus einen juristischen Rat zu erteilen, der absolut indiskutabel ist. Drei Stunden Abwesenheit, wenigstens, und nicht einen einzigen Cent dabei verdient! Oder wer zahlt ihr die Fahrtkosten und die Zeit? Ein Anruf von ihr bei der Anstaltsleitung hätte eigentlich völlig gereicht, um Bescheid zu geben. Und dann dieser Bruder … der Kollege Künstler … auch so ein schräger Vogel.*

Wenn Ferber sich richtig erinnerte, hatte Salemer bei der Polizei wegen des Diebstahls seines Modells angeblich Anzeige erstattet. Daraufhin erwähnte Ferber ihm gegenüber die Bedrohung, und dann erst wollte Salemer ebenfalls bedroht worden sein. *Das ist nicht auf Salemers Mist gewachsen!*, schoss es Ferber unwillkürlich durch den Kopf. *Da ist was faul, da stinkt was ganz gewaltig zum Himmel! Und was ist mit diesem mehr als fragwürdigen Besuch der kleinen Dame? War der nur dazu gedacht, um mich endgültig loszuwerden?* Bei Ferber klingelten aufgrund dieser beunruhigenden Zusammenhänge plötzlich alle Alarmglocken. *Inwieweit*, so fragte er sich, *kann ich dieses Geschwisterpaar mit meiner Inhaftierung in Verbindung bringen …?*

XXV

Die drückende Schwüle, welche die ganze Gegend seit Tagen belastet hatte, war mit Donner und Blitz, Regen und Sturm weggefegt worden. Die Menschen atmeten auf, auch wenn die Temperatur merklich gesunken war. Doch über dem Mittelmeer dehnte sich ein weitläufiges Hochdruckgebiet aus, und die Chance war groß, demnächst mit einer Gutwetterperiode rechnen zu können.

Auch in Renés Büro stand das Klima-Barometer auf Hoch. Juliette erwies sich schon in den ersten Tagen der Zusammenarbeit als eine gelehrige, aber auch als eine dezente Kollegin. In kurzer Zeit hatte sie Molitors Bericht über die Tötung in Pétange durchgearbeitet und sich ein sehr gutes Bild davon gemacht. Sie akzeptierte René als Chef vollkommen und blieb betont sachlich; sachlich in ihrer Kleidung und sachlich im Umgang miteinander. Auch wenn ihr Äußeres als betörend und betont weiblich einzustufen war, so konnte man dies nicht im Geringsten als Annäherung missverstehen.

Und gerade das ärgerte René! Er konnte Juliette nichts vorwerfen. Sie war engagiert und interessiert. Intelligent schien sie ebenfalls zu sein. Könnte er sich irgendwie über sie beklagen, so gäbe ihm dies die Möglichkeit, Punkte bei Tina zu sammeln. Juliette war zweifelsohne eine Frau, mit der man sich schmückte. Tina eine, mit der man Pferde stehlen konnte.

Zwar wollte René nicht unbedingt einen Pferdedieb abgeben, aber als Lebenspartnerin schätzte er eine tatkräftige, gut organisierte Frau allemal mehr als eine, die nur ein Schmuckstück wäre. *Es sei denn … es sei denn, das Schmuckstück erwiese sich auch als …*

Angewidert schob er diese Überlegung beiseite. *Tina oder keine! Wie aber kann ich, der sich in früheren Jahren selbst schon als Eifersuchtsbolzen geoutet hat, ihr nur klarmachen, dass Juliette, so attraktiv sie auch immer ist, mich gefühlsmäßig überhaupt nicht bewegt?* Der Freitag nahte mit riesigen Schritten, eine Strategie musste ihm bald einfallen.

„René“, unterbrach Juliette Molitors Gedankengänge, „glauben Sie denn im Ernst, dass dieser Arzt wirklich eine Woche lang abwesend sein soll? Meiner Meinung nach war der nur in Verlegenheit geraten und wollte sich auf diese Weise einen unbequemen Kommissar vom Pelz halten; wenn auch nur für eine Woche. Das verschaffte ihm immerhin Bedenkzeit.“

„So gesehen, Juliette könnten Sie recht haben. In diesem Fall hätte der Arzt einen guten Grund, sich in den Urlaub abzumelden." Anerkennend schaute Molitor seine Assistentin an. „Kommen Sie, wir fahren hin!"

Als sie in der Praxis erschienen, quoll das Wartezimmer förmlich über vor Patienten. Der Betrieb lief also auf Hochtouren und nicht auf Sparflamme, wie es anzunehmen gewesen wäre bei einer Abwesenheit des Mediziners. Molitor drängelte sich an der Anmeldung vor und verlangte, unverzüglich den Arzt zu sprechen. Plötzlich öffnete sich die Tür des Sprechzimmers, und eine Patientin trat heraus. Noch ehe die Sekretärin Einspruch erheben konnte, waren Molitor und Juliette in das Sprechzimmer eingedrungen.

„Was verschweigen Sie mir, Herr Doktor?", fiel Molitor mit der Tür ins Haus. Der Arzt stutzte.
„Sind Sic angemeldet, Commissaire?"
Molitor grinste.

Langsam erhob sich der Arzt und stellte sich ans Fenster, wandte also seinen Gesprächspartnern den Rücken zu. Und gerade das hasste Molitor auf den Tod. Er besaß die Gabe, in den Augen der Menschen lesen zu können, und das wollte er unbedingt zu seinem Vorteil ausnutzen. Folglich befahl er:

„Setzen Sie sich bitte wieder hin!"

Nur widerwillig drehte der Arzt sich um und nahm erneut Platz.
„Was wollen Sie denn wissen, Commissaire?"
„Ich glaubte, das hätte ich Ihnen gerade eben bereits hinreichend dargelegt." Molitors Ton klang schärfer, der Mediziner fühlte sich noch weiter in die Enge getrieben. Trotzdem schwieg er beharrlich.
„Docteur", bemerkte schließlich Juliette, „Sie sind per Gesetz verpflichtet, uns die Wahrheit zu sagen."
Molitor betrachtete sie kurz von der Seite und dachte: *gut gemacht, Mädchen!*

Der Arzt räusperte sich und eröffnete den Kommissaren Folgendes.
„Sehen Sie, ich bin seit Jahrzehnten Hausarzt der ganzen Familie Lamesch, mir fällt es einfach schwer, gerade jetzt, wo es Monsieur Lamesch senior so schlecht geht, Ihnen Auskünfte über die Familie geben zu müssen."
„Das können wir sehr gut verstehen, Docteur, aber unsere Ermittlungen erlauben uns keine Wartezeit."
„Natürlich nicht. Also, Sie wollten wissen, was für ein Mensch Lamesch junior war."

Die Ermittler nickten.

„Also, Lamesch Vater hat viel Erfolg mit seinem

Bauunternehmen gehabt.“
„Lamesch Sohn interessiert uns!“, unterbrach Molitor den Arzt.
„Ja, ja, dahin komme ich noch. Aber Sie müssen wissen, dass Vaters Erfolg von viel Geld gekrönt war, was auch dem Filius zugutekam. Die Villa hat der Vater bezahlt, womöglich die Haushälterin ebenfalls. Und den Gärtner, was weiß ich. Der Fernand führte ein feines Leben, mehr oder weniger auf Vaters Kosten. Und wer Geld hat, oder auch nur den Schein davon erweckt, kann Erfolge verbuchen, die anderen vorenthalten bleiben …“
„Docteur, reden Sie bitte Klartext!“
„Der Junior hatte viel Erfolg bei den Frauen.“

Die Kommissare nickten. Das war verständlich.
„Aber nicht nur bei den Frauen“, fügte der Arzt noch hinzu.
„Oha!“, riefen Juliette und René beinahe gleichzeitig aus und warfen sich einen vielsagenden Blick zu.
„Ja, genau! Aber, das haben Sie nicht von mir …“
„Docteur, das können wir Ihnen nicht versprechen“, musste Molitor den Arzt enttäuschen und bohrte gleich weiter. „Wie stand es denn eigentlich um seinen Gesundheitszustand?“
Der Arzt erhob sich von seinem Stuhl. „Nun“, meinte er, „der Lamesch hatte ein großes Problem; ein

sehr großes sogar. Das sage ich Ihnen aber nur, weil ich gesetzlich dazu verpflichtet bin. Ich würde nämlich nie eine Auskunft über einen meiner Patienten geben." Mit gedämpfter Stimme fügte er hinzu: „Er litt an Sida."

Später auf der Dienststelle gingen Molitor und Juliette noch einmal die Fakten durch und kamen schließlich zu dem Ergebnis, dass sie auf jeden Fall in dieser Richtung weiterermitteln mussten. Wie aber fand man die Partner, mit denen Fernand verkehrt hatte? Und wer von ihnen mochte Lamesch junior mit dem HIV-Virus angesteckt haben?

Molitor griff zum Fernsprecher und wählte die Nummer des Arztes.

Nach wenigen Sekunden meldete sich dieser.

„Docteur Romain Lutgen."

„Hier Commissaire Molitor. Docteur, wissen Sie, *wer* den Lamesch junior angesteckt hat?", kam René ohne Umschweife auf den Punkt. „Haben könnte" wollte er es eigentlich formuliert haben, doch so, fand er, klang es irgendwie treffender.

„Muss ich das wirklich preisgeben, Commissaire?"

„Tut mir leid, Docteur, ich fürchte, da bleibt Ihnen keine Wahl."

„Das war ein gewisser Gaston Grevels, ein lediger

Hotelier, übrigens. Aber, der ist bereits gestorben. Nicht an Aids, sondern an einem Unfall, vermutlich verursacht durch Unvorsichtigkeit infolge Medikamenteneinwirkung. Ich hatte ihm das Autofahren übrigens strikt verboten."
„Ich danke Ihnen, Docteur, für diese Auskunft, vielleicht melde ich mich noch einmal bei Ihnen. Auf Wiederhören."

Sackgasse. Und doch zermarterte Molitor sich nicht lange das Hirn.
„Juliette", meinte er stattdessen, „wir fahren noch einmal zu der Haushälterin. Die war bei meinem letzten Besuch verschlossen wie eine gesunde Auster. Sie müssen die auch einmal kennenlernen. Die Lamesch-Häuser liegen nur zwei Straßen von der Arztpraxis entfernt."

In der Tat, nur eine halbe Stunde später öffnete ihnen die Haushälterin die Tür von Juniors Haus. Ohne zu zögern, steuerte Molitor das Wohnzimmer an und setzte sich auf einen der wertvollen Polstersessel. Juliette nahm neben ihm Platz. Die Haushälterin verschwand für einen Moment in der Küche, kam nur wenig später mit drei Tassen heißem Kaffee zurück, stellte jedem ein Tässchen neben den Sessel und setzte sich schließlich neben Molitor.

„Madame Reuter", begann Molitor, „meine Assisten-

tin Commissaire Juliette Delvaux und ich haben noch einige Fragen an Sie."
„Und Sie sind per Gesetz verpflichtet, uns die Wahrheit zu sagen", betonte Juliette.
„Was wollen Sie denn von mir wissen, Commissaire?"
„Madame Reuter, wir müssen wissen, mit wem Herr Fernand Lamesch intime Beziehungen hatte. Aber alle Namen bitte."

Die Haushälterin schwieg lange, stöhnte dann, hob die Schultern und meinte: „Das kann ich Ihnen nicht sagen."
„Die Wahrheit", betonte Molitor, „Madame Reuter, ich will die Wahrheit wissen. Kommen Sie mir ja nicht damit, dass Sie die Namen nicht kennen, denn das glauben wir Ihnen nicht!"

Juliette hatte das *wir* nicht überhört und freute sich darüber.

„Aber, was wird Monsieur Lamesch senior dazu sagen? Der wird mir auf der Stelle kündigen, wenn er erfährt, dass ich Ihnen die Namen verraten habe."
„Madame Reuter", versuchte Molitor die Frau einzuschüchtern, „und wenn Sie uns jetzt die Unwahrheit sagen oder Namen verschweigen, können Sie noch ganz andere Schwierigkeiten bekommen, nämlich welche mit dem Staatsanwalt. Und was *das*

heißt, brauche ich Ihnen ja nicht zu erklären."

René schätzte die Frau jetzt als mürbe genug ein, um ihnen die gewünschte Auskunft zu geben. Also entschied er:
„Sagen brauchen Sie ja nichts." Er kramte in seinen Taschen nach einem Zettel und einem Schreibgerät. „Schreiben Sie mir die Namen und Adressen einfach hier auf."

Das empfand die gute Frau als Verrat an ihrer Arbeitgeberfamilie. Zwar seufzte sie herzerweichend, erregte damit aber nicht sonderlich viel Mitgefühl bei Molitor.
„Commissaire", meinte sie letztlich, „ich hole einen größeren Zettel, auf den Wisch hier geht nicht alles drauf!"

Als sie verschwunden war, rückte Molitor näher an Juliette heran und flüsterte: „Das verspricht viel Arbeit."

Es dauerte eine ganze Weile. Die Kommissare schauten sich in der Zwischenzeit ausgiebig das imposante Wohnzimmer an und begutachteten die moderne Kunst, die jeden Betrachter zu beeindrucken versuchte. Aber irgendwann kam die Frau zurück und lieferte dem Commissaire eine sauber geschriebene Aufstellung vieler Damen und einiger Herren mit

Namen, Ehestand und Adresse. Es war wirklich eine lange Liste.
„Beeindruckend!“, fand Molitor.
Was ist hier beeindruckend?, fragte sich Juliette, *die Anzahl der Betthupferl oder die Lendenkräfte des Getöteten?*

Die beiden Ermittler hatten mit der Haushälterin wahrlich einen größeren Erfolg zu verbuchen, als ursprünglich gedacht. Zufrieden fuhren sie zurück.

„Juliette, da müssen wir uns aufteilen, das schafft einer allein nicht in zwei oder drei Wochen. Ich schlage vor, wir beginnen morgen zusammen, später können Sie das auch alleine.“
„Gut, ich schlage vor, Sie, René, putzen die Klinken bei den Damen, und ich übernehme die Herren. Nach einigen Tagen des Einarbeitens, meine ich.“
„Einverstanden, Juliette.“

XXVI

Nach seiner Dusche fühlte Ferber sich körperlich beinahe wieder wie ein Mensch. Er kleidete sich sorgfältig, denn er wollte keinesfalls einen unangenehmen Eindruck bei dem Arzt hinterlassen. Durch endlose Flure geleiteten ihn die beiden Wachleute zu der Krankenstation des Gefängnisses, wo ihn ein junger Pfleger freundlich bat, sich noch etwas zu gedulden. Er ließ sich auf einem einfachen Stuhl nieder und sah sich diese Station an. Die Wände waren weiß getüncht, nackte Neonröhren spendeten kaltes Licht, einige Türen besaßen keine Klinken, alle Fenster waren vergittert. Das konnte ja auch nicht anders sein. Als er endlich aufgerufen wurde, führte der Pfleger ihn erneut durch einen langen Korridor, bis sie letztlich das Arztzimmer erreichten. Bis dahin schien ihm alles im grünen Bereich zu sein. Der Arzt begrüßte ihn freundlich. Oder war die Begrüßung nur sachlich? Ferber fühlte sich nicht mehr in der Lage, dazwischen unterscheiden zu können. Er empfand höchstens noch den Unterschied zwischen Bedrohung und relativem Frieden. Über die anschließende eigentliche medizinische Untersuchung würde er, der Inhaftierte, niemals ein Wort verlieren, so peinlich war ihm das Ganze.

Der Arzt, völlig ungerührt von solchen Alltäglichkeiten, überwies ihn zum Radiologen, damit er den Genesungsprozess seiner lädierten Hand besser einschätzen konnte. Nach mehreren Telefonaten hatte man einen Termin am späten Nachmittag im Centre Hospitalier auf dem Kirchberg ausgemacht, und Ferber kam für einige Stunden zurück in seinen Haftraum.

Von seinem Mittagessen verdrückte er eine doppelte Portion, dann verlangte Ferber nach einer kleinen Flasche Wasser für den bevorstehenden Aufenthalt im Krankenhaus, denn, so seine Begründung, er könne nicht ausschließen, dass dringenderen Fällen als banalen Röntgenaufnahmen Vorrang eingeräumt werden könnte und er deshalb eventuell längere Zeit warten müsse. Kurz vor der Abfahrt streifte er noch den zweiten Pulli über den ersten und schlüpfte in seinen warmen Anorak.
„Wir bringen Sie aber nicht nach Sibirien“, ulkte einer der Wärter, und Ferber lächelte ihn verlegen an. *Ist denen bereits aufgefallen, dass ich mich unnötig warm angezogen habe?*

Während der ganzen Fahrt trug Ferber Handfesseln, die am Sitz fixiert waren. Ins Krankenhaus geleiteten die Männer ihn mit einer Handschelle an einen der Wärter gekettet. Zur Röntgenaufnahme und der anschließenden Untersuchung bewegte er sich erstmals wieder als freier Mann. Er war ein Patient unter anderen Patienten und wurde vollkommen gleichberechtigt behandelt. Als die Aufnahme entwickelt war, geleitete ihn eine junge Praktikantin zum Arzt. Dieser entschied, Ferbers Genesungsprozess sei inzwischen so weit fortgeschritten, dass die Schienen endlich entfernt werden könnten. Die junge Frau führte ihn ins Behandlungszimmer, wo man ihm die Fäden zog und seiner Hand noch ein Schutzverband verpasst wurde.

Während dieser langen Prozedur warteten die Wärter geduldig im Flur, blätterten in alten Zeitschriften, führten verbotenerweise Gespräche mit ihren Handys oder schauten sich die anderen Wartenden an. So vergingen die Minuten, schließlich eine Stunde, dann sogar zwei. Irgendwann wurden sie ungeduldig, schließlich unruhig. In verschiedenen Richtungen begaben sie sich auf die Suche nach ihrem Gefangenen, befragten alle Helfer und Sanitäter, schließlich alarmierten sie den behandelnden Arzt. Kurz vor Einbruch der Dunkelheit stand unumstößlich fest: Der Untersuchungshäftling Ferber hatte sich buchstäblich in Luft aufgelöst.

XXVII

Unaufhaltsam war der Freitagabend angerückt. Tina fieberte dem Treffen nervös entgegen, René nicht weniger. Beide fragten sich, wie sie sich dem anderen gegenüber verhalten sollten. Im ersten Anflug von Freude hatte Tina ein Tête-à-Tête-Essen vorbereiten wollen, ließ es dann aber doch lieber bleiben. René seinerseits wusste nicht, ob er ihr einen Blumenstrauß mitbringen sollte oder nicht. Nach langem Hin und Her verdrängte er diesen Gedanken ebenfalls; Blumen würden vielleicht nach Eingeständnis oder Reue aussehen. Dabei gab es ja nichts einzugestehen.

Die Begrüßung verlief eher verhalten, und je länger der Abend andauerte, desto unsicherer und angespannter wurden beide. Schließlich stand eine langjährige Liebschaft, die keiner von ihnen leichtfertig gefährden wollte, auf dem Spiel. Als der Wein zur Neige ging und die Zungen sich lösten, kam es erst zu Meinungsverschiedenheiten und dann zu einem heftigen Streit. Und während sie sich gegenseitig eine völlig unnötige Eifersucht vorwarfen, hatten mit einem Mal die Gefühle, die sie füreinander empfanden, schließlich die Regie des Abends übernommen; und der Nacht. Einer außergewöhnlich liebevollen Nacht.

Beim Frühstück schwiegen beide noch lange. Schließlich begann Tina vorsichtig ein Gespräch.
„Du, Chéri, du hast am Sonntag nicht mehr angerufen, darauf hatte ich eigentlich gewartet."
„Ich weiß, ja, das war ein Fehler." Solche Eingeständnisse kamen René nur sehr schwer über die Lippen. Aber jetzt, wo wieder alles im Lot war, wollte er die Stimmung nicht verderben. „Aber am Sonntag war es furchtbar. So etwas Schlimmes passiert zum Glück nur selten. Die Details möchte ich dir ersparen."
„So schlimm?" Tina schaute ihn neugierig an.
„Ja. Da ist der Sohn eines Bauunternehmers mit einem Baseballschläger getötet worden, ein fürchterlicher Anblick, kann ich dir sagen. Aber den mutmaßlichen Täter konnten wir, mit der Tatwaffe in der Hand und über den Toten gebeugt, gleich an Ort und Stelle festnehmen. Ein Trierer Bürger übrigens."
„Ein Trierer?" Tina wurde hellhörig.
„Ja, aber ich hege mittlerweile leise Zweifel an seiner Täterschaft, zu viele Ungereimtheiten. Und ich kann kein Motiv erkennen, oder noch keins. Ferber heißt der Mann, es soll sich um einen Künstler handeln."
„Der Ferber?", entgegnete Tina atemlos. „Mensch, René, den suchen wir seit einer Woche! Der könnte

seine Halbschwester umgebracht haben. Allerdings halten wir ihn im Augenblick weniger für gefährlich, sondern eher für hoch gefährdet."
René erwiderte daraufhin trocken: „Den habe ich in Schrassig in U-Haft sitzen."

Tina schaute ihren René mit großen Augen an. Nach einem Moment der Irritation sprang sie wie elektrisiert auf und ergriff ihr Handy.
„Das muss ich Pif mitteilen!"

Keine halbe Stunde später stand Petry bei Tina auf der Matte.
Das „Hallo René, schon lange nicht gesehen" überging der Angesprochene kommentarlos; es war jetzt nicht an der Zeit, private Erklärungen abzugeben. Dafür begrüßte René seinen alten Freund betont herzlich. Die drei Kommissare setzten sich an den Tisch und berichteten von ihren Fällen, die wegen desselben Tatverdächtigen jetzt zu einem einzigen Fall zusammenzufassen waren. Eine Stunde verging, dann zwei. Schließlich hatten sie eine gemeinsame Richtlinie entworfen, die es ihnen erlauben könnte, die wahren Begebenheiten herauszufinden. Sie verfassten einen gemeinsamen Bericht, den sie an die Staatsanwaltschaften und Polizeidirektionen in Trier und in Luxemburg zu senden gedachten.

Noch ehe die endgültige Fassung zum Absenden

bereitstand, meldete sich Renés Handy. Er stutzte einen Augenblick, als er der Mitteilung konzentriert lauschte, schließlich sprang er auf und hörte sich sagen:
„Der Ferber ist abgehauen!"

XXVIII

Ferber hatte einfach nur Glück gehabt. Als normaler Bürger hatte er sich gefühlt, weil er wie ein normaler Bürger behandelt wurde. Und im medizinischen Bereich des Luxemburger Krankenhauses galt er als Patient und nicht als Gefangener. Kein Pfleger war zu seiner Bewachung eingeteilt worden, und als seine Behandlung abgeschlossen war, begab er sich ruhigen Schrittes zu der Toilette. Von dort schlenderte er zu einem Aufenthaltsraum des Pflegepersonals, wo er einen weißen Kittel hängen sah. Den zog er über seine Pullis, klemmte seinen Parka unter den Arm und verschwand durch ein Fenster im Erdgeschoss. Er überquerte einen Parkplatz, sah gegenüber eine parkähnliche Anlage und spazierte völlig unbeobachtet bis hinunter zu den ersten Häusern. Dort entledigte er sich des Kittels und streifte seinen Parka wieder über. Ehe er den Kittel zusammenrollte und im Gebüsch versteckte, untersuchte er die Innentaschen und fand tatsächlich einige Geldscheine, zusammen fast hundert Euro. Das alles kam ihm wie im Märchen vor, aber nach so viel Unrecht, das er hatte erleiden müssen, konnte er dieses Glück als kleinen Ausgleich betrachten. Er nahm einen Bus bis zum Hauptbahnhof, kaufte einen Fahrschein nach Trier und stieg später in einen Zug. Vorsichtigerweise wählte er einen Bummelzug, der nur bis Wasserbillig fuhr. Dort musste er dann umsteigen und konnte so einer eventuellen Kontrolle aus dem Weg gehen. Er wusste ja nicht, wann in Luxemburg Alarm geschlagen werden würde.

In Wasserbillig stieg er aus dem Zug und mischte sich unter die Fußgänger, kaufte sich ein belegtes Brötchen und spazierte wie ein freier Mann über die Sauerbrücke. Hinter der ehemaligen Grenze verzehrte er das Brötchen und trank den letzten Schluck Wasser aus seiner Flasche. Die leere Flasche steckte er aber wieder zurück in die Jackentasche. Ferber hatte nämlich seinen Plan geändert. Er wollte so schnell wie möglich nach Deutschland gelangen und erst in Igel auf den nächsten Zug warten. Dort angekommen bestieg er einen weiteren Bummelzug, der ihn zum Südbahnhof brachte; im Trierer Hauptbahnhof wollte er sich auf gar keinen Fall einfangen lassen. Aber, was nun? „Nach Hause“ war sein erster Gedanke, den er aber nach längerer Überlegung aus Sicherheitsgründen verwarf. Also marschierte er auf Schusters Rappen nach Heiligkreuz und weiter über die Hill nach Kernscheid. Dort, im Morgenweg, ragten, hinter einem Bauzaun, die verbrannten Reste seines Heimathauses in den Nachthimmel. Ein wahrlich trostloser Anblick. *Meine Halbschwester*, dachte er, *möge sie ruhen in Frieden. Wo mag sie jetzt wohl sein? In Gottes liebender Hand? Oder wurde sie gerichtet nach irdischen Maßstäben?*

Voller Hoffnung auf Hilfe klingelte er an Julia Goergens Haustür. Ihr Ehemann Georg öffnete.
„Boy, hallo, wie geht es dir? Komm rein.“
„Nicht so laut!“, flüsterte Ferber und huschte ins Haus. „Hoffentlich hat niemand dich gehört! Ihr müsst mir helfen! Bitte!“

Sie setzten sich ins Wohnzimmer und Ferber berichtete. Als er zu Ende erzählt hatte, trat ein Moment der gespannten Stille ein.

„Tja, Boy, da steckst du aber bis zum Hals in den Nesseln“, meinte Georg, „da können wir dir nicht helfen. Wir würden uns ja strafbar machen, das musst du verstehen.“
„Könntet ihr denn nicht vielleicht wenigstens die Bettina oder den Siggi, meine Nachbarn, anrufen?“

„Gut, komm, das können wir machen und dir auch etwas zu essen geben, aber Asyl werden wir dir nicht gewähren. Warum eigentlich gehst du nicht nach Hause?"
„Da werden die mich doch zuallererst suchen."
Georg Goergen wählte die gewünschte Nummer. Aber niemand meldete sich.
„Was brauchst du denn von daheim?", wollte er daraufhin wissen.
„Blöde Frage, Georg! Alles eben, ein Bett, Klamotten, Geld ..."
„Geld kann ich dir geben, leihen. Aber du hast mir nichts gesagt von deinen Schwierigkeiten, dass das einmal klar ist."

Julia kramte in ihrer Tasche und hielt ihrem Jugendfreund einen Hunderter hin.
„Hier, nimm. Tut mir echt leid für dich."
„Kann ich bitte kleine Noten haben?", meinte Ferber verlegen. „Mit einem Hunderter falle ich womöglich auf. Und meine Flasche … die möchte ich noch bitte mit Wasser auffüllen."
„Komm dafür in die Küche."

Als die Flasche voll war, übereichte Julia ihm ein kleines Bündel Geld. „Hier, Zehner und Zwanziger, aber mach dich jetzt auf den Weg. Du warst nicht hier." Sie drückte ihm noch ein Tütchen mit zwei

Streuselchen in die Hand und verabschiedete ihn. „Komm, nimm den Hinterausgang. Alles Gute, und melde dich von Zeit zu Zeit!“

Die Flucht, die so gut begonnen hatte, fand also ausgerechnet in Ferbers Heimatstadt Trier ein abruptes Ende. Wo sollte er nur hingehen? Die Trierer Polizei suchte ihn wegen Mordes, und es war abzusehen, dass sein Haus überwacht werden würde. Auch die Luxemburger Behörden waren ihm ab jetzt auf den Fersen wegen des Mordes in Petingen. Er hatte kein Handy, keinen Ausweis, keine Freunde.

Eine tieffinstere Nacht verschluckte einen mutlosen und hilflosen, enttäuschten und unendlich einsamen Mann.

XXIX

Die Luxemburger Polizei kontrollierte das Großkrankenhaus, dann den ganzen Kirchberg mitsamt dem Einkaufszentrum Auchan, den Banken, Restaurants und dem Großkino. Andere Kräfte durchkämmten das Bahnhofsgebäude und die Gleisanlagen, die umliegenden Straßen und Cafés. Die Flughafenpolizei durchsuchte die An- und Abflugshallen. Man hatte die Busfahrer alarmiert und die Taxifahrer ebenfalls. Der Verkehrsfunk informierte die Pendler und andere Autobahnbenutzer über die Flucht. Auf die beiden Beamten des Gefängnisses wartete ein Disziplinarverfahren wegen grober Vernachlässigung ihrer Aufsichtspflicht.

Zwischenzeitlich hatte man auch den Hauptbahnhof in Trier abgeriegelt. Taxifahrer, Busbetreiber, Hotels und Pensionen, alle möglichen Anlaufstellen Ferbers erhielten die nötigen Auskünfte. Sein Fahndungsfoto wurde überall herumgereicht, jeder Streifenpolizist bekam eines mit auf den Weg.

Und doch, allen Maßnahmen zum Trotz, Ferber blieb verschwunden.

In Molitors Büro arbeiteten die vier Kommissare unter Hochdruck. Sie koordinierten die polizeilichen

Einsätze dies- und jenseits von Mosel und Sauer. Sie suchten Adressen von Ferbers Bekannten und Verwandten zusammen, um ihn eventuell dort aufgreifen zu können. Die Überwachung seines Wohnhauses wurde noch verstärkt, sein Fahrzeug lahmgelegt. Petry ging sogar so weit, den Trierer Kommissar Schumacher von Molitors Telefonanschluss aus zu informieren. Schumacher war zwar nicht in der Mordkommission tätig, hatte aber den Diebstahl von Ferbers Modell mitsamt seiner Unterlagen zu bearbeiten. Und dann gab es da noch diese mysteriöse Bedrohung durch den Motorradfahrer, bei der keiner wusste, wer dahintersteckte.

Petry kam eine Idee:

„Wo befindet sich Ferbers Handy? Bei euch, nehme ich doch an."

„Ja", antwortete Molitor, „das liegt unter Verschluss in Schrassig. Im Gefängnis."

„Habt ihr das schon mal unter die Lupe genommen?"

„Wir haben eine Liste der Gesprächsteilnehmer angefertigt, ja, aber die hat nichts erbracht", meinte Molitor.

Petry bohrte weiter.

„Ihr kennt doch seine Gesprächspartner in Trier überhaupt nicht", gab Pif zu bedenken, doch René

war sich seiner Sache sicher.
„Wir haben alles gecheckt, Pif. Es waren nur wenige Teilnehmer, die Stadtverwaltung Trier, ein Lebensmittelladen, Nachbarn, mehrere Familien aus ein und derselben Straße, auch in Trier."
„Vermutlich aus dem Morgenweg", mischte Tina sich ein.
„Ja, so hieß die Straße, glaube ich."
„Dann war da noch", erinnerte sich Molitor, „ein Natursteinhändler in Italien. Ach ja, und mit der Gemeinde Pétange hat er telefoniert. Ein oder zweimal. Aber der besitzt bestimmt zusätzlich noch einen Festnetzanschluss, den müsstet ihr auch mal durchsuchen."

Petry sah sich auf dem richtigen Weg. *Ausgehend von dem Handy,* so rechnete er sich aus, *könnte man vielleicht doch einmal auf die eine oder andere bislang noch unbekannte Spur kommen.*

„Was ich nicht verstehe, ist", folgerte Molitor, „dass der Ferber bei so wenig Handygesprächen einen zweiten Akku mit sich führte. Einer reicht doch schließlich."
„Zweiter Akku oder ein Ladegerät, leisten die denn nicht denselben Dienst?", fragte Renés Praktikantin.
„Im Prinzip schon", dozierte Tina, „allerdings ..."
„Na, also!", freute sich Juliette.

Petry sah das ein bisschen anders. Zwar hatte er weniger Ahnung von diesem modernen Schnickschnack als die jungen Leute, war bis heute auch mit seiner *Schnur* immer gut zurechtgekommen, ja, er wusste nicht einmal, wie er einen Akku im Gerät wechseln sollte; trotzdem wollte er mehr erfahren.
„René, kannst du mal alle die Sachen, die Ferber bei der Verhaftung in Petingen bei sich getragen hatte, hierhin kommen lassen?"
„Sicher, Pif, gerne. Mal sehen, ob wir was Brauchbares herausfinden. Juliette, rufen Sie mal in Schrassig an. Von der Zentrale aus, bitte."

Als Juliette das Büro verließ, schaute Tina ihr hinterher.
„René", stellte sie dann fest, „was hast du nur für ein Glück! Stell dir mal vor, neben dir säße eine Schreckschraube, und die müsstest du den ganzen Tag ertragen ..."
„Ach, Tina", Molitor atmete einmal tief ein, „bitte, nicht jetzt!"
Tina konnte sich ein Lachen nicht verkneifen. „Aber Chéri, ich wollte doch nur Spaß machen! Alles okay."

Nach fünf Minuten meldete Juliette, dass Ferbers Sachen sofort auf den Weg gebracht würden.

„Pif, mal ehrlich", fragte René, „hältst du den Ferber

für einen Mörder?“

„Ich hatte ihm den Mord zugetraut, ja“, antwortete ihm Petry ehrlich, „er hätte auch ein erstklassiges Motiv. Aber wir können ihm den Mord nicht nachweisen. Sein Alibi scheint wasserdicht. Natürlich beschäftigt mich das schon; er muss es irgendwie gewesen sein. Was meinst du?“

„Ich kann beim besten Willen kein Motiv erkennen. Er wurde aber mit der Tatwaffe in der Hand neben dem Opfer angetroffen. Um ihn aus dem Gefängnis herauszubekommen, reicht es jetzt nicht, dem Staatsanwalt oder dem Richter gegenüber meine Bedenken mitzuteilen. Denen muss ich schon mit unwiderlegbaren Fakten kommen. Und die habe ich nicht. Allerdings verfolge ich eine ganz andere Spur, mal sehen, ob die was bringt. Seine gestrige Flucht lässt mir dafür aber nur sehr wenig Zeit.“

„Und die wäre, diese andere Spur?“, fragte Pif interessiert.

„Na ja, so ein undefinierbares Gefühl sagt mir eben, dass es sich bei dieser entsetzlich brutalen Tat um Hass oder Vergeltung gehandelt haben könnte.“

„Meinst du eine, wie man heute so schön sagt, *Beziehungskiste*?“

„Den Ausdruck habe ich zwar noch nie gehört, aber ja, irgendetwas in Richtung Beziehung“, murmelte der Commissaire.

Der Pförtner erschien mit einem Karton, den er Molitor übergab.
„Für Sie, Commissaire. Bitte unterschreiben Sie hier."

René dankte und packte die Sachen aus. Zum Vorschein kamen das Handy, der zweite Akku, ein Schlüsselbund, eine Brieftasche, ein Taschentuch sowie ein Hosengürtel. Petry griff sich das Handy und blätterte in dessen Adressliste. *Wirklich wenig Kontakte,* dachte er.

„Da gefällt mir etwas nicht!" Alle schauten überrascht auf Juliette. Petry war sogar richtig sprachlos. *Ja,* amüsierte er sich, *ganz genauso hätte die unerfahrene junge Tina bei einer plötzlichen Eingebung auch reagiert.*
„Und was?", fragte Molitor erstaunt.
„Darf ich mal?" Sie nahm das Handy, öffnete es, zog den Akku heraus und legte ihn neben den anderen Akku.
„Sehen Sie? Nicht identisch! Ist also nicht hiervon."
Alle blickten erstaunt auf Juliette.
„Das muss einer mir erklären", konstatierte Molitor.
Petry fühlte sich angesprochen. „Es scheint mir an der Zeit zu sein, lieber René, dass wir Ferbers Wohnhaus noch einmal gründlich auf den Kopf stellen. Da finden wir vielleicht eine Antwort. Kann ich

die Schlüssel haben?"

„Aber natürlich!", spottete Molitor über die lästige Bürokratie und setzte eine wichtigtuerische Miene auf. „Bitte, unterschreiben Sie hier!"

Alle mussten lachen. Weniger über die bürokratischen Hürden, die sie mitunter stolpern ließen, sondern hauptsächlich aus Erleichterung über die neuen Perspektiven, die ihnen der zweite Akku mit einem Mal eröffnete.

XXX

Ferber fühlte sich schlecht. Bereits die zweite Nacht verbrachte er nun schon draußen. Seit Stunden nieselte es, und sein Anorak ließ inzwischen die Feuchtigkeit nach innen an seine Pullover durch. Er fror, und ein unwillkürliches Zittern seiner Glieder setzte ein, das er nicht mehr zu unterdrücken vermochte. Schließlich kroch ihm die Kälte den Rücken hinunter. Also machte er sich auf die Suche nach einem trockenen und warmen Plätzchen, wo er übernachten und die Kleider aufhängen könnte. Einen Unterschlupf fand er aber nicht. So marschierte er zur Kernscheider Kapelle, in der Annahme, dort eine Nische zu finden, die ihm Schutz gewähren könnte. Doch alle Türen waren fest verschlossen. *Mit der Ir-*

scher Sankt Georgskirche wird es wohl dasselbe sein, dachte er resigniert. Also musste Ferber als Erstes zusehen, dass er aus dem Ort verschwand, wo ihn so viele Leute kannten. So marschierte er stadteinwärts. Wohl oder übel sah er sich schließlich gezwungen, in Olewig für eine kurze Zeit eine Kneipe aufzusuchen. In der hintersten Ecke nahm er Platz, hing gleich seinen Parka über den Stuhl und bestellte sich einen heißen Kaffee. Abends spät noch einen Kaffee? Der Wirt staunte nicht schlecht; er war es gewohnt, dass seine Gäste abends Bier tranken. Argwöhnisch musterte er seinen vor Nässe triefenden Gast.
„Sind Sie in die Mosel gefallen, oder was?“, bemerkte er dann auch etwas spitz.
„Danke der Nachfrage, nein, ich habe eine lange Wanderung hinter mir und bin auf dem Weg nach Hause“, belog Ferber den Wirt. „Mit ein bisschen warmem Kaffee im Bauch geht es jetzt besser.“

Der Wirt blickte auf die Schuhe seines Gastes. Normale Stadtschuhe. *Darin soll der gewandert sein?* Ferber spürte förmlich den fragenden Blick und fühlte sich ertappt. Er schüttete den Kaffee hinunter, zahlte, streifte seine nasse Jacke wieder über und verließ das Lokal. Von draußen sah er, wie der Wirt zum Telefon griff. *Nichts wie fort hier!*

Am Amphitheater schauderte ihn plötzlich, als er

sich wieder an den Zwischenfall mit den beiden Motorrädern erinnerte. Noch heute konnte er dieses mysteriöse Vorkommnis nicht richtig einschätzen. Hatte er sich wirklich in Lebensgefahr befunden oder war er von den beiden Kerlen nur von seinem Auto ferngehalten worden, damit die Diebe ungestört und unentdeckt seinen Wagen ausräumen konnten?

Tapfer stapfte er durch die dunkelsten Gassen der nächtlichen Stadt, immer auf der Hut, immer darauf bedacht, nicht aufzufallen. In der Nähe des Palastgartens entdeckte er einen überdachten Kellereingang, der ihn wie magisch anzog. *Das ist doch mal ein trockenes und ruhiges Plätzchen!*, dachte Ferber erfreut und schaute sich um. Niemand war zu sehen, keine Menschenseele. Lautlos stieg er die Stufen hinab. Er fand einige Kartons, die er aufeinanderlegte, entledigte sich der schweren, nassen Jacke und kauerte sich in das warme Eckchen. Kaum war er eingenickt, als heftige Fußtritte ihn weckten.
„Verschwinde, du Elender, das hier ist *mein* Platz!“
Ein Kleiderschrank von einem Mann stand vor ihm, in trockene Lumpen gehüllt, das Haar wirr und filzig, eine Flasche Schnaps in der Tasche eines Kleidungsstückes, das vielleicht einmal ein Mantel gewesen sein konnte.

„Hau ab oder ich polier dir die Fresse!“

Das, natürlich, war eine Aufforderung, der Ferber nichts entgegenzusetzen hatte. Nein, Prügel wollte er nicht auch noch beziehen. Also blieb ihm nichts anderes übrig, als die nasse Jacke wieder überzustreifen und möglichst schnell von dannen zu ziehen. Jetzt erst merkte er, dass auch seine Schuhe nahezu durchweicht waren und seine Füße eiskalt. Irgendwann in dieser elenden Nacht begann er, sich nach seinem Haftraum zurückzusehnen; der war immerhin trocken und beheizt, das Essen wurde serviert und seine Kleider sogar in der Gefängniswäscherei gewaschen. Er durfte duschen, lesen und schreiben und, selbstverständlich unter Bewachung, herumspazieren. So gesehen führte er in Gefangenschaft ein weitaus bequemeres Leben als in dieser verdammten Freiheit.

Wie sehnte er sich nach seinem Haus, seinem warmen, trockenen Heim! Wo er tun und lassen konnte, was ihm beliebte. Aber dort, und da war Ferber sich sicher, würde er der Polizei geradewegs in die Arme laufen. Und dann? Dann gäbe es *einmal Vollpension* in der Gottbillstraße. Aber wenigstens wäre es dort trocken und warm. Er fragte sich, wie lange er seine Flucht noch aushielte.

Allmählich brach der nächste Tag an, der erste Arbeitstag der Woche, und in Ferber war eine Idee herangereift. Das könnte klappen! Fest entschlossen setzte er alles auf eine Karte.

XXXI

Ferber hatte richtig vermutet. Das ganz große Aufgebot machte sich in und um sein Haus in der Baltzstraße breit. Acht Beamte durchsuchten jeden Winkel eines jeden Zimmers, jeden Schrank und jede Schublade. Allein vier Leute räumten seine Werkstatt aus. Niemand von ihnen dachte auch nur im Entferntesten daran, leise und unauffällig zu arbeiten. Das rief natürlich die beiden Nachbarn auf den Plan. Bettina Trierweiler und Siggi Becker standen plötzlich mitten im Wohnzimmer und verlangten eine Erklärung für diesen Wirbel. Doch die Polizei, eigentlich Freund und Helfer, konnte zuweilen auch ihre andere Seite zeigen; das junge Paar befand sich jedenfalls schneller wieder draußen als erwartet.

Gegen Mittag traten die Kommissare auf den Plan. Nein, ein zweites Handy sei nicht gefunden worden, teilte man ihnen mit; auch nicht in der Werkstatt.
„Dann sucht im Garten danach, Donnerwetter! Das Handy muss gefunden werden!" Die junge Kommissarin war rigoros. Und die Männer mussten sich

diesen Befehlston auch noch gefallen lassen. *Früher war die Welt noch in Ordnung*, dachte so manch einer von ihnen.

„Habt ihr auf dem Speicher nachgesehen, im Gebälk? Unter der Kellertreppe? Habt ihr die Wände abgeklopft, Kühlschrank, Backofen und Waschmaschine durchsucht?“ Petry ließ ebenfalls nicht locker.

Abends stand fest: Das Handy befand sich nicht auf diesem Grundstück. Petry wurden die Schlüssel wieder überreicht. Als die Männer fort waren, standen er und Tina inmitten eines unbeschreiblichen Durcheinanders. Fast hätten sie Mitleid mit dem Eigentümer entwickelt.

„Ein Handy haben wir zwar nicht gefunden“, resümierte Tina, „aber schau mal Pif, hier habe ich ein kleines Ladegerät, das lag in der Fototasche. Ich habe es ausprobiert, aber der Akku seiner Kamera passt nicht hierhinein.“
Pif schaute Tina anerkennend an. „Das müssen wir einmal mit unserem Akku ausprobieren“, meinte er. Wenn mich nicht alles täuscht, dann waren die ersten Handys, die auf den Markt kamen, mit einem solchen Ladegerät ausgestattet. Jedenfalls stammt so etwas nicht von einem heutigen Gerät, das aus China kommt.“
„Das dachte ich auch gerade“, erwiderte Tina. „ Ach

blöd, da fällt mir gerade ein, der Akku liegt noch bei René! Aber egal, vielleicht bringt das Ganze uns ja weiter."

„Aber nur vielleicht, Tina; ohne das Handy können wir nichts herausfinden. Wir nehmen das Ladegerät auf jeden Fall mal mit."

„Das will ich doch meinen!"

„Tina, eine Arbeit wartet noch auf uns, wir müssen den Festnetzanschluss überprüfen. Ist der Mann von der Telekom denn immer noch nicht eingetroffen?" Pif wurde so langsam ungeduldig. Etwas in der Hand zu haben, und trotzdem auf der Stelle zu treten, das machte ihn nervös.

„Nein, Pif, aber anfangen können wir schon damit", meinte Tina und angelte sich einen Stuhl, schob mehrere Schubladen und einen Blumentopf beiseite, stellte den Stuhl vor den Schreibtisch, räumte diesen ab und sah sich den Apparat an.

„Alte Kiste", mokierte sie sich. „Die funktioniert noch mit einer Drehscheibe, die taugt nicht für moderne Kommunikation."

„Da kommt ja der Mann!", freute sich Petry, als ein Werbewagen der Telekom vorfuhr.

Der Techniker schloss den Fernsprecher an ein modernes Diagnosegerät an, verkabelte es mit seinem Laptop, und schon ratterte der darin eingebaute

Drucker. Nach zwei Minuten überreichte er den Kommissaren zwei Listen.
„Das hier sind die Gesprächsteilnehmer, die von diesem Apparat aus angerufen wurden, und hier sind die eingegangenen Gespräche."

Wieder ratterte der Drucker und spuckte eine weitere Seite mit Nummern aus.
„Und das hier sind die verpassten Gespräche." Er gab Petry das Blatt.

Die Kommissare bedankten sich bei dem Techniker, alle drei verließen das Haus, Tina zog die Tür hinter sich zu.

„Fahren wir?", fragte sie.
„Ja, wir können ins Büro fahren. Die Überwachung des Hauses beginnt bereits in einer Viertelstunde. Jetzt möchte ich einmal diese Gesprächspartner hier mit denen des Handys vergleichen. Hoffentlich finden wir da endlich einmal einen Anhaltspunkt."

Aber im Büro mussten sie feststellen, dass sich die Nummern der beiden Geräte nicht unterschieden. Auf beiden Geräten befand sich, neben den Nummern aus dem Morgenweg, nur eine Auslandsnummer, und das war auch die gleiche.
„Tina, check mal, wessen Nummer das ist. Das ist vielleicht eine heiße Spur."

„Habe ich bereits, es handelt sich bei dieser ausländischen Nummer um einen Steinbruch bei Verona. Von dort bezieht er möglicherweise verschiedene Steine."
„Zwischen seinen Unterlagen", erinnerte sich Pif, „habe ich ein Angebot über verschiedene Marmorsteine aus Italien gefunden. Ja, die Vorwahl 0039 für Italien stimmt. Können wir fallen lassen, glaube ich."
„Sieht mir auch so aus", stimmte Tina ihm zu.

Enttäuschung machte sich breit.
„Aber, da ist doch zweimal diese Luxemburger Nummer gewählt worden."
„Ach, Tina, das waren die Anrufe nach Petingen, wo er mit der Gemeindeverwaltung gesprochen hatte. Ich wüsste nicht, mit wem der sonst noch in Luxemburg telefoniert haben sollte."
„Bei denen haben wir aber noch nicht nachgefragt", ließ Tina nicht locker.
„René gräbt doch schon seit Tagen in Petingen", erwiderte Petry. „Der hat bestimmt mit der Gemeindeverwaltung gesprochen. Und wer weiß, mit wem sonst noch."
„Ich möchte gerne einmal erfahren, was er herausgefunden hat."
„Das, liebe Tina, werden wir bald erfahren. Aber mal was anderes. Haben wir die Motorradfahrer eigent-

lich schon ausfindig machen können?“
Tina hob die Schultern. „Ich habe mit Steinbach gesprochen, der hat noch keinen Erfolg verbuchen können. Ich glaube, um diese Knattermänner sollten wir uns selbst kümmern, und zwar bald. Die Adressen der Teilnehmer am Wettbewerb sind ja bereits bei uns per Mail eingegangen.“
„Machen wir, Tina, gleich morgen früh. Leg die Schlüssel von Ferbers Haus noch ins Sicherheitsfach. Für heute ist Feierabend.“

XXXII

Beinahe eineinhalb Tage hatte Ferber streunend in Kirchen zugebracht, jede Gelegenheit, die sich ihm bot, genutzt und seine Jacke ausgezogen, um sie über eine Stuhllehne zu hängen, was auch erste Erfolge zeitigte. Sie war einigermaßen trocken geworden. Trotzdem war er nicht zufrieden; so konnte er nicht bleiben. Seine Pullover starrten vor Dreck und verlangten dringend nach einem Waschgang. Also entschloss er sich, den Schritt zu wagen und einen Waschsalon aufzusuchen. Dort genehmigte er seiner gesamten Kleidung inklusive Unterwäsche eine Reinigung. Geduldig wartete er, bis seine Wäsche den Trockengang ebenfalls hinter sich gebracht hatte. Aufs Ganze gehend begab er sich anschließend zum Stadtbad. Dort gönnte er sich eine ausgiebige Dusche. Mit den Händen brachte er sein Haar in Form. Seinen Dreitagebart stufte er wohl oder übel als hilfreiche Tarnung ein, die ihm schon gute Dienste geleistet hatte. Dann machte Ferber Kassensturz. Von den ursprünglichen fast zweihundert Euro seiner Barschaft waren ihm, da er äußerst knauserig gelebt und nur Geld für das absolut Nötigste ausgegeben hatte, noch weit mehr als die Hälfte übrig geblieben. Bis Freitag musste das reichen. Bis zum Abgabetag seines Angebots, seines Modells bei der Stadt Trier.

Voller Hoffnung betrat er das Rathaus. Nein, teilte man ihm mit, die Frau Oberbürgermeisterin sei nicht im Haus. Das allerdings schreckte Ferber nicht ab. Da er die Örtlichkeiten ja bereits kannte, stieg er kurzerhand die Treppen hinauf und klopfte bei Frau Erna Basten an der Tür. Und die Kulturdezernentin schenkte dem Künstler ein offenes Ohr.

„Ja, Herr Ferber“, entgegnete sie ihm, „Ihren Brief haben wir erhalten. Aber erzählen Sie mir doch erst einmal, wie weit Ihre Arbeit denn schon vorangeschritten ist. Nachher können wir dann gerne noch zur Frau Oberbürgermeisterin gehen. Wenn sie bis dahin zurück ist.“

Solche Aussagen waren natürlich Balsam für Ferbers angegriffene Seele. Er begann, sich zu entspannen, musste aber einräumen, wegen gewisser widriger Umstände noch einen kleinen Aufschub zu benötigen. Er sei aber intensiv bei der Arbeit.

„Sehen Sie, Herr Ferber", eröffnete ihm Frau Basten, „Ihr Mitbewerber, der Herr Salemer, hat bereits einen sehr interessanten Vorschlag, ein sehr schönes Modell eingereicht. Da müssen Sie sich aber beeilen, denn die Frist läuft wirklich am Freitag ab, eine Verlängerung ist nicht möglich. Besonders, weil Professor Hallstadt am kommenden Samstag abreisen muss."
Ferber traf es wie der sprichwörtliche Blitz aus heiterem Himmel. Hatte er bis dahin noch mit einer Beteiligung an der Ausschreibung rechnen können, so schwammen ihm nun alle Felle davon. Vorbei der Traum von internationalem Erfolg und Anerkennung seiner kulturellen Leistung. Vorbei der Traum von Ruhm und Preisgeld. Plötzlich kam ihm eine Idee, die seine Situation dennoch retten könnte.
„Frau Basten, wie sieht denn der Vorschlag des Herrn Salemer aus?"
„Das, Herr Ferber, bin ich nicht befugt Ihnen mitzuteilen."
„Aber Frau Basten", wehrte sich Ferber, „Sie wissen

genau, dass mir mein Modell mitsamt aller Unterlagen gestohlen wurde ..."
„Herr Ferber", insistierte diese, „dazu darf ich Ihnen keinerlei Auskunft geben."

Ferber verließ das Büro grußlos und setzte sich auf einen Stuhl, der wie verlassen auf dem Flur stand. Nach zwei Stunden traf eine laut diskutierende und gestikulierende Eva Eiden ein und verschwand in Begleitung ihrer Satelliten in einen Raum. Wortfetzen und die beeindruckten Mienen ihres Gefolges verrieten Ferber, dass die Oberbürgermeisterin mit ihren Leuten vom Rautenstrauchpark zurückgekommen sein mussten. Dort hatte sich am Tag zuvor der tödliche Unfall mit der umgestürzten Roten Kastanie ereignet. Ferber schnellte hoch und folgte der Gesellschaft nach. Im Allerheiligsten erblickte schließlich jemand den Eindringling und pflaumte ihn an.
„Was machen *Sie* denn hier? Wer hat Sie überhaupt hereingelassen?"

Ferber geriet ins Schwitzen.
„Bitte entschuldigen Sie ...", stotterte er, „dass ich ..." Aber weiter kam er nicht. Ein Beamter drängte ihn unsanft zum Ausgang. Ehe er sich versah, war die Tür zum Bürgermeisteramt verschlossen. Aber ihm kam eine rettende Idee. Wieselflink, noch bevor

jemand ihn ansprechen oder ein weiteres Mal hinauskomplimentieren konnte, schlüpfte *er*, der die Räumlichkeiten ja bereits kennengelernt hatte, in den Ausstellungsraum, wo die Modelle aufgereiht ihrer endgültigen Beurteilung der Kulturkommission harrten. Geräuschlos, aber mit hämmerndem Herzen näherte er sich den Exponaten. Sieben Tische standen nebeneinander aufgereiht; alle Modelle waren mit einem großen weißen Tuch abgedeckt. Vorsichtig lupfte er jedes Tuch. Was Ferber seit geraumer Zeit bereits befürchtet hatte, traf ihn, der jetzt niemand mehr hatte, von dem er Hilfe erwarten konnte, so heftig wie ein völlig unvorbereiteter Schlag. Auf dem siebten Tisch mit dem Namensschild *Salemer* prangte Ferbers eigenes Modell!

XXXIII

Molitor und die junge Commissaire Juliette brüteten immer noch über der Liste von Lameschs Intimfreunden.
„Wo sollen wir da bloß anfangen?", seufzte Juliette und schüttelte den Kopf. „Wir können doch nicht jeden der hier aufgelisteten Leute besuchen. Das sind ja zwei Dutzend!"
„Das machen wir auch nicht, Juliette. Wir überlegen erst einmal. Wer könnte dem Lamesch an den Kragen gewollt haben?"
„Na, das liegt ja wohl klar auf der Hand!", freute sich Juliette. „Ein eifersüchtiger Ehemann!"
„Oder eine eifersüchtige Ehefrau. In diesem speziellen Fall, oder etwa nicht?", gab Molitor zu bedenken.
„Und damit", spekulierte Juliette erleichtert, „fallen schon mal alle Singles durchs Raster."
„Nicht unbedingt und nicht mit letzter Sicherheit. Immerhin könnten ja auch andere Motive als die schiere Eifersucht eine Rolle spielen."
„Und welche wären das, zum Beispiel?"

Molitor, der Juliette nicht zu schnell auf seinen eigenen Verdacht kommen lassen wollte, meinte schließlich:
„Schauen Sie mal, der Lamesch, oder vielmehr sein

Vater, verdienten viel Geld mit ihrem Bauunternehmen. Da konnte kein anderer mitmischen."
„Aber, das hieße doch auch Eifersucht, irgendwie zumindest."
„Nein, in diesem Fall spreche ich von schlichtem Neid."
„Das halte ich für Haarspalterei." Juliette schüttelte den Kopf, doch René unterbreitete ihr sogleich eine andere Theorie.
„Was halten Sie denn von Rache? Einer schönen, blutigen Rache für irgendetwas Schlimmes." Molitor lauerte auf eine Äußerung von seiner Assistentin. Diese überlegte lange, ehe sie schließlich meinte:
„Womit könnte denn so ein Sohn aus wohlhabender Familie jemand derart zur Weißglut bringen, dass dieser ihn brutal erschlägt?"
„Dann pass mal gut auf!"

Molitor setzte sich an den Schreibtisch, griff zum Telefon und rief bei Dr. Lutgen an. Geduldig ließ er die Proteste des Arztes über sich ergehen. Als der Mediziner dann einmal Luft holte, wurde Molitor deutlich.
„Docteur, Sie wissen, dass Sie verpflichtet sind, uns Auskunft zu geben, und zwar so oft, wie wir Sie danach fragen. Ich benötige die Liste mit den HIV-positiven Patienten in Luxemburg."

„Die Commissaire", erwiderte der Arzt knapp, „erhalten Sie beim Gesundheitsamt. So, und nun lassen Sie mich endlich meine Arbeit erledigen!"

Molitor warf Juliette einen Blick zu. Juliette hatte verstanden. Sofort setzte sie sich an den PC, verfasste eine Mail, die sie mit dem Vermerk *sehr hohe Priorität* kennzeichnete, sandte diese an die angegebene Stelle und erbat eine möglichst schnelle Antwort.

Der Rest war kinderleicht. Die beiden verglichen die Liste mit den HIV-positiv gemeldeten Personen mit jenen Namen, welche ihnen die Haushälterin aufgeschrieben hatte. Zwei davon erwiesen sich als identisch.

„Sollen wir hinfahren?", fragte Juliette ungeduldig.
„Natürlich fahren wir hin, aber bevor wir uns an diese kranken Menschen wenden, müssen wir noch etwas klären."

Juliette blickte ihren Chef verwundert an.
„Was meinen Sie damit? *Was* müssen wir noch klären?" , fragte sie, fest davon überzeugt, ihr Chef wolle sie Achterbahn fahren lassen.

„Juliette", erläuterte er ihr, „schauen Sie mal, Gespräche mit schwer kranken Menschen sind immer heikel. Ehe man diese in die Mangel nimmt, muss man sich seiner Sache schon verdammt sicher sein.

Und da ist außerdem noch ein wichtiger Punkt, den ich mit der Gemeinde Pétange klären muss."
„Und der wäre?"

Auf dem Weg nach Pétange erklärte Molitor seiner Assistentin, um was es sich handelte.
„Da war ein Augenzeuge, der mich angesprochen hatte. Lehrer war der ..."

Molitor kramte in seinem Gedächtnis nach dessen Namen.
„Fonck … Jean Fonck, ja, jetzt kann ich mich wieder daran erinnern! Der hat was von einem Faustschlag gesagt, den der Ferber dem Opfer in die Magengrube versetzt haben will. Irgendwie kann ich mir darauf keinen Reim machen. Wir fahren jetzt zu Bouvier. Das ist zwar ein Wichtigtuer, und ich mag Wichtigtuer nicht. Es kann aber sein, dass er den Lehrer kennt und dessen Auffassungsgabe richtig einstufen kann."
„Glauben Sie, dass das uns weiterbringt?"
„Juliette, wenn ich das nicht glauben würde, wären wir bestimmt jetzt nicht unterwegs dahin. Rufen Sie doch gleich mal auf dem Handy an, und fragen Sie nach ihm."

Bouvier platzte buchstäblich vor Mitteilungsbereitschaft. Endlich einmal spielte *er* die Hauptrolle! In der Gemeindeverwaltung trug Bouvier zwar den pompösen Titel eines Chef de Service, in Wahrheit aber bestimmte nur ein kleines Gremium die Geschicke der Gemeinde, flankiert, ja sogar protegiert von Freunden und Gönnern aus der Wirtschaft. Wie es in der Politik häufig anzutreffen war.

„Nehmen Sie bitte Platz", begrüßte er die zwei Kommissare. Und Rosalie", fügte er hinzu, „bringen Sie uns doch bitte einen Kaffee."
Die Sekretärin entfernte sich leise. „Oder kann ich Ihnen etwas anderes anbieten?"
„Danke, ein Kaffee ist völlig in Ordnung", entschied Molitor.

„Na, dann schießen Sie mal los!", eröffnete der Chef de Service das Gespräch.
„Herr Bouvier, Boy Ferber ... der *Hauptverdächtige*, Molitor betonte diesen Begriff, „war vorstellig in Ihrem Büro. Was wollte er denn da genau?"
„Commissaire, er fragte mich, ob er von der Gemeinde einen großen Stein oder kleinen Felsbrocken vom Titelberg erwerben könnte."
„Was wollte er denn mit einem Stein vom Titelberg überhaupt anfangen?", platzte Juliette vorlaut heraus.
„Nun, er behauptete, das Volk der Treverer hätte seinen Bedarf an Eisen mit dem Erz vom Titelberg gedeckt. Er hatte auch in Aussicht gestellt, dass die

Gemeinde Pétange durch diese Schenkung in Trier bekannt werden würde."

„Gut, soweit." René räusperte sich. „Monsieur Bouvier, war Ihnen Herr Ferber aggressiv vorgekommen, als Sie ihm seine Bitte nicht erfüllen konnten?"

„Aggressiv?" Bouvier staunte. Nein, überhaupt nicht! In ihm brannte lediglich das künstlerische Feuer; er schien überzeugt davon, mit dem Stein den Wettbewerb zu gewinnen."

„Monsieur Bouvier", fragte Molitor interessiert nach, „hat Ferber Ihnen das Denkmal vielleicht genauer beschrieben, das er zu gestalten sich vorgenommen hatte? Wie wollte er den Stein eigentlich nutzen?"

Bouvier stand auf und machte ein paar Schritte. Die Ermittler schauten ihn rätselnd an.

„Hier stand ich", erklärte Bouvier, „und hier", er ging zwei Schritte und wendete, „hier stand der Ferber."

Bouvier nahm den Platz von Ferber ein. „Schauen Sie", wandte er sich an die Kommissare, „mit den Armen beschrieb er zwei Halbkreise und meinte damit einen Ring. Einen Ring aus Eisen. Den wollte er unten aufschneiden und auseinanderziehen. Um mir das zu verdeutlichen, hat er die linke Hand, die übrigens ziemlich böse lädiert war, zu sich herangezogen und den rechten Arm nach vorne ausgestreckt. Zwischen diese beiden Schenkel wollte er dann den Stein legen."

Molitor überlegte einen Moment. Er stellte sich gerade Ferbers Fuchteln mit den Armen vor.
„Monsieur Bouvier", wollte Molitor wissen, „hatte er dabei die Hand offen oder zur Faust geballt? Die rechte meine ich."
„Oh là là, Commissaire, ich sah die Faust auf mich zukommen, wie ein Schlag sah das aus. Aber der Mann wollte mir nur verdeutlichen, wie er diesen Eisenring auseinanderzudrücken gedachte."
„Und da sind Sie sich völlig sicher?"
„Aber ja doch, absolut sicher! Und ich erinnere mich, dass ihm ein ähnlich großer Stein vom Herzen fiel, als ich ihm von Lameschs Steinen erzählt hatte."

Molitor trank den Rest seines Kaffees und stellte die Tasse zurück. „Da haben Sie uns richtig weitergeholfen. Wir danken Ihnen vielmals, Monsieur Bouvier."
„Aber gerne! Und noch viel Erfolg bei Ihren weiteren Ermittlungen!"

Man hatte sich freundlich verabschiedet. „Gar nicht so übel, der Bouvier", revidierte Molitor später sein Urteil auf der Fahrt zu den beiden HIV-Patienten.

Kujux & Sully stand auf dem Briefkasten des Hauses. Auf Molitors Klingeln hin öffnete ihnen ein junger bildschöner Mann die Haustür.

„Ja, bitte?“ Irritiert musterte er die beiden Kommissare.

Molitor stellte sich und seine Assistentin mit Namen und Beruf vor, allerdings in einem leisen Tonfall. Sofort wurden sie hereingebeten und in das Wohnzimmer geführt. Molitor schaute sich unauffällig um. Keine nennenswerten Schätze oder Kunstwerke verschönerten den schlicht möblierten Raum.

„Archimède Sully. Tut mir leid, ich kann nichts dafür, ich würde auch lieber Jean Müller heißen oder so. Worum handelt es sich denn bei Ihrem Besuch?“
Darauf aber ging Molitor nicht ein. „Monsieur Sully“, begann er stattdessen vorsichtig, „Sie kannten Monsieur Fernand Lamesch ... gut?"
„Commissaire, ja, ich kannte ihn. Schrecklich, was da passiert ist! Wir haben uns einige Male getroffen. Beruflich.“
„Welchen Beruf üben Sie denn aus?“, fragte ihn Juliette.
„Ich bin Zeichner, Bauzeichner. Für einige Bauvorhaben der Firma Lamesch habe ich CAD-Zeichnungen angefertigt.“
„Und näher haben Sie Herrn Lamesch nicht ge-

kannt?“, bohrte Molitor weiter.
„Was meinen Sie mit näher?“, fragte Sully zurück.
„Ich glaube, Monsieur Sully, Sie wissen genau, was ich meine. Sie tragen den gleichen Krankheitserreger in sich wie der verstorbene Monsieur Fernand Lamesch.“
„Woher wollen Sie das denn wissen, Commissaire?“, erwiderte Sully mit schiefem Blick.
„Berufsgeheimnis.“
„Nun, was will *das* denn schon groß heißen?!“, gab Sully ungehalten zurück. „Denselben Erreger. Was meinen Sie, wie viele Bewohner dieses Landes den wohl haben?“

Molitor schwenkte in eine andere Richtung. „Wer ist die Person, mit der Sie zusammenleben? Kujux steht an der Haustür.“
„Der, Commissaire, ist mein Freund. Wir sind ein Paar, wenn man das biologisch so ausdrücken darf.“
„Ich weiß, was Sie meinen. Hat Ihr Freund den Monsieur Lamesch auch gekannt?“
„Nein, Commissaire, die kannten sich nicht. Auf einem Empfang haben sie sich einmal kurz gesehen. Mehr auch nicht.“
„Wo befindet sich Ihr Freund im Augenblick?“
„Der ist für eine Woche nach Albanien, in seine Heimat gereist. Seine Großmutter ist gestorben. Am

Sonntag kommt er wieder zurück."

Das war das Letzte, was der Commissaire zu glauben bereit war. Er machte es kurz.
„Monsieur Sully, wo waren Sie und Ihr Freund am Sonntag vor acht Tagen?"
„Commissaire", berichtete Sully nach kurzer Überlegung, „am Sonntag vor acht Tagen haben wir an einem Golfturnier in der Gaichel teilgenommen. Dort können Sie die Unterlagen, die Ergebnisse und unsere Unterschriften auch gerne einsehen, wenn sie wollen."
„Sie werden noch von uns hören, Monsieur Sully, vielen Dank erstmal, und auf Wiedersehen."

Wieder im Auto sitzend blickten sich Juliette und René vielsagend an. Beide dachten das Gleiche; endlich verfolgten sie eine so genannte heiße Spur. Aber, anstatt sofort nach Luxemburg zu fahren, bog Molitor in Richtung Arlon, nach Belgien ab. Juliette schaute ihn fragend an. „Ich kenne da einen besseren Weg", meinte René knapp und fuhr, wie Juliette annahm, in die falsche Richtung. Als das erste Hinweisschild für Gaichel auftauchte, fragte René seine Assistentin scherzhaft:
„Juliette, haben Sie Ihre Golfschläger dabei?"

Sie parkten den Wagen zwischen einigen Nobelkarossen und betraten das kleine Clubhaus. Natürlich erweckte ein Police-Fahrzeug immer große Neugierde. So erkundigte sich eine freundliche Dame sofort nach ihren Wünschen.

„Madame", begann Molitor, „wir haben hier zwei Namen von angeblichen Mitgliedern Ihres Clubs. Archimède Sully und ein gewisser Kujux, den Vornamen kennen wir nicht."
„Jovan Kujux", erwiderte die Frau ohne jegliches Zögern. „Der ist Bulgare. Ja, die beiden sind Mitglieder hier im Club. Sie sind gute Freunde, ich glaube, sie leben sogar zusammen."
„Sehr gut. Aber, warum wir eigentlich gekommen sind: Madame, können Sie mir Unterlagen über das Turnier vom vorigen Sonntag vorlegen?"
Wieder zögerte die Frau keine Sekunde, begab sich zu einem Schrank und griff zu einem Ordner. „Hier bitte", antwortete sie nach kurzem Blättern, „schauen Sie, die beiden waren hier, das sind ihre Unterschriften, und hier sind ihre Ergebnisse."

Nach einem Blick auf die Zahlen, die dem Nichtgolfspieler Molitor absolut nichts verrieten, verlangte er nach Erläuterungen.
„Schauen Sie, Commissaire, hier sehen Sie die Aufstellung der Schläge, die jeder Spieler nacheinander für die neun Löcher benötigt hat. Die Spieler kommen dann hierhin und notieren die Ergebnisse." Sie

strich mit dem Zeigefinger über zwei Zahlenreihen, die von Kujux und die von Sully.
„Und jeder Spieler trägt seine Zahlen selbst ein?“, hakte René nach.
„Ja, genau“, antwortete ihm die Frau freundlich.
„Madame“, ließ Molitor nicht locker, „kontrollieren Sie jede Eintragung?“
„Aber nicht doch, Commissaire! Das macht jeder Spieler auf Ehre und Gewissen.“
„Dann könnte es aber doch sein, dass auch schon mal ein Spieler Zahlen von einem anderen Spieler einträgt, der überhaupt nicht am Turnier teilnimmt.“
„Möglich ist das schon“, musste die Madame eingestehen, „aber so etwas passiert natürlich nicht.“

Molitor glühte. „Madame, am Sonntag vor acht Tagen, erinnern Sie sich bitte genau! Wann kam da der Sully hierhin und wann der Kujux?“
Die Frau legte die Stirn in Falten. „Also … der Sully war bereits gegen elf Uhr hier, wenn ich mich recht erinnere, hat auch allein zu Mittag gegessen, spät übrigens, so gegen 14 Uhr. Der Kujux war auch hier, allerdings viel später, den habe ich erst gegen 17 Uhr ankommen sehen. Dann erst hat er seine Anwesenheit unterschrieben. Der schien mir ziemlich durch den Wind.“
Molitor machte große Augen. „Dann hat doch der

Sully dem Kujux erfundene Ergebnisse untergejubelt!“

„Da frage ich mich aber, warum.“.

„*Wir* fragen uns das nicht mehr, Madame. Aber noch eine letzte Bitte an Sie: Könnten Sie uns vielleicht die Anmeldeformulare der beiden Herren kopieren?“

„Gerne“ Madame holte einen weiteren Ordner aus dem Schrank hervor, blätterte kurz darin und fand die beiden Papiere, die sie in den Kopierer legte. Das Ergebnis überreichte sie Molitor: Namen und Vornamen, Geburtsdaten und -orte sowie die Heimatadresse. Alles war komplett. Für die beiden Ermittler fühlte es sich an, als fielen Weihnachten und Geburtstag auf ein und denselben Tag. Sie verabschiedeten sich freundlichst, Molitor beschäftigte aber noch eine letzte Frage.

„Madame, war Herr Lamesch Junior auch Mitglied hier im Club?“

„Aber selbstverständlich, er war sogar Präsident des Clubs!“, erklärte die Frau mit einem gewissen Stolz, einen so wichtigen Mann zu ihren Kunden gezählt zu haben. „Schade um diesen liebenswürdigen Menschen. Hoffentlich finden Sie bald seinen Mörder!“

„Dabei haben Sie uns gerade eben enorm geholfen. Wir danken Ihnen ganz herzlich, Madame!“

XXXIV

Mechanisch trugen seine Füße ihn durch die Stadt, den Kopf hatte er ausgeschaltet. In Ferbers Gefühlen herrschte das absolute Chaos. Er registrierte kaum, wo er sich befand. Nur fort musste er, weiter, um endlich anzukommen. Aber wo eigentlich? Er hatte kein Ziel vor Augen, keinen Plan. *Habe ich vorhin im Rathaus richtig gehandelt?, fragte er sich. Oder war meine Reaktion übertrieben gewesen? Hätte ich nicht vielleicht anders reagieren sollen?* Doch Ferbers Wut, seine maßlose Enttäuschung hatten ihn zu einer Reaktion gezwungen. Ohnehin wäre niemand ihm zu Hilfe gekommen. Weshalb auch? Er saß dermaßen in der Klemme, dass es nun nicht mehr darauf ankam, ob er falsch gehandelt hatte oder nicht. *Ein Albtraum,* dachte er, *der findet irgendwann sein Ende. Das hier aber ist kein Albtraum, das ist die bittere Realität.*

Irgendwo bog Ferber um eine Straßenecke. Dort sah er sie, die beiden Streifenpolizisten. Gemütlich schlenderten sie durch die Stadt und beobachteten die Passanten mit geschultem Blick für Auffälligkeiten. Ohne sich seiner heftigen Reaktion bewusst geworden zu sein, hatte Ferber bereits gewendet und rannte nun die Palaststraße hinunter. *Ein schlimmer Fehler!,* schoss es ihm plötzlich durch den Kopf.

Denn weiter unten, auf der linken Seite der Straße, befand sich eine Beratungsstelle der Polizei. Im letzten Moment bog er nach rechts ab und lief durch den Torbogen in Richtung Liebfrauenstraße. Die lauten, eiligen Schritte der beiden Beamten verrieten ihm alles. Als er unschlüssig im Hof stand, hörte er sie auch schon rufen. „Stehen bleiben!“, befahl einer von ihnen.

Den zweiten Befehl wartete Ferber erst gar nicht ab. Wie von Sinnen lief er los, der Gedanke, sich nur ja nicht einholen zu lassen, trieb ihn voran. Aber wohin? Wo gab es genügend Menschen, die es den beiden Beamten erschweren würden, ihm zu folgen? Andererseits, er durfte auch nicht über freies Feld laufen, gänzlich ohne Deckung sein und somit weithin erkennbar. Also hastete er an der Meerkatz vorbei und die Palaststraße wieder hinunter. Dort stolperte er in den Eingang des Kaufhauses C&A, durchquerte das Geschäft und verließ es in der Konstantinstraße. Die Schritte jedoch blieben an den seinen haften. Er rannte die Brotstraße hinunter, am Pranger vorbei, überquerte den Hauptmarkt und bog in das Judengässchen ein. Dort lehnte er sich für einen Moment gegen eine Hauswand. Sein Herz pochte so vehement, dass er die Schritte der Polizisten erst nicht bemerkte. Nach zwei Atemzügen allerdings glaubte er herauszuhören, dass nicht nur zwei Personen hinter ihm her waren, sondern wenigstens vier oder fünf. „Stehen bleiben!" Ferber erreichte dieser Befehl, als er auf den Stockplatz einbog. Dann fiel ein Schuss, der aus den vielen Winkeln und Gässchen laut widerhallte. Für einen Moment setzte Ferbers Herzschlag aus. Er wusste genau, dieser Schuss hatte ihm gegolten, die Beamten machten Ernst! Ferber musste also schleunigst in Deckung gehen, sprich in einem Gebäude untertauchen. Ohnehin war der Kaufhof sein Ziel. Außer Atem erreichte er den Seiteneingang und hechtete zwei Rolltreppen hoch. An der Anzeigetafel sah er, dass der Fahrstuhl nach oben fuhr. Also stürmte er die letzte Rolltreppe hoch, überquerte die Verkaufsfläche und stürzte sich als letzter Fahrgast in den Fahrstuhl. Unbehelligt erreichte er so das Erdgeschoss, wo sich die Tür öffnete. Er stellte sich hinter die Fahrgäste, die weiter ins Untergeschoss fahren wollten. Trotz seiner Vorsichtsmaßnahmen hörte er plötzlich jemand schreien: „Dort ist er, im Fahrstuhl!"

Geistesgegenwärtig drückte er die Taste für das Untergeschoss. Der Fahrstuhl erwies sich als schneller als seine Verfolger. Ohne Rücksicht auf seine Mitfahrer zu nehmen, stürmte er hinaus, öffnete hastig die

Tür zum Ausgang, rannte die Treppen hinunter, riss die schwere Stahltür zum Parkhaus auf und verschwand im Gewirr der ankommenden und abfahrenden Autos. Hinter ihm wurden immer mehr Stimmen laut, bis irgendjemand „Ruhe!“ schrie. Ferber blieb pochenden Herzens stehen, um sich nicht zu verraten. Die Laufschritte aber nahmen an Lautstärke nicht ab. „Ruhe, verdammt nochmal!“, rief einer erneut. Nunmehr vernahm man nur noch die Motorengeräusche der Wagen. „Ihr da hinauf! Die Auffahrt hoch!“, bellte jemand. Dann ertönte das Knistern eines Funkgerätes, schließlich eine grimmige Stimme: „Ich fordere Verstärkung an, in das Margaretengässchen. Der gesuchte Täter befindet sich im Parkhaus Kaufhof. Beeilung!“

Beeilung! Das dachte sich Ferber ebenfalls. Aber er musste Ruhe bewahren, durfte jetzt keine Aufmerksamkeit erregen. Also schlich er die Fahrbahn zum neuen Teil des Parkhauses möglichst unauffällig hinunter, durchquerte dann im Zickzack die letzten fünfzig Meter des Gebäudes und marschierte schließlich die Ausfahrt hoch. Still lag die Moselstraße da, niemand beachtete ihn. Gemütlichen Schrittes, Herzschlag und Atmung herunterfahrend, begab er sich zum Pferdemarkt. Im ersten Reflex wollte er durch die Bruchhausenstraße zur Villa Sankt

Vinzenz des Brüderkrankenhauses laufen, dorthin, wo er in den beiden letzten vergangenen Tagen eine warme Mahlzeit erhalten hatte, wo er sich duschen und seine Kleider, von denen er eine Garnitur zum Wechseln billig erstanden hatte, in eine Waschmaschine stecken konnte. Aber das Pflaster der Innenstadt war ihm zu heiß geworden; es war abzusehen, dass die Polizei gerade solche caritativen Einrichtungen unter die Lupe nehmen würde. Also lief er durch die Walramsneustraße zum Nikolaus-Koch-Platz, wo er den ersten Bus nahm, der gerade dabei war, nach Medard abzufahren. Ferber ließ sich bis nach Mattheis kutschieren. In der Abtei hoffte er, Unterschlupf zu finden.

Unterwegs ließ er diese letzte Stunde noch einmal Revue passieren und kam zu dem Fazit, dass sein Lebenswille, den er in den letzten Tagen als sehr gering eingestuft hatte, doch noch überraschend aktiv war …

XXXV

In der Salvianstraße fieberten die beiden Trierer Kommissare ihrer Begegnung mit einem gewissen Horst Salemer, seines Zeichens Künstler, entgegen. Von Schumacher aus dem Dezernat für Eigentumsdelikte waren bis jetzt noch keine Ergebnisse erzielt worden. Es war zum Verzweifeln, die Motorräder waren immer noch nicht aufgetaucht.

„Nachher rufen wir René an, vielleicht erfahren wir dann mehr!", entschied Petry.
„Hoffentlich! Irgendwie müssen wir doch auch einmal weiterkommen! Ich hab langsam den Eindruck, wir treten auf der Stelle." Tina zählte auf: „Den Ferber finden wir nicht, die Wahrheit über den Mord im Morgenweg nicht, das Handy, das uns vielleicht auf den richtigen Weg bringen könnte, bleibt wie vom Erdboden verschluckt, und von Salemer können wir uns auch nicht viel erwarten."

Horst Salemer bewohnte einen schäbigen Altbau. Im Hinterhof hatte er sich in einem Schuppen ein Atelier eingerichtet, in dem die Unordnung das Zepter schwang. *Wenn in dessen Kopf ebenfalls dieses Chaos herrscht, wie soll denn der jemals eine ordentliche Arbeit leisten können,* dachte Tina, als Salemer den Kommissaren stolz seine Wirkungsstätte zeigte. Meißel und Hämmer, Sägen und Feilen, alle seine Handwerksgeräte lagen zwischen rohen Steinen und halb fertigen Büsten. Eimer und Bütten, Bücher und Zeichnungen waren achtlos zwischen Flaschen und Schuhen verteilt.

„Und *hier* arbeiten Sie also an Ihren Kunstwerken?“, fragte Tina mit einem ironischen Unterton.
„Genau, Frau Kommissarin. Hier habe ich auch meinen Beitrag zu der Keltenausschreibung hergestellt.“
„Ach ja, und wie sieht denn Ihr Beitrag aus?“ Petry heuchelte Interesse.
„Herr Hauptkommissar“, entgegnete ihm der Künstler, „das darf ich Ihnen vor Bekanntwerden des Resultats nicht verraten.“

Zwar glaubte Petry ihm kein Wort, blieb aber einigermaßen höflich, nur, um nicht gleich zu Beginn der Befragung die Stimmung zu verderben. So diskret wie möglich unterzogen die Kommissare das Atelier einer Überprüfung. War das Durcheinander eine gewollte Sache, um ein mögliches Versteck zu tarnen? Oder entsprach es tatsächlich Salemers Gewohnheiten? In diesem Fall allerdings konnte man nur von einer dilettantischen Arbeitsweise ausgehen. Beides sprach gegen Salemer. Aber sosehr die

Kommissare sich auch anstrengten, ein Hinweis auf Motorräder war nicht auszumachen.

„Ich glaube, Herr Salemer, wir begeben uns ins Wohnhaus, wir haben nämlich noch einige Fragen an Sie", entschied Petry.
„Ja, kommen Sie, dort ist es auch gemütlicher."

Als alle drei im Wohnzimmer Platz genommen hatten, war es vorbei mit dem Geplänkel.
„Herr Salemer, Sie haben zu Protokoll gegeben, dass Sie von mehreren motorisierten Zweiradfahrern angegriffen worden seien", sagte Petry etwas scharf.
„Da müssen Sie aber was falsch verstanden haben, Herr Kommissar! Angegriffen ist doch viel zu stark ausgedrückt", verteidigte sich der Künstler.
„Ach ja?" Tina legte viel Skepsis in den Unterton ihrer Stimme.
„Mehrere motorisierte Zweiräder sind hier an meinem Haus vorbeigefahren. Ja. Im ersten Augenblick hatte ich ja auch ein bisschen Angst, das muss ich gestehen. Aber angegriffen wurde ich nicht." Salemer versuchte, sich so gut wie möglich aus der Situation herauszuwinden.
Petry jedoch blieb unerbittlich.
„Herr Ferber, Ihr Mitbewerber wurde aber von diesen Leuten gejagt. Der Mann ist um sein Leben gerannt! Das war vermutlich versuchter Totschlag,

wenn nicht sogar versuchter Mord."
„Und Sie haben sich immerhin diesen Aussagen angeschlossen!", gab Tina noch eins drauf.
„Ja, das war ein Fehler, Frau Kommissarin, verzeihen Sie bitte diese Fehlinterpretation. Aber so am Anfang ..." Ferber ächzte.

Tina stand auf und musterte die Fotos, die eingerahmt an der Wand hingen. Ferber war froh über diese Ablenkung und erklärte:
„Das hier ist meine Frau mit unserer Tochter. Wir haben nur das eine Kind. Und hier, das war Weihnachten vor zehn Jahren. Und das war unsere Tochter bei der Einschulung."
Tina deutete auf eine helle rechteckige Stelle auf der Tapete. „Welches Bild hing denn hier?"
„Unsere Tochter mit einem Freund. Aber sie hat Schluss gemacht und das Bild entfernt."
„Ach so." Tina legte den Kopf schief. „Und ... wie lange waren die beiden zusammen?"
„Och, vielleicht ein halbes Jahr, mehr nicht!", entgegnete Salemer.
Tina schaute Pif an. Gelogen stand in ihren Augen zu lesen. In sechs Monaten bildete sich ein solcher Abdruck nicht.
„War oder ist ihr Freund Motorradfahrer?"
„Nein, der besitzt einen eigenen Wagen."

„Kein Motorrad?"
„Nein, kein Motorrad."

Petry wunderte sich zwar über Tinas Aktion, aber diese erlaubte ihm, den Raum eingehender zu betrachten. Nirgendwo hing ein Wimpel, kein Club-Logo, nicht der geringste Hinweis, den sie so dringend benötigten.
„Kommen wir zurück auf die Bedrohung ...", begann Petry erneut. „Wie haben Sie ..."
Doch Salemer unterbrach Petry sofort.
„Es gab keine Bedrohung."
„Dann gibt das eben eine Anzeige wegen Irreführung der Polizei", meinte Petry knapp und erhob sich. „Sie melden sich morgen auf dem Präsidium."

Als die Kommissare den Ausgang ansteuerten, stürmte jemand in das Haus hinein.
„Papa, komm schau mal, ich hab gerade meine neue Ducati abgeholt! Die ist große Klasse!" Im Türrahmen stand eine jugendlich wirkende schlanke Figur, in schwarzes Leder gekleidet, den Kopf verhüllt von einem schwarzen Helm mit undurchsichtigem Visier.

Petry zog sein Handy aus der Tasche und informierte die Dienststelle. Dann wandte er sich an die junge Frau und hielt ihr seine Dienstmarke vor die Nase.
„Kriminalhauptkommissar Petry, Kommissarin

Rubkow“, stellte er sich und Tina vor. „Setzen Sie sich!“
„Sandy Salemer … ich bin die Tochter“, stammelte sie und nahm Platz.
„Und Sie fahren Motorrad, wie ich sehe.“
„Ja“, meinte sie und blickte überrumpelt zu ihrem Vater. „Das macht mir eben großen Spaß.“
„Und Menschen jagen, macht Ihnen ebenfalls großen Spaß?“
„Wie meinen Sie das, Herr Hauptkommissar?“ Sandy versuchte, Zeit zu gewinnen.
Messerscharf fragte Petry:
„Warum haben Sie dem Künstler Boy Ferber Angst eingejagt?“
„Habe ich das?“
Tina wurde das Geplänkel zu viel.
„Sie haben ihn in Heiligkreuz so lange gejagt, bis Ihre Freunde den Kofferraum seines Fahrzeugs ausgeräumt hatten. Sie und Ihre Kumpane sind anschließend in Ferbers Haus eingebrochen und haben alle Unterlagen gestohlen. Da haben Sie ganze Arbeit geleistet.“
„Wenn Sie bereits alles wissen“, gestand plötzlich Vater Salemer, „warum fragen Sie dann noch?“
„Sie sollten uns endlich alles erzählen!“, riet Petry ihnen.
„Also gut“, erklärte Salemer. „Um es kurz zu ma-

chen: Mir fiel nichts ein, wollte aber trotzdem an dem Keltendenkmal-Wettbewerb teilnehmen. Bei einer Wanderung an Ferbers Haus vorbei sah ich sein Modell und fand es ganz große Klasse. Ich konnte das aber nur unter meinem Namen anbieten, wenn ich auch im Besitz aller Unterlagen war. Deshalb der Einbruch."

„Die ganze Familie hat also mitgewirkt!", konstatierte Tina.

„Ja, sogar meine Schwester. Die besuchte Ferber im Arrest in Luxemburg und hat ihm geraten, den Mord, den er vermutlich nicht begangen hat, zu gestehen. Somit wäre er endgültig weg vom Fenster gewesen."

„Da kommt aber eine ganz schön lange Latte an Straftaten zusammen!", meinte Tina abschließend."

Die Kommissare blieben solange im Haus, bis die beiden Herrschaften von der Polizei abgeholt wurden.

„Das hätten wir schon einmal geklärt!", stellte Petry zufrieden fest, als sie sich auf dem Weg zur Salvianstraße befanden. „Endlich mal ein Lichtblick!", seufzte Tina erleichtert. „Und der Steinbach, der wird wohl auch zufrieden sein. Wenn er die junge Frau ein bisschen ausquetscht, müsste er an alle Beteiligte herankommen."

„Tja“, entgegnete Pif, „eigentlich verdammt gut eingefädelt von diesem Salemer. Das muss man ihm lassen.“

XXXVI

Commissaire Molitor war zufrieden, hoch zufrieden, als er seinen Bericht zusammenstellte.
„Juliette“, sagte er, „Sie benachrichtigen jetzt Europol und die Behörden in Sofia. Mailen Sie denen, am besten in englischer Sprache, die Personalien des Jovan Kujux und stellen Sie einen Suchantrag wegen Mordverdachts. Und, wenn Sie schon dabei sind, auch gleich einen Auslieferungsantrag. Sagen Sie auch, dass es eilt!“
„Mache ich.“

Nachdem Molitor seinen Bericht in allen Einzelheiten fertig gestellt hatte, mailte er ihn an seinen Chef und dann an die Staatsanwaltschaft. Diese bat er in einem freundlichen Gesuch, die Akte Ferber nach den neuesten Ergebnissen noch einmal zu überprüfen. Dann erstellte er eine Kurzfassung in deutscher Sprache und mailte diese nach Trier.

Die Antwort aus Sofia traf als Erste bei Molitor ein. Die Polizei der bulgarischen Hauptstadt hatte den

Bürger Jovan Kujux, Starspieler der bulgarischen Baseballnationalmannschaft, wegen Auftragmordes an einem bulgarischen Bürger in Gewahrsam genommen. Dieser Mord sei ihm bereits nachgewiesen worden, sodass ein Prozess in Vorbereitung war. Aus diesem Grund könne eine Auslieferung nicht stattfinden. Allerdings würde den Luxemburger Behörden das Recht eingeräumt werden, den inzwischen an Aids erkrankten Häftling ihrerseits zu befragen.

Auch diese Mail ging postwendend an die Staatsanwaltschaft und an die Polizeidirektion in Luxemburg, selbstverständlich auch nach Trier.

Plötzlich kam Molitor eine Idee, die er sofort mit Juliette besprechen wollte.
„Juliette, bald schon werde ich das Angebot der bulgarischen Polizei annehmen und den Kujux zur Rede stellen. Aber ich sehe bereits jetzt klar in der Geschichte."
„So schnell?", staunte Juliette.
„Folgendes: Der Lamesch hat den schönen Sully mit dem HIV-Virus angesteckt. Und der hat die Krankheit an seinen Freund Kujux weitergegeben, noch ehe er überhaupt was davon ahnte."
„Und Sie meinen, dass der Kujux aus diesem Grund den Lamesch erschlagen hat."

„Genau! Vor einem Mord schreckt der ja nicht zurück, wie wir soeben von den Bulgaren erfahren haben."
„Sie haben recht", pflichtete ihm Juliette bei, „es kann eigentlich nicht anders gewesen sein."

Als der Fernsprecher klingelte, sah Molitor, dass Tina am Apparat war.
„Chérie, ist das nicht großartig?", begrüßte er sie hocherfreut.
„Großes Kompliment!", gab Tina zurück. „Wie hast du das bloß so schnell hingekriegt? Das heißt jetzt für uns, *wir* müssen den Ferber finden, damit *ihr* ihn freilassen könnt. Verrückte Welt ...!"
„Was, der läuft immer noch frei herum?", fiel Molitor Tina ins Wort. Er konnte es nicht fassen.
„Ja, leider. Wir suchen ihn intensiv, fast hätte die Polizei ihn auch auf der Flucht erwischt. Aber eine Parkhausausfahrt hatten sie vergessen abzuriegeln, und durch die muss er entkommen sein. Du glaubst nicht, wie wir geflucht haben, als uns diese Schlappe mitgeteilt wurde."
„Immerhin wissen wir, dass er sich bei euch in Trier aufhält. Na, dann sucht mal schön weiter!"
„Du bist gut, René! Trier ist immerhin Großstadt mit ihren hunderttausend Einwohnern. Dazu kommen noch die vielen Luxemburger, die so gerne hierhin

einkaufen kommen. Und da sollen wir den einen finden?“

Molitor fühlte sich bei seiner Ehre gepackt.
„Luxemburg ist übrigens auch Großstadt, nur so nebenbei bemerkt. Und wir haben die besseren Restaurants!“
„Das musst du mir mal wieder beweisen, du hast mich schon lange nicht mehr zum Essen eingeladen“, neckte ihn sein Chérie.
„Gute Idee, wenn wir das hier gelöst haben, machen wir fünf hier in einem Sternerestaurant eine Sause! Davon haben wir ja genügend.“
„Fünf?“ Tina stutzte.
„Wie denn sonst? Pif bringt seine Annette doch mit, oder?“
„Gut, ich habe verstanden.“
„Nichts hast du verstanden!“, zischte er. „Die Juliette arbeitet mit mir an dem Fall Lamesch, also ist die Juliette auch dabei!“ Fast hätte René sich geärgert. Zärtlich fügte er hinzu, sodass alle Beteiligten es mithören konnten:
„Tina, ich liebe dich.“

XXXVII

Als Tina aufgelegt hatte, dachte sie zurück an die schönen Jahre, die sie bereits mit ihrem René verbracht hatte und an die vielen Schwierigkeiten, die sie in dieser Zeit zusammen gemeistert hatten. So etwas schweißte ein Paar zusammen. Juliette musste sie also verkraften. Womöglich sollte diese Frau nur eine Probe sein, auf welche ihre Liebe gestellt wurde.

„Pif", sagte sie nach einer Weile, „was meinst du, wie können wir den Schlüssel zur Lösung unseres Falles finden? Wir wollen René doch zeigen, dass wir es ebenso gut draufhaben wie er."

„Meine liebe Tina, glaubst du denn nicht, dass auch ich endlich mit der Geschichte Ferber zu einem Ende kommen möchte? Ich fange an, der Sache überdrüssig zu werden."

Tina dachte lange nach. „Wir haben etwas übersehen", erinnerte sie sich, „wir haben einen Fehler gemacht. Einen gravierenden Fehler."

„Da bin ich aber mal gespannt, was du so unter einem Fehler verstehst."

„Nun, Pif, das ist eigentlich ganz einfach. Sieh mal, wir haben jeden Bewohner des Morgenwegs abgeklappert, mit jedem haben wir gesprochen, nur mit

zweien nicht: den Engling-Kindern, den Nachbarskindern. Die sind doch fast immer draußen am Spielen. Wir haben sie noch nie befragt. Vielleicht haben die ja jemand fremdes gesehen."
„Das hätten sie uns doch gesagt, als wir da waren", versuchte Petry zu rechtfertigen.
„Dazu hatten sie keine Chance, erinnere dich, die Mutter hatte sie zum Waschen geschickt, schmutzig wie sie waren. Und immerhin sind die zwei so um die zwölf Jahre alt. Also keine unwichtigen Zeugen."
Pif musste einsehen, dass Tina einen goldrichtigen Gedankengang führte.
„Also, nichts wie hin! Tina, nimm die Schlüssel mit, nachher fahren wir noch einmal zu Ferbers Haus!"
„Was sollen wir denn da noch groß finden?"
„Das weiß ich auch noch nicht. War nur so eine Idee."

Als die Kommissare im Morgenweg bei den Englings eintrafen, waren die beiden Schulkinder Max und Marie gerade zuhause eingetroffen. Erst mussten sie sich die Hände waschen, dann erlaubte ihnen die Mutter, den Kommissaren Rede und Antwort zu stehen.

Tina übernahm die Regie.

„Max, Marie, wir sind von der Polizei", begann sie in freundlichem Tonfall, „ihr müsst uns die Wahrheit

sagen! Wir ermitteln hier, weil eure Nachbarin in diesem verheerenden Brand umgekommen ist."
„Das war so furchtbar schlimm, der Brand, meine ich", erklärte Max.
„Aber sie war eine böse Frau, trotzdem!", urteilte Marie.

„Das magst du so gefühlt haben, Marie", rückte Tina Maries Bild von der Nachbarin gerade, „aber das ist *kein* Grund, um jetzt froh zu sein."
Marie schwieg. Sie fühlte sich gemaßregelt.
„Wir sind hierhin gekommen", fuhr Tina fort, „um euch zu fragen, ob ihr eine oder zwei Stunden vor dem Brand jemanden hier in der Gegend gesehen habt. Jemand, der hier fremd ist."

Die Kinder dachten nicht lange nach.
„Ja", erinnerte sich Marie, „da war so eine Frau … eine dünne Frau."
„Ja, schwarzhaarig. Eine schwarzhaarige Frau", bestätigte Max die Aussage seiner Schwester.
„Und wo war diese schwarzhaarige Frau genau?" Tina hielt den Atem an.
„Da hinten im Garten", erklärte Max. „Die ist durch die Terrassentür in das Haus gegangen."
„Aber erst, nachdem sie umsonst an der Haustür geklingelt hatte", ergänzte Marie.
„Habt ihr die Frau denn auch noch herauskommen

sehen?", fragte Tina schließlich.
Die Kinder überlegten einen Moment. „Nein", meinte Max, „da waren wir schon fort."
„Aber Kinder!", rief Petry aus, „warum habt ihr das nicht gleich gesagt?"
Ganz unschuldig antworteten beide im Duett:
„Danach hat uns doch keiner gefragt!"
„Und wir sollen nicht vorlaut sein!", setzte Marie noch eins drauf.
„Ich wusste ja nicht, dass die Frau so wichtig ist", rechtfertigte sich Max. Mutter Engling schaute ganz betreten auf den Teppich. Auch sie hatte ihre Kinder nie zu Wort kommen lassen.

„Bürgerpflicht, dass ich nicht lache!", frotzelte Pif auf dem Weg in die Baltzstraße. Er wollte diesen Fehler nicht auf sich sitzen lassen, geradeso, als sei sein männlicher Stolz angegriffen worden.
„Unser eigener Fehler!", konterte Tina schuldbewusst.

Eine dünne schwarzhaarige Frau! Keine der Frauen aus dem Morgenweg entsprach diesem Aussehen. Womöglich war diese Unbekannte auch noch undefinierbaren Alters. Kinder vermochten das Alter einer Person meist nicht oder nur sehr schwer einzuschätzen, aus diesem Grund hatte Tina nicht einmal danach gefragt.

Eine dünne schwarzhaarige Frau! Die haben wir nicht auf Lager, dachte sie missmutig.

Während Tina den Morgenweg ansteuerte, spielte Pif mit Ferbers Schlüsseln.

„Das hier ist der Schlüssel zum Wohnhaus, das der Schlüssel zum Atelier", zählte er auf.

„Was machst du denn da?", fragte Tina genervt.

„Ich schaue mir mal Ferbers Schlüssel näher an."

„Und was erhoffst du dir davon?"

„Weiß nicht", antwortete Pif unschlüssig. „Nur so."

„Was heißt nur so? Du hast doch eine Idee, oder?"

„Eigentlich nicht, aber, man kann nie wissen." Also zählte er weiter auf. „Hier haben wir den Autoschlüssel, und das hier ist der Schlüssel zu seinem kleinen Wertschrank."

„Den haben wir ja untersucht, da war nichts Wesentliches drin", sagte Tina.

„Aber der hier", erwiderte Pif, „diesen Schlüssel haben wir bis jetzt komplett außer Acht gelassen. Der trägt die Nummer 509."

„Ein Schließfach, meinst du? Bei einer Bank vielleicht? In Luxemburg möglicherweise, aber hier in Trier halte ich das für, sagen wir mal, ungewöhnlich."

„Tina, ich glaube auch nicht, dass es heute in Trier noch Banken gibt, die ein halbes Tausend Schließfä-

cher betreiben."
„Kann der Schlüssel nicht ebenso gut ein Versteck im Ausland bedeuten?"
„Tina, fahr zurück zum Präsidium, wir lassen ihn von der KTU untersuchen."

In der Kohlenstraße wendete Tina auf den Felgen und raste zur Salvianstraße, wo sie gleich einem Kollegen der Technik den Schüssel mit den Worten „Bitte beeilen Sie sich, es ist extrem wichtig!" übergab.

XXXVIII

In der Abtei Sankt Matthias hatte Ferber niemand gesehen, der ihm hätte weiterhelfen können. Stundenlang saß er nun schon zusammengekrümmt in der letzten Bank der Basilika. Einige Besucher schlenderten durch das Gotteshaus, aber kein Bruder ließ sich blicken. Den Mut, an der Abtei zu klingeln, besaß er allerdings nicht. Einen einzelnen Bruder hätte er gerne gesprochen, privat gesprochen. Klingelte er, so konnte er unangenehme Fragen nicht ausschließen, was er in seiner Situation unbedingt vermeiden musste. Er erhob sich und schlenderte über den kleinen Friedhof, in der Hoffnung, dort jemand anzutreffen. Aber vergeblich. Als es dämmerte, schlich er wieder auf die Straße, spazierte bis zur Weismark hoch und verschwand im Mattheiser Park, wo er unter dem dunklen Schutz einer Eibe ein paar Stunden Nachtruhe verbringen konnte. Am anderen Morgen fühlte er sich wie gerädert, einerseits von dem harten Boden, der wahrlich keine ideale Schlafgelegenheit geboten hatte, andererseits von der nächtlichen Kälte, die ihm durch die Kleidung in alle Glieder gezogen war. Er musste sich bewegen, um wieder einigermaßen geschmeidig zu werden, er konnte ja nie wissen, ob er nicht ein weiteres Mal sein Heil in der Flucht suchen musste. *Morgenstund' ist aller Laster Anfang*, dachte Ferber deprimiert; mittlerweile hatte er alle Illusionen auf eine Verbesserung seiner Situation begraben.

Als von der Turmuhr der Abtei sieben Schläge zu hören waren, mischte er sich unter jene Fußgänger, die einen fahrenden Untersatz verschmähten und den Fußweg als Ausgleich zu ihrer stundenlangen Betätigung am Schreibtisch wählten.

Mit dem Unterschied, dass er, der Bildhauer Ferber, sich jetzt nicht in ein warmes Büro an einen Bildschirm setzen konnte, sondern weiterhin gejagt wurde von seinen Häschern. Zunehmend ermüdete ihn die Flucht, sie erschöpfte ihn, raubte ihm die letzten Kräfte. Den Gürtel, den er sich gekauft hatte, musste er jeden zweiten Tag um ein Loch enger schnallen. Und so, wie sein Gewicht sich mit jedem Tag reduzierte, so schmolz auch sein Widerstandswille täglich dahin. War er gestern noch um sein Leben gerannt, so war er heute davon überzeugt, dies nicht mehr fertigzubringen. Auch nicht im Reflex. Dazu war er zu erschöpft.

Ferber sah nur noch einen Ausweg: Er musste Schluss machen mit dieser Situation. Ganz bewusst Schluss machen, wie ein Mann, ohne zu zögern und ohne Reue. Aber ganz so einfach abtreten wollte er nicht. Abschied nehmen musste er zuerst von seiner geliebten Stadt und ihrem heimeligen Aussehen, Abschied nehmen von den sympathischen Menschen, die diese Stadt bevölkerten und die dazu beigetragen hatten, dass er das Leben hier als so angenehm empfand.

Für seinen großen Abschied wählte er den Hauptmarkt, Triers gute Stube. Der hohe Sankt-Gangolf-Kirchturm begrüßte ihn mit acht freundlichen Glockenschlägen. Zwar konnten diese Klänge objektiv betrachtet eigentlich nicht freundlich sein, aber heute empfand er es so, als würde die Uhr nur für ihn schlagen. Die ersten Sonnenstrahlen schienen auf die Steipe herab, bald darauf zeigte sich der Feuerstern in seiner ganzer Größe über der Domgruppe und tauchte die gesamte Westseite des Hauptmarkts in ein gleißend helles Licht. Die roten Balken der Fachwerkhäuser glühten, den Steipenheiligen hauchte die Helligkeit neues Leben ein. So schön hatte er das Herz seiner Stadt noch nie wahrgenommen.

Ferber setzte sich auf eine Stufe des Marktkreuzes. Bunt leuchteten um ihn herum die Marktstände, wo taufrisches Obst und Gemüse angeboten wurden, wo Blumen in Wassereimern den ganzen Platz in ein duftiges Parfüm hüllten, wohin die Leute gerne kamen, um sich mit frischen Lebensmitteln einzudecken. Ein Verkäufer bot seinen Kunden eine Kostprobe der ersten Zewener Erdbeeren an, ein anderer ließ einen Messbecher mit süßen Aprikosen die Runde machen. Rosen in allen Farben wechselten den Besitzer, die Leute griffen gerne zu.

Ferber schaute dem Treiben, mit Hunger im Bauch, versonnen zu. Ein kleines Mädchen, vielleicht drei Jahre alt oder vier, kam auf seinem Dreirädchen zu ihm gefahren. Als seine Mutter den verwahrlosten Ferber erblickte, pfiff sie ihr Töchterlein sofort zurück. Aber die Kleine schien fasziniert von Ferber, von Ferbers Blick, in dem es nur Mutlosigkeit ahnen konnte. Wie angewurzelt blieb das Mädchen stehen.

„Wer bist du?“, fragte die Kleine ihn. Ehe Ferber

aber eine Antwort geben konnte, hatte die Mutter ihr Kind beim Arm gegriffen und weggezogen. Die Kleine schaute ihn noch ein letztes Mal an, dann verschwand sie in der Menschenmenge.

Wie hatte er eben gedacht? Die sympathischen Menschen? Vielleicht war sie gar keine Triererin, diese Mutter. *Nein,* schüttelte Ferber den unangenehmen Gedanken ab, *die kann keine Triererin gewesen sein!*

Einige Tauben bekleckerten das Pflaster. Kleine Jungs rannten ihnen nach und versuchten, sie mit Fußtritten zu verscheuchen, so wie die Menschen dies wohl in früheren Zeiten mit den Ratten getan haben mussten. Darüber erzürnten sich natürlich zwei alte Damen, die ein solches Benehmen als nicht schicklich empfanden und maßregelten die Kinder. Für sie galten Tauben seit jeher als biblisches Friedenssymbol. Ferber amüsierte sich über dieses Verhalten, das in jeder Stadt zu beobachten war. Zum ersten Mal seit Langem erhellte ein Schmunzeln seine Züge.

Neben ihm läutete Sankt Gangolf, die Domuhr antwortete, die Tauben flatterten herum, die Kinder kicherten, die Händler maulten, ein Lieferwagen hupte. Mit einem Mal tanzten die Figuren von Hoffmanns Petrusbrunnen einen wilden Reigen. Einen Augenblick lang glaubte Ferber, den Gangolfturm liegen zu sehen, das Marktpflaster stehen und die Menschen waagerecht laufen. Alle Töne und Laute, alle Farben und Gerüche schienen wie bunte Steinchen in einem sich drehenden Kaleidoskop durcheinandergerüttelt zu sein. Dann krachte es irgendwo, und ein schwarzer Vorhang senkte sich über die Szenerie.

XXXIX

Tina legte den Hörer auf.
„Unser Schlüssel passt in ein Schließfach der Hauptpost am Bahnhof. Los komm, wir fahren hin!"
„Da hätten wir auch draufkommen können, Tina! Nimm gleich den Akku mit."

Keine zehn Minuten später steckte Tinas zittrige Hand den Schlüssel in das Schloss des Schließfachs mit der Nummer 509. Zittrig deswegen, weil sie sich endlich der Auflösung des Falles nahe sah. Langsam drehte sie den Schlüssel im Schloss.

„Nun mach schon!", drängte Pif sie. Doch Tina spielte die Langsame weiter. Gespielt zögernd griff sie in das Fach und zog triumphierend ein ungewohnt großes Gerät heraus. „Hier! Endlich!" Sie blickte staunend auf den Gegenstand. „Mensch, das stammt ja noch aus der elektronischen Steinzeit!" In ihrer Jackentasche kramte Tina nach dem Akku und legte ihn behutsam in das Handy. Dann schaltete sie das Gerät ein.

„Lass mich mal sehen!", drängelte ein ungeduldiger Pif.
„Hier, schau mal, es klappt." Sie zeigte ihm das sich aufhellende Display. Dann gab das Gerät einen Be-

fehl in französischer Sprache und zeigte vier Sternchen.
„Wir müssen an die PIN kommen“, stellte Tina fest.
„Komm, ab in die KTU damit, die können uns vielleicht weiterhelfen.“
„Die *müssen* uns weiterhelfen. Und wir rufen René zu Hilfe, denn wenn das Gerät Französisch spricht, kommen wir wieder einmal nicht weiter. Und ich sehe René auch endlich mal wieder, darauf freue ich mich jetzt schon!“

Eine gute Stunde später, das Handy lag bereits funktionsfähig auf Pifs Schreibtisch, trafen René und seine Assistentin Juliette in der Salvianstraße ein. Die Begrüßung war allerseits betont herzlich.

„Ganz großes Kompliment, René, das mit deinem Bulgaren, das hast du meisterlich gelöst!“, freute sich Pif über den Erfolg seines Kollegen. Dann erzählte er seinen Luxemburger Kollegen alles über den Fall Ferber; über den Brand, den Mord und den Mangel an erkennbarem Motiv, schließlich informierte er sie über den Stand der Dinge. Anschließend bedankte er sich herzlich für die Hilfe, die René ihnen heute hatte angedeihen lassen.
„Gerne, Pif, aber mein Erfolg war nur dank unserer guten Zusammenarbeit möglich.“ Ehe Tina diesen Satz hätte falsch interpretieren können, fügte er

rasch hinzu: „Damit meine ich unser aller Zusammenarbeit."
„Lieb von dir, Chéri, dass du das so formuliert hast."
„Na dann, lasst mal sehen, was euer Gerät zu verraten hat!"

Tina tippte die PIN ein und reichte René das Handy. Der klimperte darauf herum und staunte. Klimperte weiter und staunte weiter.
„Nun erzähl doch mal, was hast du gefunden?" Tina wurde ungeduldig.
„Also", René schaute hoch und sprach betont langsam. „Das Adressbuch ist leer. Keine abgesendeten Gespräche und keine eingegangenen, dafür aber eingegangene SMS, drei von einer französischen Nummer."
„Von wem?", fragten Pif und Tina gleichzeitig.
„Hier ist die Nummer."
Tina schaute auf das Display, es war eine unbekannte ausländische Nummer.
„Und wer hat die SMS nun gesendet?", wollte Tina wissen.
René zuckte mit den Schultern. „Keine Unterschrift dabei", erwiderte er.
„Wie lautet denn der Text?"
René schaute hoch und las vor. „Warum meldest du dich nicht? Dreimal der gleiche Text. Mehr nicht.

Hier ist die Handynummer des Absenders, Tina, schreib die mal auf." Er diktierte: „ Also: zweimal die Null und zweimal die Drei."
„Und wie kommen wir an den Namen dieses Teilnehmers?", fragte Pif gespannt.
„Darf ich mal ran?", fragte der Luxemburger und wählte sogleich eine Nummer über das Festnetz. Dann teilte er die Handynummer mit und gab Tina mit der freien Hand ein Zeichen. Diese hatte verstanden und reichte ihm Stift und Zettel. René notierte etwas und bedankte sich.
„So machen wir das in Luxemburg!", meldete er stolz und mit breitem Grinsen.
„Hut ab, lieber Kollege!"
„Hier habt ihr Nummer, Name und Adresse der Dame." Er reichte Pif den Zettel. Dieser las vor.
„Null, null und so weiter. Die Frau heißt Olga Dardenne und wohnt in der Rue de Clichy 147 in Paris."
„Kennen wir nicht, aber das muss die Komplizin von Ferber sein, wenn nicht seine Freundin", mutmaßte Pif.
„Keine Ahnung, aber gut möglich."
„Die Frau muss schleunigst gefunden und nach Trier gebracht werden", forderte Pif.
„Langsam, langsam, mein Freund. Zuerst müssen wir einen internationalen Haftbefehl beantragen und

ein Auslieferungsgesuch einreichen. Diese beiden Papiere müssen wir mit dem berechtigten Verdacht auf Täter- oder Mittäterschaft in einem Mordfall begründen. Und dann schauen, wie viel Zeit Europol und schließlich die Franzosen dafür benötigen."
„Ja, ich weiß", seufzte Pif, „aber können wir das nicht irgendwie beschleunigen?"
„Es kann schnell gehen, wenn die Frau in Frankreich nicht wegen eines Vergehens gesucht wird und mit ihrer Auslieferung einverstanden ist."

Auch das wusste Pif. Juliette mischte sich ein. „Wer wird denn schon mit seiner Auslieferung einverstanden sein, wenn in dem anderen Land eine lebenslange Haft droht?"
„Das sagen Sie, Juliette, aber, wenn die wüsste, welche Zustände in französischen Gefängnissen herrschen, dann würde sie lieber heute als morgen hierhin kommen. Ausgeliefert würde sie auf jeden Fall."
„René, dann müssen wir die Franzosen mit der Nase draufstupsen! An die Arbeit!"

XXXVIII

Im Rathaus herrschte Festtagsstimmung. Professor Hallstadt war von Frau Basten mit der Limousine der Oberbürgermeisterin vom Luxemburger Flughafen, dem Findel, abgeholt und zum Gästehaus der Stadt Trier gefahren worden. Hallstadt sollte heute entscheiden, welches Modell das geeignete für ein Keltendenkmal wäre. Eva Eiden begrüßte ihren Gast betont zuvorkommend, geleitete ihn in ihr Büro, und beide unterhielten sich angeregt über persönliche Vorlieben bei städtebaulichen Unternehmungen, wie dieses Projekt nun mal eins war. So langsam füllte sich auch das Foyer, in dem sich die anderen Jurymitglieder, die Künstler sowie die Leute von der Presse aufhielten. Zwischen zwei großen Fenstern war ein Tisch aufgestellt worden, auf dem das Goldene Buch der Stadt Trier aufgeschlagen auf den Eintrag von Professor Hallstadt wartete.

Lauter Applaus empfing Triers Oberbürgermeisterin und Professor Hallstadt, als sie das Foyer betraten. Eva Eiden hielt eine kleine Begrüßungsrede, dann zeigte sie stolz auf das Buch und reichte Hallstadt einen Montblanc-Füller. Hallstadt setzte sich, öffnete den Füller und schrieb fünf Zeilen hinein, die er mit Unterschrift und Datum versah.

Dann öffnete Frau Basten die Tür zum Ausstellungssaal, und unter lautem Beifall geleitete Eva Eiden ihren prominenten Gast zu den Kunstwerken. Sieben Tische, keine acht, wie erwartet, waren aufgestellt. Hallstadt grüßte der Reihe nach jeden Künstler mit Handschlag, wobei jeder einzelne von ihnen erst dann das Tuch, das sein Modell verhüllte, entfernen durfte.

Hallstadts Miene verdüsterte sich zusehends, handelte es sich bei den Modellen eins bis sechs doch allesamt um die bereits vor zwei Wochen durchgefallenen Vorschläge. Aber ein siebter, verwaister Tisch blieb noch übrig. Der von Salemer. Professor Hallstadt bat Frau Basten schließlich, das Modell zu enthüllen. Vorsichtig zog sie das Tuch hoch.

Der Anblick erschütterte das Publikum. Ein Haufen weißer Krümel lag auf der grünen Unterlage, ein unkenntliches, kurz und klein geschlagenes Etwas aus Gips, vermischt mit in kleinste Fetzen zerrissenem Zeichenpapier. Da hatte einer ganze Arbeit geleistet!

Bestürzt blickte Eva Eiden auf die Trümmer. Hallstadt jedoch konnte seinen Ärger nur mühsam unterdrücken. Die entsetzten Anwesenden stöhnten auf, die Jurymitglieder warfen sich ratlose Blicke zu. Wer hatte dieses Chaos angerichtet? Und weshalb nur bei diesem Modell?

Frau Basten trat hervor und suchte nach den passenden Worten.
„Ich glaube“, brachte sie stockend und mit belegter Stimme hervor, „ich weiß, wer das angerichtet hat. Der Boy Ferber war hier in meinem Büro. Das war der, dem das Modell vor einigen Tagen gestohlen worden war. Der sah ziemlich mitgenommen aus.“ Dann rechtfertigte sie sich. „Aber hier in den Raum habe ich ihn nicht hineingelassen.“
„War der Raum denn abgeschlossen?“, fragte Eva Eiden.
Frau Basten hob die Schultern, sie hoffte es, aber so ganz sicher war sie sich nicht.

Professor Hallstadt verspürte den Drang, seinem Ärger Luft zu machen. Während die Presse sich mit dicken Kameras über die Trümmer hermachte, zog er die Oberbürgermeisterin am Ärmel aus dem Raum heraus und schimpfte wie ein Rohrspatz. „Und dafür bin ich gestern eigens von Dublin hierhergeflogen und kann erst morgen wieder abreisen! Das ist doch ein Witz! Drei volle Tage habe ich bei wichtigen Ausgrabungen gefehlt, wer weiß, was ich alles verpasst habe! Ich werde dringend in Dublin gebraucht!“

Eva Eiden hatte ihre liebe Mühe, den Professor zu

beruhigen, versprach ihm eine persönliche Führung, wohin auch immer, einen Theaterbesuch oder ein Abendessen in einem Zweisternerestaurant. Nichts, aber auch gar nichts mehr wollte der Wissenschaftler noch von Trier wissen. Schmollend ließ er sich zurück zum Gästehaus fahren.

In ihrer ganzen Amtszeit war Eva Eiden eine solche Peinlichkeit noch nicht vorgekommen. Wohl ober übel musste sie die Sitzung aufheben und den Anwesenden verkünden, dass die Stadt Trier zu ihrem größten Bedauern in absehbarer Zeit den Treverern kein Denkmal errichten werde.

„Und was ist mit den Preisgeldern?!", schimpfte einer der Künstler. Aber Eva Eiden hatte sich bereits diskret zurückgezogen. Es war nun an Frau Basten, die Sitzung, so gut es eben ging, zu beenden.

Eklat im Rathaus und *So nicht!* lauteten noch die harmlosesten Schlagzeilen, welche der regionalen Leserschaft am nächsten Tag geboten wurden.

XXXXI

Je länger sich die Auslieferung von Olga Dardenne hinzog, desto gereizter wurde die Stimmung in der Salvianstraße. Kein Anrufer musste mehr als zwei Klingelzeichen abwarten, bis abgehoben wurde, keine Mail lag lange ungelesen im Postfach. Die Nachricht des Desasters im Rathaus sorgte bei den Kommissaren für eine hochwillkommene Abwechslung.

„Mir tut die OB leid", stellte Tina mitfühlend fest. „Wie gerne hätte sie sich dieses Denkmal doch gesetzt, so wie alle ihre Amtsinhaber es ihr vorgemacht haben. Ich stelle mir die Stadtführer vor, wie sie den Touristen später einmal erklären werden: Und hier sehen Sie das Keltendenkmal, das während der Amtszeit unserer beliebten Oberbürgermeisterin Eva Eiden errichtet wurde."

„Und das einen absoluten Lichtblick in der Trierer Kulturszene darstellt!", spottete Pif. „Aber mal im Ernst. Wenn es wirklich der Ferber war, der sein eigenes Modell in tausend Stücke geschlagen hat, so läuft er immer noch völlig unbehelligt in der Stadt herum. Warum kriegen die den nicht endlich?", wunderte sich Tina.

„Haben die Busfahrer eigentlich ein Foto von ihm erhalten? Der kann doch unmöglich alles zu Fuß ab-

laufen“, stellte Pif fest.
„Da musst du Steinbach fragen, das ist sein Revier. Übrigens findet er es höchst verdächtig, dass noch keine Anzeige eingegangen ist wegen der Zerstörung des Kunstwerks. Hat er mir auch gesteckt.“
„Tina, keine Frage, das war der Ferber selbst, und Salemer geht jetzt in der Sache auf Tauchstation. So ist das.“
„Pif, klar hast du recht. Das kann überhaupt nicht anders sein.“

Zwar hatte die französische Police Judiciaire versprochen, alle Hebel in Bewegung zu setzen, um die Frau schnellstmöglich nach Trier zu bringen. Aber die wenigen Tage, die diese Auslieferung dauerte, waren den Kommissaren doch ewig lange vorgekommen. Jedenfalls, als das Telefon wieder einmal klingelte, griffen sofort zwei rechte Hände danach. Tina, die schneller war, drückte die Lautsprechertaste.

„Chérie“, vernahmen sie Renés Stimme, „wir haben die Olga Dardenne in Luxemburg am TGV abgeholt und bringen sie mit zwei französischen Beamten zu euch nach Trier. In einer Stunde sind wir da.“
„Chéri, ich umarme dich!“
„Tina, vergiss nicht, das hier ist ein offizielles Gespräch!“, ermahnte sie Pif.

„Umso besser. Bis gleich, und gute Fahrt!“

Zufrieden legte sie auf. „Das hat ja gut geklappt“, meinte sie. „Fehlt uns nur noch die Hauptperson, der Ferber.“

„Den kriegen wir auch noch, Tina, wetten? Lange macht der das nicht mehr mit.“

War es nun Telepathie oder war es Zufall? Es ging noch ein weiterer Anruf ein. Dr. Calenda vom Krankenhaus der Barmherzigen Brüder wollte Hauptkommissar Petry sprechen. „Herr Hauptkommissar, wir haben ein Problem“, erklärte er. „Vor einigen Tagen ist bei uns ein Patient eingeliefert worden, der auf dem Hauptmarkt zusammengebrochen war.“

Pif nickte zufrieden. „Ich höre?“

„Ja … und da dieser Patient keinen Ausweis bei sich trug, keine Brieftasche, keine EC-Karte oder so etwas, nur ein bisschen Bargeld, und auch davon nicht viel, wissen wir nicht, an wen wir die Rechnung senden sollen. Wir haben ein Foto von ihm veröffentlicht, aber niemand hat sich daraufhin gemeldet.“

„Wo, Herr Doktor, haben Sie das Foto denn veröffentlicht?“

„Das haben unsere Mitarbeiter auf die Laternenpfosten in der Umgebung und in unserem Parkhaus geklebt.“

„Und mit solch einer Aktion wollen Sie jemand identifizieren“, fragte Petry kopfschüttelnd.“

„Natürlich nicht, nur, Herr Petry, wir haben auch beim Bürgeramt nachgefragt, aber auch dort hat niemand ihn identifizieren können.“

„Und jetzt fragen Sie endlich bei der Polizei nach, ob wir ihn vielleicht kennen. Stimmt das?“ Pif kam sein Ton zwar etwas zu ruppig vor, aber er konnte seinen Ärger nicht verhehlen.

„Genau“, kam es zögerlich aus Calendas Mund.

„Herr Doktor, dieser Mann, ist der so um die Mitte vierzig und hat eine Verletzung an der linken Hand?“

„Ja, genau, das muss ein Schlag mit dem Hammer gewesen sein.“

„Doktor Calenda“, betonte Petry, „diesen Mann haben Sie vor drei Wochen selbst verarztet.“

„Das kann doch gar nicht sein, Herr Petry!“, entgegnete der Arzt irritiert. „Dieser Mann hier ist ausgemergelt, verwahrlost, und er spricht kein einziges Wort. Das kann der Bildhauer niemals gewesen sein.“

„Wie geht es ihm denn jetzt, Herr Doktor?“, fragte Petry genervt zurück.

„Erstaunlich gut. Er hatte einen Kreislaufzusammenbruch auf dem Hauptmarkt, aber nach drei Tagen Ruhe und guter Ernährung könnte ich ihn jetzt

bereits entlassen. Aber ich weiß nicht, wohin mit ihm.“
„Ich mache Ihnen einen Vorschlag, Herr Doktor“, Petry hatte sich wieder einigermaßen unter Kontrolle. „Ich lasse ihn bei Ihnen abholen und kümmere mich um ihn. Ich kenne den Mann.“

Da Calenda die Absicht Petrys nicht kannte, bedankte er sich freundlich für seine Hilfe. „War mir ein Vergnügen!“, verabschiedete er sich vom Kommissar, der nur dachte: *und mir erst!*

„So sieht man sich wieder, guten Tag Herr Ferber!“ Petry begrüßte den geflüchteten und erbarmenswert aussehenden Untersuchungshäftling Boy Ferber, als zwei Beamten den Künstler in Handschellen ins Büro brachten. Die Fesseln wurden ihm abgenommen, und die Beamten entfernten sich.

„Setzen Sie sich, Herr Ferber, es könnte länger dauern!“, forderte ihn Hauptkommissar Ralf Petry auf.

„Ich habe den Lamesch nicht umgebracht, Herr Hauptkommissar, das müssen Sie mir glauben“, stammelte Ferber als erste Worte der Begrüßung. Dann erst setzte er sich.
„Das wissen wir bereits, Herr Ferber, das wissen wir.“ Ferber machte große Augen. „Das... wissen Sie? Wirklich?“

„Aber ja doch", beruhigte ihn Petry. Hätten Sie unsere Ermittlungen einfach abgewartet, wäre Ihnen viel Ungemach erspart geblieben."
„Da könnten Sie recht haben, Herr Hauptkommissar", gab Ferber kleinlaut zu.
„Herr Ferber", eröffnete Petry das Verhör, „wir haben Ihr Handy im Schließfach der Hauptpost am Bahnhof gefunden und es auch überprüft."

Ferber machte einen Satz nach vorne. Er wechselte die Farbe schneller als ein Chamäleon.
„Ich sehe", konstatierte Tina ungerührt, „jetzt sind Sie überrascht. Wäre ich auch an Ihrer Stelle."
„Wir haben auch die Motorradfahrer gefunden, die Sie bedroht und auch bestohlen haben", fügte Petry süffisant hinzu.
„Sie sind echt gut …", meinte Ferber Hoffnung schöpfend. „Dann ist ja alles gelöst …" Er machte Anstalten, sich zu erheben.
„Nicht so schnell, Herr Ferber, da bleibt noch ein Punkt zu klären ...!"

Tina unterbrach Pif. „Nur noch eine klitzekleine Kleinigkeit, nicht der Rede wert." Ferber setzte sich wieder hin, alle Sinne angespannt.

Als es an der Tür klopfte, entspannten sich Pif und Tina. Das Timing hatte hervorragend geklappt. Herein kamen René und Juliette, gefolgt von zwei fran-

zösischen Polizisten, die eine auffallend dünne schwarzhaarige Frau an Handschellen in ihrer Mitte führten. Ferber sprang auf, und in einem Reflex umarmte und küsste er die Frau. Pif und René ergriffen daraufhin den Künstler und zwangen ihn wieder zurück auf seinen Stuhl. Petry fixierte Ferber durchdringend. „Was haben Sie uns zu sagen, Herr Ferber?"
Ferber aber schwieg.

„Madame?" Doch diese schwieg ebenfalls.

Tina stand auf, ergriff die Handtasche der Frau und wühlte darin, fand aber keinen Ausweis. Einer der Beamten, der verstanden hatte, wonach Tina suchte, griff in seine Jackentasche und zog einen Ausweis hervor, den er Tina reichte.
„Sie sind Französin", sagte Molitor mit festem Blick. Es kam keine Reaktion.
„Madame", begann Petry noch einmal, „vor drei Wochen geschah ein Mord in Trier-Kernscheid." Molitor übersetzte das Gesprochene ins Französiche.
„Sie wurden gesehen, als Sie in das Haus eindrangen. Zuerst haben Sie geklingelt, dann, weil niemand aufmachte, sind Sie zur Terrassentür in das Haus eingedrungen." Molior hatte keine Probleme, die Sätze zu übersetzen, betonte aber schärfer, als Petry dies tat.

„Sie haben die Lily Wirtz erschossen. *Warum?*"

Bei dem scharf akzentuierten *Pourquoi* zuckte die Frau zusammen. Sie suchte Ferbers Blick. Dem stiegen die Tränen hoch. Das Spiel war aus, sie hatten verloren. Mutlos senkte Olga den Kopf. Die Kommissare blickten zu Ferber. Ganz langsam begann er zu erzählen.

„Das Haus gehört mir. Die Lily wollte es mir aber nicht überlassen. Olga und ich sind seit fast zehn Jahren ein Paar, aber vor drei Jahren, als ihre Mutter, die wohnte in Paris, erkrankte, musste sie als die einzige Tochter ihre Mutter pflegen und nach Paris ziehen. Olgas Vater war ein russischer Diplomat, der in Paris an der Botschaft beschäftigt war, sich aber nach der Geburt des unehelichen Kindes von einem Tag auf den anderen aus dem Staub gemacht hat. Ich bin dann, also vor drei Jahren, auch umgezogen in die Baltzstraße. Wir haben uns die ganze Zeit über öfter heimlich in Paris oder in Metz getroffen, aber nicht ein einziges Mal in Trier, und wir haben uns viel über das versteckte Handy ausgetauscht. Niemand in Trier sollte von unserer Liebe zueinander wissen."

„Aber wenn Sie doch vorher auch ein Paar waren, dann wissen das doch noch viele andere Leute." Dieser Punkt erschien Tina unklar.

„Da kommt vieles zusammen", erklärte Ferber. „Olga hat in den letzten Jahren gute zwanzig Kilo abgenommen, wegen der Doppelbelastung Krankenpflege und Beruf. Und die Haarfarbe hat sie geändert, sie hat ein völlig neues Styling und ist nicht mehr vergleichbar mit der früheren Olga. So sollte niemand sie in Trier sehen. Oder erkennen, falls etwas schiefginge."

„Was heißt *schiefginge*? Planten Sie die Ermordung ihrer Schwägerin etwa?", fragte Petry messerscharf.

„Meine Halbschwester hätte den Wisch ja nur unterschreiben brauchen! Ein ganzes Jahr hatten wir ihr für den Auszug aus dem Haus gewährt. Aus dem Haus, das ihr nicht einmal gehört, sondern mir!", ereiferte sich Ferber.

„Préméditation nennen wir das", mischte sich Molitor ein. „Vorsätzlichkeit, also Mord. Wenigstens bei uns in Luxemburg."

Ferber ließ sich nicht beeindrucken.

„Jetzt, wo Olgas Mutter tot ist, wollten wir zusammen in das Haus in Kernscheid ziehen und endlich unsere Liebe leben."

„Wer hat denn nun Lily Wirtz umgebracht?" Die Kommissare schauten jeden lange an.

Betretenes Schweigen trat ein. Ferber blickte auf seine Hände. Olga standen die Tränen in den Augen.

Ganz leise sagte sie auf korrektem Deutsch: „Ich … ich habe sie erschossen, mit zwei Schüssen in den Rücken. Es tut mir leid."

„Und Sie, Herr Ferber, haben gewusst, was passiert, und aus diesem Grund haben Sie für sich dieses verdächtig wasserdichte Alibi konstruiert. Sie haben diesen Mord nicht verhindert, sondern wollten Ihren Kopf mit dem Alibi aus der Schlinge ziehen. In das Haus wären Sie sehr gerne mit ihr eingezogen, und darum tragen Sie große Schuld an diesem Mord."

Ferber blieb stumm wie ein Fisch. Doch Petry ließ nicht locker.
„Madame Dardenne, wo ist die Tatwaffe?"
Olga schaute langsam hoch und flüsterte:
„Die habe ich von der Pont Alexandre III in die Seine geworfen."
„Und der Brand?", fuhr Petry fort, „haben Sie den nun gelegt zur Vertuschung des Mordes oder nicht?"
„Ich wusste", antwortete Olga, „dass Lily eine Kettenraucherin war. Sie hat auch an dem Morgen geraucht. Aber einen Brand wollte ich vermeiden, wir wollten das Haus doch noch bewohnen, da gehe ich doch nicht hin und zerstöre es!" Etwas aber wurmte Petry noch, eines wollte er Olgas zukünftigem Richter nicht überlassen herauszufinden.

„Wer von Ihnen beiden kam überhaupt auf diese Idee?“

Olga sah Ferber liebevoll an. Ferber sah Olga in die Augen. „Olga, ich liebe dich“, flüsterte er.

XXXXII

Schneeweiß leuchtete die weiße Tischdecke mit den fünf Servietten, schneeweiß blühten die Rosen, schneeweiß behaupteten sich darauf die Porzellanteller, die aus feinstem Bone China bei Bernardeau in Limoges hergestellt worden waren. Die bordeauxrot gepolsterten Ledersesselchen boten einen Kontrapunkt zu dem in Schwarz livrierten Servicepersonal. Allein die Aufmachung der anwesenden Damen brachte eine gewisse bunte Note in das durch und durch gestylte Restaurant, eines der besten der Stadt Luxemburg. René hatte es sich nicht nehmen lassen, die Trierer Kommissare zusammen mit Pifs Lebensgefährtin Annette und Juliette, der Neuen, an einem Tisch zu versammeln. Kommissar Steinbach hatte er ebenfalls eingeladen, der aber ließ sich mit einer fadenscheinigen Ausrede entschuldigen. Mit der Wahl des Restaurants, dem Brunello, war René sogar überzeugt, was die Kulinarik in Luxemburg betraf, seine Trierer Kollegen nach Strich und Faden zu beeindrucken. An dem runden Tisch gleich am Fenster, mit dem grandiosen Blick auf einen Park und mehreren blühenden Rosenrabatten saß René zwischen Tina und Annette, Pif zwischen Tina und Juliette.

„Liebe Kollegen", begann René, nachdem er mit seinem Messer an eines der Riedel-Weingläser getippt hatte, „bei uns in Luxemburg endet jede größere Affäre, sei sie nun geschäftlicher oder privater Natur, mit einem guten Essen. Und ich bin der Meinung, wir sollten diese Tradition auch weiterhin pflegen und hier unseren Erfolg feiern."
„Chéri, da bin ich ganz deiner Meinung", unterbrach Tina ihn, „aber bitte, mache es kurz. Ich habe Hunger."

Dezent näherte sich der Maître d'hôtel und flüsterte Molitor einige Worte zu. René nickte kaum merklich. Daraufhin wurden fünf Champagnerflöten auf einem silbernen Tablett gebracht und mit einem Taittinger Millésimé erst halb, dann noch einmal zu einem Viertel gefüllt, und die Gläser wurden serviert.

Mit verhaltener Gestik nickte René noch einmal leicht, dann hielt er sein Glas ein klein wenig in die Höhe, und, ohne anzustoßen oder den andern zuzuprosten, setzte es an die Lippen. „Köstlich!" Alle waren sich einig.

Die Speisekarten wurden gereicht.
„Also“, erklärte ihnen René, „dieses Haus ist bekannt für seine delikaten Fischspeisen, ebenso für seine Rinderrückenspezialitäten. Die kommen allesamt vom frei laufenden französischen Charolais.“

Annette hatte diesen Ausdruck noch nie gehört, wollte sich aber keine Blöße geben und schwieg deshalb höflich.

Nach einigem Hin und Her einigten sie sich auf eine Fischvorspeise und einen Fleischhauptgang, Käse vielleicht und Nachtisch nach Empfehlung des Hauses.

„Ich nehme dann ein Filetsteak“, entschied Pif.
„Excusez, Monsieur, aber wir führen leider kein Rinderfilet, nur Entrecôte“, erläuterte ihm der Maître d'hôtel.

Pif war pikiert. Aber der Chef erklärte auf gebrochenem Deutsch:
„Monsieur, das Entrecôtefleisch ist wesentlich saftiger und schmackhafter als das Filetfleisch. Glauben Sie mir, da kennen wir uns aus.“

„Das hätte ich nicht gedacht, ich war immer der Ansicht, Filet sei das Summum. Aber in Sachen Kulinarik lasse ich mich gerne belehren“, erklärte Pif zum großen Erstaunen der Runde. „Aber bitte durchgebraten." Pif verstand nicht, weshalb es den Maître schauderte.

René sah sich gezwungen, die Situation zu retten. „Also Pif", begann er, „da hast du aber einen komplizierten Fall grandios gelöst! Wer hätte daran gedacht, dass eine bis zum Schluss völlig unbekannte Person hier die Hauptrolle spielte!"
„Komm René", ging Pif ihm auf den Leim, „erst als du mit dem Fall zu tun hattest, kam Licht in die Chose. Ich wollte tatsächlich nur den Ferber festnageln, aber ich glaube jetzt nicht mehr, dass der ausgepackt hätte. Der hätte seine Olga ganz schön da rausgehalten, so wie ich es heute sehe. Aber du, wann sind dir eigentlich die ersten Zweifel gekommen?"

Die Vorspeise wurde aufgetragen, die duftete so köstlich, dass das Gespräch schnell verstummte. Jakobsmuschel, Seeteufel und Seezungenfilet, jeder Bissen auf seiner eigenen Sauce angerichtet, aber jede Sauce fein abgestimmt auf die beiden anderen und umgeben von auf den Punkt gegarten Gemüsestückchen. Dazu einen Teelöffel feinste Fettucine. René wollte noch den Sancerre loben, den er ausgewählt hatte, ließ es aber besser sein.

„Dass Fisch so gut sein kann!", kommentierte Annette, stippte den letzten Tropfen Sauce mit einem

Stückchen Brot auf und schob es genüsslich zwischen die Zähne.

"Eigentlich haben wir Glück gehabt, dass wir zusammen an dem Fall gearbeitet haben, alleine wäre nie etwas herausgekommen", stellte Tina klar, als die Teller abgeräumt waren.
„Den Fall, sagen Sie, Tina", korrigierte Juliette, „ich finde, dass es klar zwei Fälle waren, die unglücklicherweise zusammenhingen."
„So kann man das auch sehen, Juliette", pflichtete Tina Juliette bei, „immerhin haben wir zwei Täter. Und zwei Opfer, um die nicht zu vergessen."
„Und jede Menge Zufälle", ergänzte René. „Zufall, dass die Fäden gerade bei uns zusammengelaufen sind. Zufall, dass unser Freund Ferber gerade in dem falschen Moment an der falschen Stelle war. Ich meine an dem betreffenden Sonntag bei der Einweihung des Arboretums. Genauso ein Zufall wäre es, sollte ein Geisterfahrer gerade dein Auto frontal treffen. Falscher Ort zum falschen Moment. Solche Zufälle gibt es leider, so unwahrscheinlich sie auch erscheinen mögen."
„Dagegen sind wir alle machtlos!", wollte Annette das Thema beenden, aber Tina setzte noch eins drauf.
„Uns natürlich machen solche Zufälle die Suche

nach der Wahrheit wesentlich schwieriger."

„Wunderbar!", lobte Pif die beiden Würfel Entrecôte, die, neben anderen Leckereien, seinen Teller garnierten. Annette schielte zu ihm herüber, ohne dass er es bemerkte, und flüsterte Juliette zu:
„Der hat noch nicht einmal gemerkt, dass das Fleisch nicht durch ist!"

Als sein Teller leer war, genoss er noch einen guten Schluck Château Canon, wischte sich den Mund ab und setzte eine wichtige Miene auf.
„Also, eins muss ich euch sagen ..."

Jeder erwartete natürlich einen Lob auf die hohe Kochkunst, aber es kam etwas ganz anderes.
„Ich habe eine neue Liebe entdeckt!"

Erstaunt sahen seine Freunde Annette an. Annette grinste. Jetzt hatte Pif gerade einmal zwei Glas Wein gehabt, schon begann er mit der Angeberei.
„Also", meinte er wichtigtuerisch, „ich habe mir ein Buch über die Kelten besorgt und gestaunt. Was wissen wir wenig über unsere Vorfahren! Erschreckend wenig. Wisst ihr, dass die Kelten das Rad erfunden haben?"
„Pif, nun binde uns keinen Bären auf!", protestierte René.
„Nein, im Ernst. Das heißt, es stimmt, das Rad haben

sie nicht gerade erfunden. Aber sie haben das Rad mit Speichen versehen, statt der groben Planken, die bis dahin die Lauffläche zusammengehalten hatte, und besonders haben sie die Lauffläche mit einem Eisenband versehen. Damit nun das Eisen sich beim Gebrauch nicht vom Holz löste, haben sie vor dem Zusammenbauen beide Teile stark erhitzt. Nach dem Abkühlen saß der Eisenreif bombenfest. Somit haben sie aus etwas, das eher nur eine Idee war, ein verkehrstechnisch brauchbares Gerät hergestellt. Und mit diesen Rädern konnten sie Kampfwagen bauen, die weit und breit gefürchtet waren."

„Donnerwetter!", staunte Tina, „wer hätte das gedacht!"

„Na, seht ihr? Geschichte lernen ist gar nicht so falsch." Pif war in Fahrt. „Aber wisst ihr denn auch, dass die Kelten ihren Göttern Menschenopfer dargebracht haben? Ganze Gruben voll abgeschlagener Köpfe wurden gefunden, ganze Friedhöfe voll mit kopflosen Skelette hat man ausgegraben …"

„Tut mir leid, dich zu unterbrechen", fuhr Annette ihn unwirsch an, „aber das sind keine Themen für ein Tischgespräch. Ich bitte dich, wechsele das Gebiet."

„Warum?", entgegnete Pif verständnislos. „Wir haben ja gegessen. Also, zimperlich waren die Kelten jedenfalls nicht."

„Pif, bitte!"
„Okay, schon gut. Du bist aber heute vielleicht empfindlich!", mokierte er sich und schüttelte den Kopf. „Frauen!" Die Runde schwieg betreten.

„Übrigens, die Stellung der Frau bei den Kelten war ziemlich gleichberechtigt zu der der Männer. Sie, die Frauen, meine ich, wurden geehrt und geschätzt, die intelligenten unter ihnen waren sogar als Priesterinnen anerkannt. Viele Frauengräber, vermutlich Fürstinnengräber mit reichhaltigen Beigaben hat man in letzter Zeit ausgehoben."

„Hör gut zu, Chéri", neckte Tina ihren René.

„Epona und Sirona, zum Beispiel, waren keltische Göttinnen, denen Gaben geopfert wurden ..."
„Kein Wort mehr über Menschenopfer!", bremste Annette ihn.
„Nahrungsmittel, Getreide, Früchte, aber auch Tiere. Lämmer, solche Sachen eben. Oder auch Schmuck. Und der war wertvoll."

„Oh, interessant", unterbrach ihn Juliette, „womit schmückten sich die keltischen Frauen eigentlich?"
„Am liebsten mit Gold natürlich. Glasperlen waren aber ebenfalls beliebt, auch Schildpatt aus Muscheln oder schöne Fibeln, das waren Kleidernadeln für die Dame. Fingerringe, Armreife und Halsketten aus

polierten Steinplättchen waren ebenfalls begehrt. Mit glatt polierten Metallflächen stellten die Kelten einfache Spiegel her, mit denen die Damen sich frisieren und schminken konnten."

„Kämme kannten die doch gar nicht!", vermutete Tina.

„Und ob die Kämme hatten und Bürsten und Lidschatten, Wangen- und Lippenrot und Cremes, oh, ja!"

„Da habe ich eine Frage", sagte Tina, „woher wissen wir das eigentlich alles? Soweit ich weiß, haben die Kelten weder lesen noch schreiben können."

„Richtig, Tina", dozierte Pif, „das gemeine Volk war des Lesens und Schreibens unkundig. Zu Verwaltungszwecken hat man aber durchaus geschrieben. Auch Kaufleute bedienten sich für die Buchführung der lateinischen oder griechischen Schriftzeichen. Die Druiden vermittelten zwar ihre Wissenschaft mündlich, doch von ihnen stammt zum Beispiel der in Coligny gefundene Kalender, der in keltischer Sprache, allerdings in lateinischer Schrift verfasst wurde." „Die werden mir immer sympathischer, die Kelten!", stellte Juliette fest.

„Auch wenn sie mit Hingabe berauschende Getränke aus dem Schädel ihrer Feinde getrunken haben?", neckte Pif die Runde.

„Iss deinen Nachtisch, der bringt dich auf andere Gedanken!“, wies Annette Petry in die Schranken. Aber noch ehe Pif sich den ersten süßen Bissen genehmigte, meinte er: „Und nach Otzenhausen müssen wir unbedingt auch mal fahren, dort erkläre ich euch dann, wie die Kelten ihre Wehranlagen gebaut haben und wie ihre Oppidae aussahen.“
„Ihre was?“, fragte René neugierig.
„Oppidae, die Mehrzahl von Oppidum, das waren große, rundherum befestigte Siedlungen, die praktisch immer oben auf einem Hügel lagen. Wie auf dem Titelberg. Und in Wallenborn soll es auf der Anhöhe ebenfalls ein Oppidum gegeben haben …“

Ende

Ebenfalls in der Reihe
„Tatort Trier" sind erschienen:

Wa mir de René net hätten! ISBN 978-3-940760-15-9

Pif, lo sinn ech awer paff! ISBN 978-3-940760-20-3

Tina, du kenns keng Gefor! ISBN 978-3-940760-31-9

www.verlag-smo.de

MARCONI WIE KONSTRUIERT UND BAUT MAN EIN BOOT